LE CRI

DU MÊME AUTEUR

Le fils du cordonnier, Lattès, 1995.
Entre terre et mer, Lattès, 1997.
Le champ dolent, Lattès, 2002.

www.editions-jclattes.fr

Hervé Baslé

LE CRI

Roman

JC Lattès
17, rue Jacob 75006 Paris

© 2006, éditions Jean-Claude Lattès.

*Aux hommes et aux femmes
du Pays du fer.*

LIVRE 1

1

Robert Panaud revêtit sa tenue des enterrements, un pull beige à col roulé et son manteau d'hiver, il fait toujours froid dans les cimetières. Pâle et digne, luttant contre l'émotion qui lui serrait le cœur, il prit la route de l'usine. Ce matin du 3 juillet 1987, ce n'était pas un parent ni un ami qu'il accompagnerait à sa dernière demeure, il allait assister à la fermeture du haut fourneau qu'il avait servi durant toute sa vie de métallo. Un enterrement de première classe qui mettait fin à cent vingt ans d'Histoire, de joies et de souffrances.

La semaine précédente, la direction avait organisé une grande fête autour d'une dernière coulée de fonte. Invitées de marque, les autorités civiles et religieuses de la Région Lorraine avaient soudain entendu le cri de colère des ouvriers. Certains avaient jeté leurs cottes et leurs casques dans le métal en fusion. D'autres s'étaient éloignés pour pleurer. Puis tous, unis dans un même élan, avaient franchi le portier,

Le cri

dédaignant le vin d'honneur servi au bas de la rampe. Aujourd'hui ils n'étaient qu'une poignée d'hommes sur le plancher, à peine une douzaine côte à côte, le visage grave, solidaires jusque dans la souffrance. Un jeune ingénieur présidait la cérémonie que les ouvriers avaient voulue intime et silencieuse. Ils le laissèrent prononcer quelques mots en guise d'éloge funèbre et de condoléances :

— Je vais écrire dans le rapport d'activités que ce 3 juillet 1987 restera gravé à tout jamais dans nos mémoires, puisque nous avons eu le triste privilège de livrer la dernière coulée à nos collègues de l'aciérie. Je vais aussi noter vos noms pour que les historiens sachent à qui s'adresser s'ils veulent connaître votre version des événements et comprendre ce qui nous a amenés à cesser notre activité. Votre témoignage a autant de valeur que celui des ingénieurs et des patrons.

Désormais ils pouvaient sortir et livrer l'usine à ceux qui l'avaient achetée. Des repreneurs étrangers qui allaient la démonter pièce par pièce pour l'emmener dans leur pays avant que le service de dynamitage n'abatte la haute carcasse du fourneau.

— Allons-y ! commanda Mohamed avec un regain de fierté. Les Chinois n'ont pas de temps à perdre, ils sont pressés de rentrer chez eux.

— Ils sont déjà là à attendre qu'on s'en aille, ajouta le plus ancien. Faut pas avoir l'air triste quand on va les croiser.

Alignés derrière Mohamed, marchant au pas, bombant le torse, ils sifflotaient « Dag et dag et dag veux-tu souffler dans ma trompette ? » pour imiter à la

Livre 1

française la résistance jusqu'au-boutiste des prisonniers anglais du *Pont de la rivière Kwaï*. Les ouvriers défilèrent devant la délégation d'ingénieurs chinois venus diriger les travaux de récupération. « Dag et dag et dag veux-tu souffler dans le trou de mon... » Les Chinois applaudirent ce qu'ils prenaient pour une parade improvisée en leur honneur.

Loin derrière, Robert Panaud descendit lentement la rampe au côté du jeune ingénieur.

— Quand je pense que c'est toi que la Direction a choisi pour fermer la boutique, soupira-t-il.

— Il en fallait bien un.

Peu pressé de quitter les lieux, vaincu par la nostalgie, le vieil homme s'arrêta. Il leva les yeux vers le sommet du fourneau dont la carcasse vide prenait déjà des allures de squelette.

— Ne restons pas là, papa, dit Pierre. Ça ne nous sert à rien qu'à te faire du mal.

Les Chinois grimpaient la rampe, souriant et discutant avec force gestes. Leurs voix qui montaient dans les aigus disaient la fougue et le contentement de ceux qui viennent de réaliser une bonne affaire. Robert força son fils à s'arrêter une seconde fois, la deuxième station d'un long chemin de croix qu'il voulait vivre pour lui raconter son histoire, celles de ses père, grand-père et arrière-grand-père qui avaient fait don de leurs vies aux Maîtres de Forges.

— J'avais quinze ans quand j'ai franchi le portier pour la première fois. C'était le 3 juillet 1945. Je me revois dans mon bleu tout neuf comme si c'était

13

Le cri

hier, heureux de prendre le relais de mon père et persuadé que j'allais passer ma vie à l'usine aussi long-temps que j'aurais la force de travailler. J'étais loin d'imaginer que la fin viendrait si vite. Que cela se terminerait comme ça, sans gloire.

2

Le matin du grand jour, l'adolescent s'était levé deux heures avant le départ.

— J'avais tellement peur d'être en retard.

Il était sorti de la chambre qu'il partageait avec les jumeaux, cinq ans plus jeunes que lui, et avait trouvé sa mère dans la cuisine. Elle aussi avait peu dormi. Elle portait comme à l'ordinaire son unique tablier à fleurs. Renée versa du café au lait dans un bol rouge, chacun avait sa couleur, et l'obligea à manger une tartine de plus que les autres matins en prévision des efforts qu'il aurait à fournir une fois à l'usine. Amélie la sœur cadette, Paul et Xavier les jumeaux, étaient descendus à leur tour. Ils avaient pris place autour de la table devant les bols, jaune, vert et bleu, le blanc étant celui de la mère, et assisté aux préparatifs du grand frère en avalant leur petit déjeuner. L'adolescent qui venait juste de quitter l'école d'apprentissage se transforma sous leurs yeux en ouvrier. Chemise de travail, pantalon et veste de

Le cri

toile, chaussures montantes en cuir épais et grosses semelles de caoutchouc.

— Je me trouvais beau quand je me suis planté devant la glace du buffet.

Robert se souvenait de chaque minute de ce matin pas comme les autres.

Dans les yeux des jumeaux brilla une lueur de jalousie. Avant de lui mettre sa casquette, Renée s'échina avec un peigne contre un épi dressé comme un bouquet de boutons-d'or au sommet de son crâne. Une marque de famille, la preuve d'un esprit rebelle, disait-on dans les générations précédentes.

— Ça rebique toujours au même endroit. Comme ton père.

— Tu n'as qu'à les couper.

— Ah non ! Ils repousseraient deux fois plus raides.

Elle mouilla le bout de ses doigts avec sa salive.

— Je n'aime pas quand tu fais ça, maman.

Pourtant il le fallait. Un surnom était vite donné à l'usine. Les anciens pourraient l'appeler : « Mal coiffé » ou « P'tite mèche ».

— « Hérisson », « Porc-épic », « Balai brosse » ! ajoutèrent Émilie et les frangins, trop heureux de taquiner leur aîné.

— Ça suffit ! Montez chercher vos cartables !

La petite classe ne se le fit pas dire deux fois, et disparut dans l'escalier menant aux chambres. Leur mère était tracassée, ça n'était pas le moment de la chatouiller. Impatiente et sujette à de fréquentes sautes d'humeur depuis la mort de son mari, Renée

Livre 1

avait la main leste même si elle regrettait les gifles qu'elle distribuait.

— Quand tu enlèveras ta casquette, fit-elle de sa voix la plus posée pour taire son émotion, fais comme moi, crache dans ta main et mouille tes cheveux, ils resteront collés jusqu'à ce qu'ils sèchent.

— Je ne vais pas l'enlever ma casquette.

— Oh si ! dit Renée qui connaissait les usages. En entrant dans le bureau pour te présenter au chef.

Soudain, elle frissonna, une sueur froide perla sur son front. Son Robert qu'elle n'avait pas vu grandir allait affronter le monde du travail. Plonger dans l'univers brutal des adultes. Se mêler à la foule des ouvriers et contremaîtres pas toujours bons ni indulgents avec les arpètes. S'exposer aux accidents de toutes sortes qui menaçaient les débutants et les casse-cou à chaque étage de l'usine. En bas, il y avait la circulation des trains transportant les barres de métal à l'aciérie. Celle des wagonnets emplis de coke et de minerai, qui serpentaient jusqu'au gueulard et déraillaient quand leur vitesse était mal réglée pour négocier les virages. Les ponts roulants, transportant les poches de fonte qui, c'était arrivé, crevaient et se déversaient sur la tête des imprudents qui passaient dessous. Dans les ateliers, les fours crachaient leurs flammes à plusieurs mètres, les presses et le laminoir pouvaient happer un bras, une jambe, un corps. Il y avait encore les chutes durant les déplacements sur les rives des coulées de métal en fusion. Pire, la perte d'équilibre au-dessus des poches de fonte dont la température oscillait entre 1 200 et 1 600°. Et les percées qui provoquaient des explosions

Le cri

à la chapelle. Renée serra Robert dans ses bras comme si ce geste pouvait chassser les terribles images qui lui traversaient la tête. À trop penser au malheur on finit par l'attirer. Elle lui sourit, l'embrassa, s'enivra de son odeur aussi goulûment qu'une jeune maman savoure la peau satinée de son bébé. Puis, solennelle :

— Ton père et ton grand-père auraient été heureux de te voir ce matin. Te voilà un homme. Déjà.

— Presse-toi, maman ! Il ne faut pas que j'arrive en retard, répliqua le garçon qui devinait l'émoi de sa mère.

L'angélus sonnait au clocher quand les métallos du matin sortirent de leurs maisons, toutes semblables, grises d'un crépi de ciment réveillé par le rouge des briques ornant le tour des entrées et des fenêtres, et le jaune citron de la peinture des portes et des volets. Elles étaient alignées comme des petits soldats prêts à se mettre au garde-à-vous sur le passage des voitures des patrons. Bons propriétaires, généreuses personnes qui, dans le souci de fixer une main-d'œuvre venue de la campagne au XIXe siècle, avaient doté chaque logement d'un jardinet sur l'arrière... Mais qui avaient fait dessiner des rues rectilignes pour faciliter l'intervention des troupes les jours de manifestations, de grèves et d'insurrections. Bâtie à flanc de coteau, la Cité suivait la pente naturelle du terrain. Les ouvriers occupant les numéros impairs apparurent sur les perrons surélevés de sept marches. Les portes des numéros pairs s'ouvraient directement au niveau

18

Livre 1

du trottoir. Robert habitait au 7 de la rue Sainte-Blandine, baptisée ainsi d'après le doux prénom de la petite-fille du Fondateur du site, morte à l'âge de quatre ans. Il resta un instant suspendu en haut de l'escalier de pierre.

— N'oublie pas ce que je t'ai dit, recommanda sa mère qui ouvrait les volets de la cuisine. Bonne journée, mon grand.

— Merci, maman.

Les métallos sifflotaient en allant au boulot, on se serait cru un jour de fête. La Lorraine venait de recouvrer sa liberté. Et ici plus encore qu'ailleurs, les Français, jeunes et vieux, filles et garçons, étaient heureux de marcher dans les rues sans croiser les patrouilles des occupants ni entendre leurs chants martiaux et le bruit de leurs bottes. Robert marchait à grandes enjambées, poursuivi par ses frères.

— Allez-vous-en !

Les gamins ne se le firent pas dire deux fois, et s'enfuirent vers l'école. Robert descendit vers le canal qu'il longea jusqu'au pont. C'était le plus court chemin pour se rendre à l'usine. Ceux qui se déplaçaient à bicyclette empruntaient la route du dessus, bitumée, carrossable et moins encombrée. Le chemin de halage était aussi le lieu de promenade des familles le dimanche, un endroit paisible où les bambins faisaient leurs premiers pas à l'ombre des fourneaux géants. D'immenses bâtiments, des cheminées de brique crachaient leurs fumées blanches, ocre ou sombres dans le ciel. Quand le vent soufflait de la

Le cri

Belgique, il les rabattait au sol, formant alors des brumes nocives. Les vaches qui broutaient dans les prairies voisines changeaient de couleur, leurs flancs exposés à l'usine se teintaient de roux ou de noir selon la nature des fumées.

Ce jour-là, le complexe parut à Robert plus grand, les fourneaux plus hauts et plus beaux que d'habitude. Il démarrait son histoire professionnelle alors que s'achevait celle du nazisme, grâce à la victoire des forces de la liberté. Après cinq ans de guerre et d'occupation, de peur et d'oppression, les hommes éprouvaient le besoin de s'exprimer et de revendiquer leurs droits. Au portier, face à la foule des travailleurs et grimpé sur une petite estrade, Ferrari, le délégué permanent du syndicat, donnait de la voix pour se faire entendre.

— Le grand mouvement populaire qui vient de nous libérer de l'ennemi ne doit pas rester uniquement un mouvement de libération nationale, il doit devenir un mouvement de libération sociale.

Chacune de ses phrases était ponctuée de hourras et de bravos. Il expliqua que le gouvernement provisoire de la République s'inspirait du programme du Conseil national de la Résistance pour établir sa politique. Il promettait de garantir la sécurité de l'emploi, la réglementation des conditions d'embauche et de licenciement, le rétablissement des délégués d'atelier. Pressé de pénétrer à l'intérieur de l'usine, Robert se frayait un chemin au milieu de la masse des ouvriers qui applaudissaient l'espoir renaissant.

Livre 1

— Ne te presse pas ! Écoute ! lui conseilla Fred, un vieux métallo vêtu d'un bleu délavé, rapiécé aux coudes, aux genoux et aux fesses, qui accentuait son allure d'homme fatigué.

— Il propose le réajustement de nos salaires pour nous assurer une vie humaine, pas une vie de chien, poursuivait Ferrari, énergique et déterminé.

Un plan de Sécurité sociale était à l'étude pour donner à chaque ouvrier des moyens d'existence dans les cas où il deviendrait inapte au travail, accidenté, malade ou chômeur. Et aussi une retraite permettant aux vieux travailleurs de finir leurs jours dignement. Robert sourit. Sa retraite à lui, c'était pas pour demain !

— Moi aussi je parlais comme toi quand j'avais ton âge, rétorqua le vieux Fred. Aujourd'hui je peux te dire que plus on vieillit, plus les années galopent. Aussi vite qu'un cheval de course.

Il insista pour persuader le jeunot de l'importance de la Sécurité sociale et du droit à la retraite des vieux travailleurs. Pour preuve, il argumenta que, si les riches étaient sûrs du lendemain, à tout moment les ouvriers étaient menacés par la misère.

— Attention, les gars ! conclut Ferrari avec autorité. Les paroles, c'est bien joli. Elles n'engagent personne tant qu'elles ne sont pas suivies d'effets.

Par le passé, on leur avait fait tant de promesses qui n'avaient jamais été tenues ! La sirène appela à l'embauche. Le gardien sortit de son aubette et se fit aider par un costaud pour pousser les lourds battants de fer du portier. Les métallos s'engouffrèrent dans la

21

Le cri

grande avenue qui menait aux fourneaux. Droite, longue de plusieurs centaines de mètres, elle était bordée de chaque côté par d'immenses ateliers qu'on distinguait les uns des autres grâce à la couleur des lueurs qui éclairaient leurs baies, et au bruit des machines qui faisaient vibrer leurs vitres. D'autres rues semblables menaient aux différents quartiers rayonnant autour des fourneaux. Il y avait le secteur de l'aciérie, ceux des laminoirs, des presses, de la ferraille, du stockage, des mélanges, des hangars, des entrepôts, des magasins, de l'entretien, des bureaux... Des bâtiments aux dimensions de cathédrales s'étalant sur plusieurs hectares.

— C'est la première fois que je te vois ici, gueula Fred. Tu viens d'arriver ?

— Oui.

— Alors merde ! Ou bonne chance si tu préfères.

— L'un ou l'autre, ça me va.

— C'est bien, tu n'as pas la langue dans ta poche. En général les bleus sont moins dégourdis.

Pour atteindre le bâtiment de l'Administration où il devait se présenter, Robert avait l'intention de suivre les hommes et les femmes qui ne portaient pas de bleus de travail mais des tenues de ville, se tenaient droit et marchaient prestement : les bureaucrates. L'idée fit sourire son compagnon.

— Les blouses grises ou les mains blanches, précisa-t-il. C'est Lesage que tu vas voir ?

— Oui.

Il lui indiqua le chemin. Il fallait traverser une première cour emplie de fumée, puis une seconde où

Livre 1

l'air serait plus respirable. C'est là qu'il trouverait le bureau. Impossible de le rater.

— Merci, monsieur, fit Robert, reconnaissant.

— Je t'en fouterais du « monsieur ». Garde ça pour dans cinq minutes.

Quand il se trouva devant la porte capitonnée et la plaque en cuivre portant le nom de « Monsieur Lesage », le cœur du garçon s'emballa. Il ôta sa casquette et, selon la technique maternelle, mouilla ses doigts et lissa ses cheveux avant de frapper.

— Bonjour, monsieur le Chef.

— Bonjour Chef, ça suffit. Quand tu dis « Chef » tu ne dis pas « Monsieur » et quand tu dis « Monsieur » tu ne dis pas « Chef ».

— Bonjour, Chef !

— À la bonne heure ! Toi au moins tu n'es pas timide.

Robert bomba le torse. C'était la deuxième fois qu'il faisait bonne impression depuis son arrivée. M. Lesage le ramena à plus de modestie, en lui signifiant qu'il devait apprendre à craindre ses supérieurs, à les respecter et à leur obéir. Robert montra qu'il avait compris.

— Approche !

Lesage avait le teint pâle des chefs, le front haut des personnes intelligentes, un port de tête et une façon de se tenir sur son fauteuil qui le faisait paraître grand, même quand il était assis. Robert se dit que, déplié, il devait mesurer son mètre quatre-vingt-dix.

— Rappelle-moi ton nom !

— Panaud. Robert Panaud.

Le cri

— Tu es le fils de Marcel Panaud ?

— Oui, Chef.

— Ton père, on l'appelait Fil de fer. Pour d'autres c'était Braie molle ou Cul maigre. C'est vrai qu'il n'était pas enflé. Il n'emplissait pas son pantalon.

Robert n'avait pas à en rougir, il n'y avait aucune méchanceté dans l'attribution de ces surnoms. Son père ne laissait personne indifférent. Mieux, il était copain avec tout le monde. D'ailleurs Lesage lui-même l'aimait bien. Il se souvint qu'il était têtu, l'animal, mais qu'il était un bon ouvrier. En mémoire du père, il prit la décision de garder Robert à son service. Le garçon le remercia.

— Oh ! Attends ! Ne me remercie pas trop vite, ce n'est pas toujours commode d'avoir son patron dans les pattes.

Robert ne s'était pas trompé dans son estimation, debout Lesage lui parut immense.

— Tu vas débuter comme coursier. Ça te plaît ?

— Oui, monsieur.

Ils sortirent du bureau qu'une cloison vitrée séparait de la salle des secrétaires pour permettre à Lesage d'avoir un œil sur le personnel depuis son fauteuil. Une vingtaine d'hommes et trois femmes tapaient des directives, alignaient des chiffres, dressaient des tableaux, remplissaient des questionnaires, des fiches de commandes ou de renseignements, consultaient des registres, classaient des archives et téléphonaient à longueur de journées.

— Si tu fais l'affaire, petit à petit tu prendras du

Livre 1

grade et tu te retrouveras derrière un de ces bureaux, employé de deuxième catégorie.

Ici, tout était gris, les murs, le mobilier, les téléphones, les machines à écrire, les blouses. Robert s'en fit la remarque en trottinant au côté de Lesage qui avançait d'un pas pressé, une allure de Chef.

Le local des coursiers était aménagé selon les plans d'une salle de tri des PTT. Une grande table rectangulaire occupait le centre de la pièce. Elle recevait toutes sortes de papiers, enveloppes et paquets de différentes provenances. Après avoir été sélectionnés, rangés sur des rayonnages, dans des casiers portant les noms des services et des ateliers, ils étaient livrés par les coursiers à leurs destinataires.

— Venez voir, vous autres !

Deux garçons boutonneux interrompirent leur tri. Appelés à naviguer dans l'usine, ils portaient la tenue des ouvriers, des chaussures à la casquette. Le premier avait un visage joufflu, constellé de taches de rousseur. Le second, malingre, lui jeta un regard perçant.

— Je te présente Rosso et Matalon, qu'on appelle aussi « Petit pantalon ». Lui, c'est Panaud. Montrez-lui en quoi consiste le travail et faites-lui visiter l'usine pendant la distribution.

Avant de sortir il recommanda aux anciens de lui apprendre à éviter le danger. Les pièges, il y en avait partout. Rosso et Matalon dévisagèrent le nouveau qui leur parut suspect tant le patron avait fait preuve d'attention à son égard. Sans doute un pistonné. Eux n'avaient pas eu droit à tant de chichis.

Le cri

— Il ne t'a rien dit de ce qu'on fait ? se décida Rosso.

— Non.

— Tu veux savoir tout de suite ?

Robert haussa les épaules. Il ne voulait rien imposer et, surtout, ne voulait pas déranger.

— Comme vous voulez.

Tour à tour les deux loustics empruntèrent la voix et le ton de Lesage pour réciter une leçon tant de fois ressassée par le Chef.

— Le métier de garçon de course consiste à acheminer le courrier interne de l'usine.

— Notes de service, rapports de fabrication, pointage du personnel.

— Toute communication utile au fonctionnement des différents chantiers.

— Sans nous, la boutique s'arrête.

— Regarde, tu vas comprendre.

— Et si tu ne piges pas c'est que t'es un con.

Ils poursuivirent le tri qu'ils avaient commencé en prenant leur service, se livrant à une sorte de ballet ponctué de mots brefs chantés comme la litanie des Saints le 1er novembre dans les églises.

— Ferraille.

— Entretien.

— Bascule.

— Sécurité.

— Stockage.

— Ébarbage.

— Laminoir.

— Presses.

Livre 1

— Magasin.
— Graisseur.

Là-desssus, musette en bandoulière, les facteurs s'envolèrent comme des pigeons voyageurs vers les points de distribution du courrier échelonnés le long des dix kilomètres que mesurait la tournée. Les deux anciens virèrent de chaque côté du fourneau n° 1.

— Suis-moi ! ordonna Rosso.

Robert l'accompagna dans le ventre du monstre secoué par les bruits de combustion qui grondaient dans ses entrailles. Ils avançaient sous une pluie d'étincelles qui jaillissaient chaque fois que les équipes d'entretien meulaient des traverses et soudaient des membres blessés. Des éclairs rouges et blancs donnaient vie aux barres et aux étais assemblés avec de gros rivets aux têtes arrondies. L'eau coulait sans discontinuer sur les flancs de la bête pour la refroidir et inondait le passage étroit qu'ils avaient emprunté. Rosso bondissait entre les flaques, Robert ne put les enjamber toutes.

— Attends-moi là !

Il désignait un palier à mi-pente d'un escalier qui se divisait en deux. Pantelant, étourdi par sa course, Robert mit quelques minutes à recouvrer ses esprits. Il promena son regard alentour, cherchant à deviner où allait réapparaître son nouveau collègue. Mais l'attente était longue, et bientôt Robert s'impatienta. Curieux, il s'engagea dans la direction délaissée par Rosso, franchit un écran de fumée et se retrouva à l'arrière du plancher de coulée. Des hommes allaient,

Le cri

venaient, se croisaient, gueulaient des ordres, des consignes ou des plaisanteries. Un grand tout maigre observait la combustion à l'intérieur du fourneau dans des sortes de lorgnettes. Il se protégeait le visage avec son bras recourbé tant la chaleur diffusée par la paroi était élevée. Quand l'homme eut fini son tour de tuyères, Robert se risqua à jeter un œil. Une main ferme, une voix rude aussitôt l'en empêchèrent.

— Tire-toi de là si tu ne veux pas rôtir !

Matalon riait dans son dos.

— Viens avec moi !

— Rosso m'a demandé de l'attendre ici.

— Viens avec moi, je te dis !

Robert le suivit dans une nouvelle course folle pour grimper au sommet de l'édifice. Tout là-haut les bennes tournaient autour de la cloche. Leurs essieux gémissaient des efforts consentis durant la montée. Elles déversaient leur charge au gueulard resté béant tout le temps nécessaire au gavage du fourneau en tonnes de charbon et de minerai. Le sol frémissait au passage des wagonnets. Sentant la plate-forme vaciller sous ses pieds, la tour vibrer, Robert fut saisi par une frousse à tordre les boyaux et à donner des haut-le-cœur. Il se tint à la rambarde et, prenant tout à coup conscience de l'altitude à laquelle il se trouvait, il rendit le café au lait et les tartines que sa mère lui avait fait ingurgiter.

— Tu te magnes ! gueulait Matalon. Je n'ai pas le temps de t'attendre moi !

Dans la descente, Robert ne put suivre le train d'enfer imposé par son meneur. À l'étage des robinets

Livre 1

de refroidissement, un ouvrier remarqua qu'il n'avait pas l'air bien et lui suggéra de se passer un coup d'eau sur le visage. Robert suivit le conseil avant de poursuivre la descente qui n'en finissait pas.

— Rosso ! Matalon ! appelait-il à chaque étage.

Il avait beau s'efforcer de crier de plus en plus fort, sa voix ne parvenait pas à percer le mur de bruit qui l'entourait. Plus il s'approchait du sol, plus le volume sonore augmentait.

— Rosso ! Matalon !

Robert voulut courir au bas des marches. Un jet de feu et de fumée stoppa son élan. Léon Brûlé venait de déboucher le trou de coulée. Le fourneau vomit sa fonte, grondant d'aise ou de douleur. Une gerbe d'étincelles sortit de sa bouche. Des flammes s'allumèrent autour de la chapelle. La brusque montée de température fit vibrer l'air ambiant et rendit floues les silhouettes des fondeurs. Ils se déployèrent autour des rives pour surveiller l'écoulement de la fonte et séparer le laitier du métal en fusion. Le spectacle était saisissant pour qui ne l'avait jamais vu.

— Qu'est-ce que tu fous là ! hurla Léon Brûlé qui commandait la manœuvre. Tu ne sais pas que c'est interdit de stationner ici ? Allez, file !

Robert tourna deux ou trois fois sur lui-même avant de savoir quelle direction il allait prendre.

— Tu ne comprends pas ce que je te dis ?

— J'ai perdu Rosso et Matalon.

— Qui ça ?

— Les coursiers.

Le cri

— Y a longtemps qu'ils sont descendus. Allez ouste !

Robert prit le chemin que lui indiquait le bras de Léon. Il descendit deux nouveaux paliers, reconnut le passage étroit et sombre par lequel il était arrivé. Les grognements des fourneaux alignés les uns derrière les autres retentissaient et se répétaient en un écho inquiétant. L'eau dégoulinait de plus en plus abondamment. Les flaques s'élargissaient et frisaient sous l'effet du vent. Il fouettait les parois, agitait les tôles qui chantaient sur tous les tons. Les fumées tourbillonnaient. Des poussières de charbon et de minerai arrivaient en rafale des aires de stockage. Robert suffoqua. Il s'arrêta pour chercher de l'air et crut entendre le ricanement satisfait de diables tenant leur victime. Paniqué, il prit ses jambes à son cou pour atteindre le jour qui pointait au bout du tunnel. Une tige de fer sortie on ne sait d'où lui barra le chemin et le fit s'étaler dans une flaque. Les diables sortirent de leur cachette et s'enfuirent en s'esclaffant.

— Salauds ! Salauds !

La journée terminée, Robert rentra à la maison sans tambour ni trompette. À la vue de sa blouse maculée, Renée, inquiète, le questionna sur sa journée. La mine déconfite, il raconta son apprentisssage du métier de coursier et les facéties de Rosso et Matalon.

— Coursier, c'est bien. Tu vas m'expliquer ça plus tard.

Renée s'empressa de déshabiller son fils, elle avait juste le temps de laver son bleu et de le sécher

Livre 1

au-dessus du fourneau pour le lendemain matin.
Robert se plaignit de son genou droit quand il le plia
pour sortir sa jambe du pantalon.

— Ils t'ont battu ? demanda Amélie.

Robert ne put lui répondre, il ravalait ses larmes.

— Tu l'as dit à ton chef ?

— Non.

— Pourquoi ?

— Je suis pas un lèche-cul.

Il est des mots qui amusent les enfants. Pris de
fous rires, Paul et Xavier furent sommés de disparaître.

Les garçons occupaient la même chambre, les lits
des jumeaux collés contre le mur du fond, celui de
Robert à la gauche de la porte d'entrée était le seul
muni d'une lampe de chevet. Au centre, une table en
sapin mangeait le peu d'espace restant. Elle servait de
bureau pour les devoirs de l'école quand ils ne se
faisaient pas en bas, dans la cuisine. Lorsqu'ils furent
au lit, Paul et Xavier retardèrent le moment de
s'endormir, trop heureux d'asticoter le grand frère et
de chatouiller son amour-propre.

— Toi aussi tu pleures quand t'as mal.

— J'ai pas mal.

— Alors pourquoi tu chiales ?

— Je chiale pas.

— Menteur !

— T'es pas un homme.

— T'es qu'une fille.

— Vos gueules !

La mère surgit en haut de l'escalier, baissa les

31

Le cri

pyjamas, et rougit deux paires de fesses pour ramener le calme.

— Ne t'occupe pas de ce qu'ils disent.

Sa main encore chaude des fessées qu'elle venait de distribuer se radoucit pour caresser le visage de son grand.

— Ce ne sont que des bébés.

— Je ne veux plus aller à l'usine, maman.

— Qu'est-ce qu'on peut faire d'autre ? On n'est pas tombés du bon côté. On est obligés de travailler pour gagner notre pain.

Robert n'osa pas dire qu'il le regrettait amèrement. C'eût été sacrilège, il savait le mal que se donnait sa mère depuis qu'elle était seule à faire bouillir la marmite.

— Essaie de dormir, lui conseilla-t-elle. Demain, ça ira mieux.

Les enfants au lit, la vaisselle faite, Renée traînassait chaque soir dans la cuisine.

— C'est le seul moment de la journée où je peux souffler, confiait-elle à ses amies inquiètes de savoir comment elle comblait le vide de ses soirées de femme seule.

Toujours de la même façon, répétant les mêmes gestes : elle avait établi un rituel. Elle ravivait le feu de la cuisinière. Ripait la cafetière sur la plaque du milieu. Déplaçait depuis la cheminée jusqu'à la table un portrait d'elle et de Marcel pris le jour de leur mariage chez M. Besnier, le photographe du centre ville. Alors, elle s'asseyait pour converser avec son

Livre 1

défunt mari en buvant un reste de café du matin. En général elle lui faisait le compte rendu de la journée, parlait du temps, des uns, des autres, de ceux et celles qu'elle rencontrait en allant au jardin ou chez les commerçants. Et quand elle avait expédié les potins, elle abordait le sujet sur lequel il préférait sans doute qu'elle s'attardât : les enfants.

— Notre Robert est moins fier que ce matin. Pauvre gamin, il me fait de la peine, il est si gentil. Et ses voyous de frères qui n'arrêtent pas de l'embêter.

Machinalement elle leva les yeux et tendit l'oreille vers l'escalier pour s'assurer que les deux ouistitis avaient fini par s'endormir.

— Si seulement on avait pu lui faire continuer l'école, soupira-t-elle. Ce n'est pas ce que je gagne en faisant mes ménages en plus de ta pension qui peut nous le permettre.

Des trois garçons, Renée avait un faible pour son grand fils, la fille tenant une place à part. Ses voisines l'affirmaient bien qu'elle s'en défendît, jurant qu'elle ne faisait aucune différence. Simplement, Robert était plus souple de caractère, docile et sentimental. Plus facile à élever que les deux derniers qui, n'ayant pas connu l'autorité du père parti si tôt, ne pouvaient se souvenir de sa voix de commandeur. Les voisines riaient sous cape, l'argument ne valait rien puisque Marcel était bien incapable d'élever le ton pour imposer sa loi. C'était Renée qui portait la culotte dans le ménage, elle l'avait pris pour mari à cette condition ; certaines précisaient qu'elle lui avait « mis le grappin dessus » craignant le voir s'échapper, après

Le cri

l'avoir fait lanterner plusieurs années, espérant un meilleur parti qui jamais ne se présenta. Elle se prenait pour une « duchessse » disait-on, alors qu'elle avait les mêmes origines ouvrières que toutes les filles de la cité. De plus la nature ne l'avait pas favorisée plus que d'autres. Elle était loin d'être laide mais son physique solide, ses airs de matrone et son regard qui virait au noir malgré le bleu de sa pupille quand elle fronçait le sourcil en avaient découragé plus d'un. Ce fut donc, et en définitive, Marcel qui la conduisit à la mairie et à l'église alors qu'elle frisait la trentaine.

— T'étais pourtant mignon avec tes grands yeux qui s'étonnent de tout, ton nez de travers et ta bille de clown. Je me demande pourquoi je me suis décidée si tard, se reprochait-elle certains soirs devant la photo.

Sous son armure d'acier battait un cœur tendre. Quand elle n'avait plus rien à confier à Marcel et qu'elle n'avait pas envie de le quitter, elle se remémorait des instants de leur vie commune, dénichant dans ses souvenirs des détails oubliés.

Ce soir-là, la journée de leurs noces défila dans sa tête.

— Que tu étais heureux, du matin au soir tu n'as pas arrêté de rire, même à l'église. Ça gênait maman, tellement qu'elle me demanda si tu étais normal, je ne te l'ai jamais dit pour ne pas te vexer. Heureusement qu'elle n'était pas venue avec nous chez le photographe. Tu te rappelles, t'as failli faire rater la photo.

Renée se leva pour tâter le bleu de Robert qu'elle avait étendu sur un fil au-dessus de la cuisinière, et

Livre 1

pensa qu'il ne serait jamais sec au petit matin. Elle repoussa la cafetière, rajouta trois boulets de charbon et sortit deux fers qu'elle mit à chauffer.

— Et le lendemain à l'usine. Ah!... Tu te souviens, les collègues ?

3

Roger, Jacques, Émile et Raphaël, musiciens de l'Harmonie de l'entreprise, avaient apporté leurs cuivres. Ils avaient improvisé une sorte de marche sautillante à l'arrivée des nouveaux mariés dans la salle de repos où d'habitude on entrait le temps de faire chauffer sa gamelle au bain-marie et d'en avaler le contenu. Une vingtaine d'autres copains les avaient accueillis bruyamment.

— Pour les mariés hip ! hip ! hip !

— Hourra !

— Hip ! hip ! hip !

— Hourra !

Ils s'étaient groupés derrière une table chargée de bouteilles de vin blanc de Moselle, de verres et d'un paquet-cadeau.

— On vous souhaite plein de bonheur tout au long de votre vie !

— Et beaucoup de petits métallos ! crièrent ceux qui s'employaient à déboucher les bouteilles et à remplir les verres.

36

Livre 1

Le sourire gêné de la mariée suscita des doutes, des rires et des bravos.

— Ce serait-y déjà en route ?

— Sacré Marcel, il n'a pas perdu de temps.

— C'est un chaud lapin Fil de fer.

— Normal, un bon coq n'est jamais gras.

Dans sa cuisine, Renée fit un clin d'œil à son étalon, cherchant une réaction complice dans son regard figé sur le papier glacé.

— T'étais moins fier quand Robert est arrivé.

C'était un lundi. Marcel avait couru comme un dératé à la sortie de l'usine. Quand il bondit dans la cuisine, Elsa, la sage-femme, rangeait les linges, les casseroles et les cuvettes dont elle s'était servie pour œuvrer.

— Voilà papa ! cria-t-elle vers la chambre.

Pour rassurer le père inquiet et l'encourager à se précipiter vers le berceau, elle ajouta :

— C'est un garçon. Il est passé comme une lettre à la poste.

Marcel avait ôté sa casquette avant de pénétrer dans la chambre. Il resta un instant suspendu à l'entrée, en proie à une intense émotion, les nerfs relâchés après l'agitation et la trouille qui l'avaient habité toute la journée.

— Ne reste pas planté là comme un idiot, commanda Renée dont la forme et le bonheur faisaient plaisir à voir. Viens le voir de plus près.

Marcel contourna le lit pour s'approcher du berceau, prenant soin de ne pas faire craquer le

37

Le cri

parquet dont le bois sec et les lattes disjointes cris-
saient sous chaque pas. Son lardon roupillait. Il récu-
pérait des efforts fournis pour évacuer le giron
maternel.

— Tu es content d'avoir un fils ?

Marcel acquiesça.

— Moi aussi, c'est mieux pour un aîné.

— Mais si ça avait été une fille on l'aurait
acceptée.

— Évidemment, que tu es bête ! Si tu veux
bien, on va l'appeler Robert. Robert Panaud, je ne sais
pas pourquoi je trouve que ça sonne bien.

— Je veux tout ce qui te fait plaisir.

La maman effleura du plat de la main la joue de
son enfant.

— C'est doux... Touche-le !

— Faudrait peut-être que je me lave les mains.

Ce soir-là, dans la cuisine, durant de longues
heures, Renée revit ses instants de bonheur. Tard dans
la nuit, elle rangea la photo pour étaler sur la table la
couverture de repassage. Plusieurs fois elle dut faire
chauffer les fers l'un après l'autre pour finir de sécher
la veste et le pantalon de son grand.

4

Le matin, il fallut à Robert plus de temps que la veille pour se rendre à l'usine. Il suivit le troupeau des piétons qui empruntaient la voie du canal sans chercher à doubler les traînards qui retardaient le plus possible le moment de répondre à l'appel de la sirène d'embauche. Les petits frères lui avaient donné de bons conseils avant qu'il ne sorte :

— Ne te laisse pas faire !

— Casse la gueule à Rosso et Matalon !

— Ne te laisse pas faire mais ne les écoute pas, avait aussitôt rectifié la mère. Il n'y a que les voyous qui se battent. Courage, mon grand !

Du courage, Robert n'en avait guère à l'aube de la seconde journée de sa carrière de coursier, et bientôt d'employé de bureau si tout se déroulait normalement.

Au portier, l'infatigable Ferrari annonçait qu'il fallait associer les travailleurs à la direction de l'économie et à la gestion des entreprises. Nationaliser les grands moyens de production, les sources

Le cri

d'énergie, les richesses du sous-sol, les banques et les compagnies d'assurances. Le gouvernement provisoire de la République concevait le projet d'instaurer une vraie démocratie économique et sociale. Il voulait supprimer les féodalités financières et s'engageait à prendre toutes les mesures qui feraient passer les intérêts particuliers après l'intérêt général.

— Encore une fois, attendons de voir avant de nous réjouir, conclut le délégué.

Habité par la peur des retrouvailles avec ses collègues, Robert l'écouta sans comprendre un mot de ce qu'il racontait. Son air désarçonné n'échappa pas à Fredo, le vieux métallo avec qui il s'était entretenu la veille. Il lui proposa de lui expliquer, quand il aurait un moment, les propos du syndicaliste. Il le trouverait dans le cagibi du graisseur au fond de l'atelier d'entretien.

— Si je n'y suis pas, tu demandes au premier venu où est l'Ancien. Mon vrai nom c'est Alfred, mais on m'appelle aussi Fred, Fredo ou l'Ancien. Le dernier, c'est le surnom que je préfère.

Le vieux compagnon s'inquiéta de savoir à quel poste Robert avait été affecté. Il se réjouit d'apprendre que Lesage l'avait gardé près de lui.

— Ah ! Tout de même ! C'est le moins qu'il pouvait faire ce bon dieu d'Arthur, dit-il à l'apprenti qui s'en étonna.

Robert se présenta le premier au local des coursiers. Voulant prouver qu'il avait oublié les incidents de la veille, parfaitement assimilé sa tâche et qu'il se

40

Livre 1

considérait déjà comme l'égal des deux autres, il se mit tout de suite à l'ouvrage. Il répondit d'un bonjour distant aux saluts de Rosso et Matalon qui finirent par se justifier.

— Pour ton premier jour, il fallait bien qu'on te fasse une vacherie.

— Normal.

— Et encore on y a été mollo.

L'un et l'autre avaient subi des épreuves autrement pénibles à leur arrivée. Les vieux avaient plongé Matalon dans un bac de refroidissement en plein hiver. Ensuite ils l'avaient forcé à se déshabiller pour sécher sa tenue à la chaleur du plancher de coulée. La honte. Rosso, c'était aussi cruel sinon pire. Ils l'avaient accroché au pont roulant pendant plus d'une heure. Certains avaient même projeté d'attendre l'arrivée de l'équipe de nuit pour décider de son sort.

— C'est pas marrant de balancer au bout du crochet. Les vaches, en plus ils actionnaient le pont de temps en temps. Et ce jour-là pour tout arranger je m'étais réveillé avec, je ne sais plus comment on dit, une entérite avec un autre mot devant.

— Gastro, dit une grosse voix.

— C'est ça.

Rosso se retourna et se retrouva face au Chef qui était entré sans crier gare.

— Ça bavarde beaucoup ici. J'avais dit qu'on se presse ce matin. Le courrier doit être distribué avant de me ramener les bulletins de présence.

Rosso et Matalon lui firent un pied de nez dès qu'il eut le dos tourné. Ils invitèrent le bleu à les

Le cri

imiter, c'était la règle, chaque fois qu'Arthur les emmerdait, il y avait droit. Robert accepta et gagna le droit d'être admis dans la famille des coursiers, malicieux par tradition. Il eut pourtant une hésitation au moment de joindre sa voix à celle de ses deux collègues qui entonnèrent : « Arthur a le bout dur. »

— N'aie pas peur, à cette heure-ci il fait son inspection. Il est loin, il ne peut pas nous entendre.

— Arthur a le bout dur.

— Arthur a le bout dur.

Ils modifièrent les paroles quand ils entendirent s'approcher le pas d'Arthur qui retournait à son bureau.

— Alfred a le bout raide.

— Alfred a le bout raide.

Lesage aimait la jeunesse, sa générosité, son trop-plein de vie, son insolence, des qualités incompatibles avec son âge et l'exercice de sa haute fonction, mais qu'il cultivait en secret pour se donner l'illusion de ne pas vieillir. Il lui arrivait de provoquer ses coursiers pour le seul plaisir de les voir feindre la peur du Chef et se rappeler ses incartades d'antan. « Ce n'est pas aux vieux singes qu'on apprend à faire des grimaces », répétait-il quand ses jeunots justifiaient leur conduite en inventant des contes à dormir debout.

— Alfred a le bout raide.

Arthur entra dans le jeu des mousses. Il retarda le moment d'intervenir, puis fit irruption dans le bureau comme un diable sort de sa boîte.

— Ça suffit nom de dieu ! Je ne vais pas vous le répéter trente-six fois. Bougez-vous le cul au lieu de chanter des conneries ! Gare à la prime !

Livre 1

Il claqua la porte derrière lui et retrouva le sourire.

— Alfred a peut-être le bout raide, mais Arthur a le bout dur, lança-t-il dans le couloir pour entendre le rire des garnements et leur prouver que rien ne lui avait échappé.

Robert sortit grandi de sa mise à l'épreuve. Les deux autres pouvaient lui faire confiance, il n'était pas infiltré dans le service pour moucharder. Rosso lui confia la petite tournée, la distribution du courrier dans les hangars qui bordaient la grande rue traversée dans un coude par la voie ferrée intérieure. Le seul danger était de franchir les rails avant que n'apparaisse le train dont le mécanicien oubliait parfois de signaler l'arrivée par un coup de sifflet. Le halètement de la loco et le roulement des wagons étaient souvent couverts par le vacarme ambiant au plus fort du fonctionnement des presses et des machines.

— Par ici ! gueula Léon quand il pénétra dans le premier bâtiment consacré à l'entretien.

Des ouvriers meulaient, d'autres soudaient ou forgeaient des outils qu'ils battaient sur l'enclume. Un atelier réputé tranquille où la Direction faisait tourner le personnel pour lui permettre de souffler un jour ou deux chaque trimestre.

— C'est toi qui es arrivé hier ?

Robert reconnut le fondeur qui l'avait chassé du plancher de coulée et voulut déguerpir.

— Reste là ! Je ne vais pas te manger. C'est quoi ton nom ?

Le cri

— Panaud.
— Le gars à Fil de zinc ?
— Fil de fer.
— C'est pareil.

Léon projeta un marteau contre une plaque de tôle qui balançait au bout d'un treuil à cinq ou six mètres de son poste de soudure. Dans le bruit, le gong façon métallos était le seul moyen efficace pour attirer l'attention des collègues sans se déchirer les cordes vocales.

— Eh les gars ! C'est le fils à Marcel.
— Je le connais, dit Razza, un Calabrais, on est presque voisins. Pas vrai ?

Robert hocha la tête. Il serra des mains, mesurant à l'énergie de la poigne de chacun la qualité du souvenir laissé par son père auprès de ses compagnons de labeur. Il demanda où trouver l'Ancien. On lui indiqua le fond de l'atelier.

Arrivé devant l'antre du graisseur, Robert passa la tête au guichet troué dans la partie supérieure de la porte. Un cagibi encombré de bidons, de matériel à graisser, de pompes, de burettes et d'outils périmés relégués dans les rayonnages d'un musée des souvenirs. Un royaume de bric et de broc où Fred régnait en maître. C'est là qu'il passait le plus clair de son temps.

— Entre ! Je suis là.

Au fil des années, la fumée, la poussière, la limaille et l'humidité avaient donné aux murs de brique verdâtre l'aspect délavé du bleu de Fredo.

Livre 1

— Je parie que les autres ont cherché à savoir comment tu t'appelles, lança-t-il au jeune garçon.

— Oui.

— Moi je ne t'ai demandé que ton prénom.

Son nom, Fred l'avait deviné dès leur première rencontre. Robert ressemblait à son père comme deux gouttes d'eau, et à son grand-père Célestin qu'il avait connu ici même, dans ce cagibi qui à l'époque était le sien. Quand il avait le temps, le jeune Fred venait l'aider à pousser sa brouette.

— Lui aussi on l'appelait l'Ancien, dit-il après un silence empreint de tristesse. Il a fini graisseur comme moi, c'est un boulot qu'on donne aux innocents et aux vieux qui n'ont plus la force de faire autre chose.

Fred contempla le dos de ses mains fripées, couvertes de ces taches brunes qu'il appelait « marguerites de cimetière », et se tut. Après quelques instants, il poussa un soupir désenchanté.

— Bon ! Si on parlait d'autre chose, ça ne sert à rien de regretter sa jeunesse, ça ne la fera pas revenir. Qu'est-ce que tu es venu me chercher là ?

— C'est vous qui m'avez demandé de passer vous voir pour m'expliquer ce qu'on a entendu au portier.

— Exact, mais auparavant il faut que tu commences par me tutoyer. Quand on est du même bord, on ne se dit pas vous, c'est trop méprisant. Tu n'es pas de mon avis ?

Robert approuva.

L'Ancien proposa un marché à l'apprenti. Il avait tant de choses à lui enseigner qu'il faudrait des heures, des jours, des semaines, des mois avant d'arriver au

Le cri

bout de ce qu'il lui semblait utile de savoir pour défendre ses droits quand on démarrait au bas de l'échelle.

— Il faut que je vous... que je te dise, se reprit-il.

— C'est bien.

— Je n'ai pas beaucoup de temps ce matin. Le Chef a demandé qu'on se presse.

— Tu lui diras que tu m'as aidé. Il ne pourra rien te reprocher, c'est dans les usages.

Fred embarqua deux bidons et trois pompes à graisse de différents calibres sur son chariot.

L'engin muni de quatre roues en fer était lourd et difficile à déplacer sur la rue pavée de cailloux. Placés de part et d'autre d'un timon central, Fred et Robert courbèrent l'échine comme des animaux de trait. Ils avancèrent en franchissant les rails et en contournant les nids-de-poule pour éviter de verser. C'est en plein effort que le jeunot reçut la première leçon de l'Ancien.

— Pour savoir ce qui sépare un ouvrier d'un patron, il faut remonter jusqu'à la Révolution de 1789 et se rappeler ce que dit la Déclaration des droits de l'Homme. Des droits de l'Homme et du Citoyen. T'as dû l'apprendre à l'école.

— Un peu.

— Comment ça un peu ! s'offusqua Fred.

Il lui paraissait scandaleux que les instituteurs ne fissent plus apprendre par cœur à leurs élèves, sinon la totalité, du moins les premiers articles qu'il répéta au gamin : « Les hommes naissent et demeurent libres et

Livre 1

égaux en droits. Les distinctions sociales ne peuvent être fondées que sur l'utilité commune. » Avant d'ajouter :

— Eh ben, c'est pas vrai !

Car dès le lendemain, le 27 août 1789 – Fred exagérait peut-être mais il n'en était pas sûr –, la société était redevenue aussi injuste que la veille. D'un côté, les bourgeois avaient remplacé les nobles et pris les commandes du pays. De l'autre, les gagne-petit avaient continué à faire les boulots les plus sales et les plus dangereux parce qu'ils n'avaient que leurs bras pour mériter de vivre.

— Et vivre pour un ouvrier de cette époque, c'était avant tout de ne pas mourir. Tu comprends ça ?

Robert hocha la tête.

— Crois-tu que c'est encore vrai aujourd'hui ?

— Oui.

— Tu vois, c'est pas compliqué. Tu sais déjà l'essentiel.

Fred parlait comme un livre ; il n'avait pourtant pas fréquenté l'école longtemps. Soucieux d'avoir de bons représentants, le syndicat lui avait appris à s'exprimer pour tenir tête aux patrons. Désormais, il avait passé la main, ce qui ne l'empêchait pas de militer, sans trop en faire pour laisser les jeunes assumer leur destin.

— Que veux-tu ! On ne se refait pas. Je lutterai jusqu'au bout, même à la retraite.

Ils longèrent les silos à coke, les accumulateurs de minerai avant d'arriver à la salle des soufflantes, écartée du reste des installations. Dans cet univers où

Le cri

régnaient la noirceur et la saleté, où l'air lui-même était crasseux, Robert fut surpris de découvrir le seul endroit propre de l'usine. Le sol carrelé brique et jaune luisait sous les lampes. Pas un gramme de poussière ne ternissait les machines alignées côte à côte sur la largeur du bâtiment. Les énormes volants tournaient harmonieusement comme les rouages d'un mécanisme d'horloge.

— T'as trouvé un esclave ? demanda une voix avec un fort accent polonais.

— Un esclave ! Tu te fous de sa gueule, s'insurgea Fred. Un futur délégué syndical. Pas vrai ?

— Si j'en suis capable.

— Tu le seras. Il a de qui tenir, c'est le fils à Braie molle.

Aussitôt le Polonais manifesta la joie qu'il avait de faire la connaissance de Robert. Comme ceux de l'entretien, il lui secoua vigoureusement la main et, à son tour, vanta les qualités de son paternel. Il n'était pas gros mais c'était un costaud. Il n'avait peur de personne. Quand il avait décidé de quelque chose, rien ne pouvait l'arrêter, surtout quand il s'agissait de défendre les copains. Même les étrangers, comme lui.

— Je m'appelle Wysnievski, Polako si tu préfères.

Ayant fait le tour des soufflantes dont le Polak avait la charge, Fred lui fit le même reproche qu'à ses précédentes visites.

— Je ne sais pas comment tu les mènes tes bouzines, elles bouffent deux fois plus de graisse que les autres.

— C'est pas elles qui la mangent.

Livre 1

— C'est qui alors ? s'étonna l'Ancien.

— J'en récupère pour la vendre au marché noir. Il paraît qu'elle est bonne pour les frites. Tu aimes les frites, petit ?

— J'adore.

Clignant de l'œil et, sans rire, il chuchota une offre à l'oreille de Robert :

— Repasse me voir, je t'en donnerai une livre pour ta mère. Qu'elle l'essaye et tu m'en diras des nouvelles.

Tout au long de la tournée Fred expliqua à son jeune compagnon que des générations d'hommes qui avaient le fer dans le sang étaient passées là où il marchait. Hier son père, avant-hier son grand-père, avant eux son arrière-grand-père et le père de celui-ci l'avaient devancé.

— Sans se tromper on peut remonter aussi loin.

— N'écoute pas tout ce que te dit l'Ancien, il brode beaucoup.

— Occupe-toi de tes fesses, Léon.

— J'ai assez à m'employer avec celles des belles filles.

— Vantard !

Fred remisa son chariot puis invita Robert à le suivre pour lui donner la preuve de ce qu'il avait avancé jusqu'à ce que cet imbécile de Léon l'interrompe.

5

Ainsi, quarante ans plus tard, dans l'usine désertée par les métallos, Robert Panaud poursuivait le récit de sa vie. Chaque lieu appelait une anecdote, chaque bâtiment avait sa mémoire. Pierre avait écouté, respectueux, l'hommage rendu par son père à son passé d'ouvrier et à l'histoire familiale. Laissant derrière eux le plancher de coulée, décidé à continuer sa visite du souvenir, Robert entraîna son fils à la salle de repos attenant aux vestiaires.

— C'est ici que le vieux Fred m'a conduit.

Les murs étaient couverts d'affiches exhortant les ouvriers à respecter les règles de sécurité, de gravures et de photographies montrant les différents stades de l'évolution de l'usine depuis sa création.

— Regarde, c'est comme les pages d'un livre. Un livre écrit par les métallos depuis le XIXᵉ siècle.

Ils commencèrent la visite par les gravures. On y voyait des baraques construites autour des fourneaux pour loger ceux qui venaient de la campagne. La terre, en effet, ne pouvait nourrir tous les paysans,

Livre 1

les familles étaient trop nombreuses. Ils grelottaient l'hiver dans ces abris aux lattes disjointes, chauffés par des poêles qui diffusaient plus de fumée que de chaleur. Ceux qui habitaient en ville n'étaient guère mieux lotis, entassés dans des caves et des taudis que les propriétaires louaient à prix d'or. Ils couchaient sur de la paille retenue par deux planches.

— « Je vis ce morne enfer, cita Pierre, le fils ingénieur. Des fantômes sont là sous terre, dans des chambres. Blêmes, courbés, ployés. Le rachis tord leurs membres dans son poignet de fer. »

— C'est de qui ?

— Victor Hugo.

— T'as de la chance. Tu en connais des choses.

— Pas tant que ça.

— L'important c'est que tu les retiennes, aurait dit Fred.

Lui, la grande école, il en avait suivi les cours dans cette sorte de musée accessible à tous. Et son professeur c'était l'Ancien. Il s'arrêta devant une gravure représentant deux forgerons torse nu, tenant levées au-dessus de leur tête de grosses masses prêtes à s'abattre sur du fer rougi.

— Devant celle-ci il m'a demandé mon âge.

Un peu plus de cent ans après que le premier de sa famille eut franchi le portier, Robert avait démarré la cinquième génération de métallos, et Pierre aurait pu être la sixième, le plus beau fleuron de la dynastie, si l'histoire n'avait pas mal tourné.

— J'aime bien que tu parles de dynastie.

— Pourquoi ? Tu trouves ça déplacé ?

51

Le cri

— Pas du tout, mais en général c'est un mot réservé aux aristos.

Ils échangèrent un sourire et se tournèrent à nouveau vers les gravures. Son père lui avoua avoir passé des heures à détailler les machines, les outils, à scruter les visages. Il les connaissait tous par cœur. Sur une reproduction des années 1880-1890, il était persuadé que l'enfant perdu au milieu d'un groupe d'hommes était son grand-père Célestin. Il avait un air de famille et le sourire des Panaud. Le corps droit, la tête haute, jouant les braves, sans doute à la demande de l'auteur du dessin, il avait posé dans l'attitude d'un jeune garçon confiant en son avenir.

— Chaque fois que je le regarde, je me retiens de pleurer. Il ne se doute pas de ce qui l'attend. Quel triste destin !

6

Célestin était le fils de Jules Panaud et d'Hortense Briseux. Comme tous les aînés des familles d'ouvriers, il était entré à l'usine entre huit et neuf ans, aussitôt qu'il avait eu la force de pousser un wagonnet à la salle des mélanges. Il faudrait attendre encore des années pour que l'âge légal d'embauche des enfants soit porté à treize ans ; ce qui fut vrai dans les textes ne le fut pas dans la réalité, les patrons n'hésitant pas à contourner la loi. La haute administration fermait les yeux. Il n'y avait pas souvent de ces contrôles tant redoutés par les familles heureuses de toucher le maigre salaire d'appoint des plus grands de leur couvée pour aider à nourrir les petits.

— Les pauvres gosses, ont-ils eu du mal ! dit Robert à son fils. Ils recevaient plus souvent de coups de pied au cul que de félicitations.

Dans la fumée et le vacarme de l'usine, chaque jour, les enfants s'épuisaient à la tâche. Posté au-dessus des goulottes, un contremaître surveillait le chargement des wagonnets.

Le cri

— Plus vite, tas de fainéants !

Braillant pour un oui pour un non, il quittait son perchoir, insultait et brutalisait sa jeune équipe qui se fatiguait au fur et à mesure que la journée avançait.

— Regardez-moi celui-ci, comment il s'y prend ? Je t'en ai déjà fait la remarque hier !

Souffrant de l'épaule droite dont il s'aidait pour pousser la charge, Célestin reculait entre les rails et tirait le wagon les bras tendus. Comme il ralentissait la circulation de l'ensemble, il reçut une taloche, et grimaçant de douleur se remit dans le bon sens.

C'était une période de pleine expansion, toute seconde perdue était punissable. Une invention en appelait une autre, le besoin de fer ne cessait d'augmenter. On s'en servait pour tout : les chemins de fer, les trains, les gares, les ponts, les ouvrages d'art et les constructions métalliques, les bateaux. Les patrons faisaient de plus en plus de gros bénéfices sans que les salaires augmentent ou que la journée diminue, pas même pour les enfants. La paye était distribuée chaque samedi. Arpètes en tête, les ouvriers attendaient en file indienne dans le long couloir de la comptabilité. Assis derrière un guichet, le payeur distribuait à chacun sa récompense.

— Qu'est-ce qu'on dit ?

Célestin compta et recompta les quelques pièces qu'il avait dans la main.

— On ne t'a pas appris ?

— Si, concéda-t-il.

Livre 1

— Alors ?

Célestin lui fit remarquer qu'il avait travaillé autant que les semaines précédentes et qu'il recevait moins de sous.

— C'est tout ce que tu trouves à me répondre ?

— Merci.

— Ça a été long à venir. Comment t'appelles-tu ?

— Célestin.

— Célestin comment ?

— Panaud.

— Tu es le fils de Jules Panaud ?

— Oui, monsieur.

— Je vais prévenir ton père. Si je t'entends encore te plaindre une seule fois, je le signalerai en haut lieu et on ne voudra plus de toi.

C'était la pire des menaces.

D'habitude, Jules et Célestin se retrouvaient au portier pour faire la route du retour ensemble, le trajet leur paraissait moins long. Vaincus par la fatigue, ils longeaient le canal sans dire un mot, le père marchant devant le fils pour le protéger du vent ou le prévenir d'un éventuel obstacle.

— Tintin ! Arrive si t'es là !

Jules attendit vainement une réponse.

— Il a dû filer par peur de se faire engueuler, dit-il à des collègues qui sortaient en même temps que lui.

Tapi derrière l'abri des urinoirs, Célestin sortit de sa cachette et suivit le groupe à distance

Le cri

raisonnable. Il s'aperçut que son père ne prenait pas le chemin habituel. Jules, l'air préoccupé, rallongea sa route. Les informations que lui avait rapportées Roseline laissaient présager le pire. Si seulement elle s'était trompée... Mais la jeune femme n'avait pas son pareil pour jouer les espionnes.

Elle s'appelait Rosa, fille d'émigrés espagnols, et opta pour Roseline quand elle fut engagée à l'usine. Secrètement amoureuse d'un homme marié, père de famille, elle s'interdisait de céder aux avances des nombreux célibataires qui lui tournaient autour. Ses longs cheveux bruns bouclés battant sur les épaules, elle promenait son regard sombre d'Andalouse dans les escaliers, les couloirs et les bureaux de la direction de la démarche vive et chaloupée des danseuses de flamenco, un balai dans une main, des chiffons dans l'autre. Ses pauvres nippes cousues dans une toile grossière épousaient la cambrure de ses hanches. Le tissu frémissait à chacun de ses pas aussi élégamment que la soie des robes légères taillée sur mesure. Les cadres se retournaient sur son passage, tous sans exception, du plus petit au plus grand, du plus jeune au plus âgé des chefs travaillant au Château. Le regard de Monsieur le Directeur lui-même s'attardait sur ses reins quand elle se penchait pour frotter les pieds des fauteuils de son bureau. Un autre plaisir était de lui donner ses lunettes à nettoyer pour la voir ouvrir grand la bouche, souffler sur les verres pour les humecter et relever le pan de son tablier pour les sécher. Roseline n'était pas innocente, elle se prêtait

Livre 1

volontiers aux caprices du grand patron pour gagner sa confiance, garder son poste et continuer d'espionner sans éveiller de soupçons. Sa fonction de femme de ménage dans les degrés du pouvoir lui permettait de laisser traîner l'oreille. Glanant çà et là des informations inédites, elle les confiait à Jules, le principal meneur du combat des ouvriers. Les plus précieuses émanaient du bureau du grand patron qui les recevait de Monsieur A. et Monsieur B., ses proches collaborateurs dont nous tairons les noms eu égard à la réputation de leur descendance. Chaque matin, ils entraient pour présenter leurs rapports à l'heure où la femme de ménage finissait, sans se presser, d'épousseter la pendulette et les bibelots posés sur la cheminée de marbre rose.

Ce samedi-là, ayant eu vent la veille d'un mouvement de contestation dans l'usine, le Directeur s'impatienta :

— Merci, Roseline, vous pouvez partir.

— Je n'en ai plus pour longtemps, monsieur, j'ai presque fini.

— Laissez-nous je vous prie, vous ferez le reste un autre jour.

— Je viendrai demain pour que tout brille en vue de la visite de ces Messieurs du Luxembourg.

— Demain nous serons dimanche, Roseline.

— Cela ne fait rien, monsieur, j'aurai du temps avant la messe.

Monsieur A. et Monsieur B. se plantèrent devant le bureau du Directeur, le temps pour Roseline de

57

Le cri

remballer sa boîte de cire, son balai, sa brosse, son plumeau et ses chiffons.

— Je n'ai jamais vu de femme de ménage aussi dévouée ! affirma le grand patron quand elle fut sortie. Asseyez-vous !

Il se leva pour regarder ses subordonnés du haut de sa grandeur et les obliger à lever les yeux vers leur maître.

— Venons-en aux choses sérieuses. Quelles sont les nouvelles ?

— La situation devient préoccupante au plan national monsieur.

Roseline s'attarda dans le couloir sous prétexte d'y donner un coup de balai et tendit l'oreille à la porte du bureau directorial. Elle apprit qu'un peu partout en France, dans toutes les branches de la Sidérurgie, les ouvriers protestaient contre la mise en place d'unités de production plus vastes.

— Elles sont nécessaires, coupa sèchement le Directeur, faute de quoi nous allons sombrer dans la récession. C'est notre intérêt, mais c'est aussi celui de tous les employés. Poursuivez !

Partout, le soir, les métallos se réunissaient, le plus souvent en ville dans les cafés. Dans certaines communes, ils criaient dans la rue et osaient même le faire à l'intérieur des ateliers.

— Chez nous, nous avons de la chance, monsieur.

— Pourquoi ?

— Tout se passe dans le calme.

— Qui vous dit que ça durera ?

Livre 1

Le Directeur avait raison de s'inquiéter. Il apprit encore par la bouche de Monsieur B. que le personnel lui reprochait de trouver l'argent pour investir dans le matériel alors qu'il n'y en avait pas pour augmenter les salaires.

— Encore une fois c'est à vous de leur faire comprendre et admettre que la mécanisation est nécessaire comme élément de progrès.

Il semblait ne pas connaître ses ouvriers qui accordaient de moins en moins de crédit à ses paroles. Il avait perdu leur confiance par nombre de promesses non tenues. Et comment aurait-il pu les connaître quand il ne les voyait pour ainsi dire jamais. Il les rencontrait le jour de la Saint-Éloi, à la remise des médailles pour les anciens, et les rares fois où il avait une bonne nouvelle à leur annoncer, autrement dit tous les dix ou quinze ans.

Comme la conversation s'achevait, Roseline avait pris prestement la direction de l'usine, pour rendre compte de ces informations à qui de droit.

Jules parvint en ville, entra au café et s'attabla au milieu d'un groupe imposant d'ouvriers venus pour l'écouter. Quand tous furent assis, le cafetier naviga entre les tables une bouteille à la main, des petits verres dans l'autre. Il servit la même consommation à tous ses clients, une eau-de-vie raide et bon marché. Jules attendit d'avoir bu une gorgée pour annoncer les nouvelles.

Elles n'étaient pas bonnes, les besoins de fonte et de fer diminuaient, on fabriquait de moins en moins

Le cri

de rails et de locomotives. Sans compter que la fonte était de plus en plus souvent remplacée par l'acier. Les commentaires allaient bon train. Dans le café, le brouhaha s'intensifia.

— Parle plus fort, on ne t'entend pas.

Jules n'avait pas le cœur à crier sa crainte de voir des changements se produire dans les jours à venir. Il avait appris que les Directions des différentes fonderies de la région avaient décidé de se regrouper pour produire l'acier en grandes quantités en limitant les frais de transformation de leurs usines. Il n'y avait pas besoin d'avoir fréquenté les grandes écoles pour comprendre que l'ensemble des personnels en pâtirait.

— D'où tu tiens ça ?

— De quelqu'un qui fréquente les bureaux.

— C'est qui ?

— Elle m'a demandé de taire son nom. Je lui ai promis de ne pas la trahir.

— C'est une femme ?

— Oui et alors ?

— Elle a des gros nénés ?

La question ne fit rire personne.

— Gros ou petits, elle est de notre bord un point c'est tout, répondit Jules. C'est une femme honnête.

L'heure n'était pas à la gaudriole.

— Jusqu'à présent elle ne m'a jamais raconté de bobards.

Livre 1

Ainsi, chaque semaine, au café, Jules chauffait ses troupes. Il soufflait sur des tisons, ravivait des braises prêtes à s'enflammer.

— De nouveaux engins sont déjà commandés.

Des mécaniques que personne ne connaissait encore et dont il avait oublié les noms. Dès leur mise en place, l'ordre serait donné de les faire marcher à plein tube.

— On nous demande de travailler plus vite ! Plus vite ! Plus vite ! Toujours plus vite !

Pour mériter leur prime de fin d'année, les contremaîtres rognaient sur les temps de pause des ouvriers, ne tenaient aucun compte de la fatigue de leurs subordonnés, truquaient les horloges.

— Qu'est-ce qu'il leur faut ? Y a pas encore assez d'accidents ?

Tous convinrent amèrement que leurs vies n'avaient pas grande valeur, pas même un pet de lapin. Tellement moins que les bénéfices que les patrons pouvaient tirer en les ligotant sur des machines.

— Un jour viendra où on sera tous remplacés par les mécaniques, prédit Jules.

— À bas les mécaniques !

— Ça ne suffit pas de gueuler. Qui se porte volontaire pour venir avec moi au château ?

— Dire quoi ? demanda Jean-Baptiste, l'amateur de gros nénés.

Tous votèrent la proposition de Jules, assez hardi pour aller faire face au Directeur, et lui dire sans baisser les yeux qu'il avait le cœur trop dur. Que s'il

Le cri

était riche, il le devait à ses ouvriers qu'il ne traitait pas mieux que ne l'avaient fait son père et sans doute son grand-père à la création de l'entreprise familiale.

— S'il envisage d'équiper les ateliers avec de nouvelles machines, ce sont nos mains et nos bras qui lui permettront de les acheter. On va lui dire : ne vous étonnez pas de nous voir nous soulever contre vos mécaniques. Si on ne peut pas s'y adapter et si vous nous mettez à la porte, on n'aura pas d'autres solutions que de les détruire pour sauver nos vies, et celle de nos enfants qui sont déjà si malheureux.

Attendant la fin de la réunion et la sortie de son père, Tintin profita de sa présence en ville pour tendre la main aux passants devant la vitrine du café. Il n'était pas le seul jeune mendiant de la rue, ce qui limitait sa chance de récolter une pièce. À plusieurs reprises, il avait grelotté tard dans la soirée, soutenant de sa main libre son bras raidi par le froid, sans glaner le moindre sou. Ce samedi, le ciel eut pitié de lui ou tout simplement la chance lui sourit. Un fiacre déboucha des beaux quartiers et s'aventura au pas dans la rue encombrée de piétons. La bourgeoise qui en était l'unique occupante commanda au cocher de stopper l'attelage à hauteur de Célestin.

— Petit ! Petit !

Un appel en tous points semblable à celui des éleveuses de basse-cour entrant dans un poulailler pour y distribuer le grain quotidien.

— Petit ! Petit ! Petit !

Tintin regarda autour pour s'assurer que l'appel

Livre 1

de la dame lui était destiné. Il ôta sa casquette, s'approcha du fiacre.

— Bonsoir, madame.

— Tu es poli, mon garcon, c'est bien. Dis-moi ton prénom !

— Célestin.

— Quel âge as-tu ?

— Huit ans.

— Tu travailles à l'usine ?

Le gamin acquiesça.

— Si jeune toi aussi, dit la dame d'une voix à peine audible.

Le cocher se précipita quand elle voulut sortir du fiacre. Il ouvrit la porte, déplia le marchepied et courba sa tête nue devant sa maîtresse. Elle descendit tout de noir vêtue, coiffée d'un chapeau orné de plumes, ses mains gantées tenant un petit sac au fermoir d'argent.

— Tu attends ton père ?

— Non, madame.

— Nous sommes samedi. Il n'est pas au café en train de boire sa paye ?

— Oh non ! Il est chez nous.

— Tu en es bien sûr ?

— Oui madame.

Les doigts gantés de la bourgeoise tentèrent en vain de plaquer l'épi qui rebiquait au sommet du crâne de Célestin. Elle fit glisser le fermoir d'argent, ouvrit son sac, en sortit trois grosses pièces qu'elle déposa dans la main que l'enfant avait gardée tendue depuis l'arrivée du fiacre. Soupesant les pièces,

Le cri

considérant leur valeur, le gamin garda la bouche ouverte avant de pouvoir articuler un « merci, madame » si touchant que la généreuse donatrice ferma les yeux pour retenir ses larmes. Quand elle eut maîtrisé son émotion, elle grossit son obole d'une pièce supplémentaire.

— Je peux te faire un baiser, Célestin ? quémanda-t-elle en guise de remerciement.

Rouge de confusion, Tintin haussa les épaules avec une moue perplexe. Il n'était pas contre, mais ses joues étaient salies par le charbon et la poussière de minerai. En plus il n'avait pas l'habitude, chez lui sa maman ne l'embrasssait qu'avec ses yeux. La grande dame se pencha malgré tout et posa longuement ses lèvres sur le front du petit mendiant. Puis elle s'engouffra dans le fiacre pour masquer son trouble. La voix tremblante, elle commanda au cocher de poursuivre leur chemin vers un autre quartier en empruntant un raccourci par la rue des Belles. Là, les filles se livraient à une autre sorte de mendicité. Elle baissa les paupières pour ne pas voir la troupe des gamines obligées de se vendre pour acheter de quoi vivre, et marmonna un acte de contrition pour le pardon de leurs péchés et le salut de leurs âmes.

7

— Quand on ne mange que de la soupe maigre ou du pain avec du lait battu, on peut avoir envie de goûter à quelque chose de meilleur, avait dit Fred au jeune Robert dans la salle de repos où il l'avait entraîné lors de leur première sortie commune. Le rata de Lulu par exemple. T'as jamais vu Lulu, c'est ma femme, tu la connaîtras un jour.

L'Ancien fit réchauffer sa gamelle au bain-marie sur un poêle et proposa à Robert d'en partager le contenu, un sauté de mouton. Une spécialité de Lulu, préparée selon un art bien à elle qu'elle taisait aux autres ménagères. Pour donner du caractère à son plat, elle ajoutait des épices, du sel et du poivre, un bouquet garni, de l'ail, des échalotes mais aussi, et surtout, un sucre caramélisé qui, le croira-t-on, apportait un soupçon d'amertume avec sa couleur brune. Surtout, surtout, elle ne liait jamais la sauce avec de la farine ou de la Maïzena pour ménager le foie de son Fredo. Enfin, elle osait accompagner sa viande d'un

65

Le cri

gratin de céleri, carottes et navets quand ses voisines se contentaient des sempiternels lingots secs.

— Si elle savait que je t'ai livré son secret, elle me tuerait. Enfin, c'est une façon de parler parce qu'elle n'est pas méchante ma Lulu. C'est sûr, tu ne veux pas qu'on partage ?

Robert refusa poliment, il était trop tôt. Fred commençait toujours son repas avant midi. Ça lui permettait d'aller de table en table bavarder quand tout le monde était là. Pour tuer le temps avant que son sauté ne soit chaud, il reprit son récit, rue des Belles, là où il l'avait laissé.

— Pour les filles t'as compris ?

— Elles faisaient la putain ?

— Moi j'appellerais ça autrement.

Il crut bon de remonter aux origines de l'Industrie et à l'histoire de la vie du populo rongé par la misère durant tout le XIXᵉ siècle.

— Et ceci, encore une fois malgré les promesses de la Révolution, insista-t-il.

Partout, dans la métallurgie comme ailleurs, beaucoup de jeunes femmes au ventre creux abandonnaient les manufactures dès six heures du soir au lieu d'en sortir à huit ou neuf. Elles parcouraient les rues dans l'espoir de rencontrer quelques hommes riches en mal d'amour.

— J'ai lu qu'on disait à l'époque qu'elles faisaient leur « cinquième quart de journée ».

— Un drôle de mot, releva Robert.

— Moi je le trouve triste. Même si ce cinquième quart rapportait plus que les quatre premiers.

Livre 1

Parmi ces femmes, des jeunettes de douze ou treize ans allaient s'offrir aux passants parce qu'elles n'avaient pas d'autres moyens d'existence, ou parce que les parents acceptaient leur sacrifice faute de pouvoir faire autrement pour nourrir leur couvée. Des journaux de l'époque retrouvés dans les archives attestent que des villes entières étaient infestées de prostitution d'enfants par centaines. Ils parlent moins des chefs qui n'attendaient pas d'être dehors pour acheter la virginité de leurs petites ouvrières. Sans débourser le moindre sou, ils usaient du droit de cuissage dans les ateliers qu'ils dirigeaient. Les avortements étaient monnaie courante dans les usines, les filles mères nombreuses, de plus en plus gamines. Certaines n'attendaient pas d'accoucher. Ne supportant pas le déshonneur, elles mettaient fin à leur vie à peine commencée.

— Moi, par exemple, confia Fred, je n'ai eu qu'un grand-père, celui du côté de mon père. Ma grand-mère maternelle qui n'avait pas de mari a eu honte toute sa vie. Je crois bien que ma mère aussi.

Il ramena le sourire sur le visage de son jeune élève en s'imaginant sorti de la cuisse de Jupiter, petit-fils d'un agent de maîtrise, pourquoi pas d'un Maître de Forges.

— Crois-moi, je ne dois pas être le seul dans ce cas-là. Certains doivent être cousins et cousines sans s'en douter. Regarde bien autour de toi, y a quelquefois des ressemblances dans des familles qui n'ont aucun lien les unes avec les autres.

Le cri

Il sortit sa bouteille d'un placard fermé au cadenas, se servit un verre de vin qu'il leva à la santé des bâtards.

— On dit qu'ils sont plus intelligents que ceux qui sont nés normalement. Mais écoute ! Y a ma gamelle qui chante, c'est plus le moment de discuter.

8

Sans doute membres de la bonne société, les descendants de Monsieur A. ne seraient pas fiers encore de nos jours d'apprendre que, en cette fin du XIXe siècle, non content de se livrer à la pratique coupable du droit de cuissage, leur aïeul insatiable longeait les murs à la tombée de la nuit. Au premier coup d'œil, il repérait les débutantes qui, battant le pavé d'un pas hésitant, souriaient aux clients avec une sorte d'embarras timide.

— C'est la première fois ?

— Oui, répondit une jeune pucelle.

— Alors viens ! Si tu es gentille, tu auras une belle récompense.

Redoutant d'être surpris en aussi bonne, jeune et belle compagnie, il lui recommanda de le suivre à bonne distance sans jamais le perdre de vue. Il possédait, non loin de là dans l'immeuble bourgeois d'une rue respectable, un petit appartement qu'il appelait son bureau et qui en fait servait d'abri à ses équipées coupables. Il changea de trottoir et se précipita sous

Le cri

un porche à hauteur du café d'où sortaient les ouvriers. Assemblés devant la porte, les insoumis tardèrent à se séparer.

— Faut pas avoir peur, les gars ! martelait Jules. Les patrons ont encore plus besoin de nous qu'on a besoin d'eux.

Monsieur A. l'entendit. Il serra les mâchoires. Une lueur haineuse brilla dans ses yeux. La pucelle prit peur et s'enfuit. Monsieur A. s'apprêtait à passer une bien mauvaise soirée.

Célestin emboîta le pas de son père et marcha sagement derrière lui comme à l'habitude.

— Célestin ! Où t'étais passé ?

— Nulle part.

Ils n'en dirent pas plus avant de descendre sur la berge enneigée du canal. Feignant l'insousiance, Célestin suivait son père. Jules attendait d'être seul avec son fils pour lui rapporter la menace que Monsieur B. lui avait faite à lui aussi.

— Le comptable m'a dit.

Célestin freina des quatre fers.

— Je lui ai répondu qu'il ne fallait pas qu'il compte sur moi pour t'engueuler.

Rassuré, le gamin combla son retard.

Ils habitaient la troisième masure à main droite en entrant dans un secteur éloigné du centre, un espace réservé aux plus miséreux des ouvriers de l'usine. Ceux qui logeaient au bout des ruelles disposées en éventail depuis l'entrée où se situait le

Livre 1

seul point d'eau de la zone n'avaient pas eu cette chance. Pour éviter des pas et des efforts inutiles, les femmes et les enfants chargés des corvées quotidiennes plongeaient leur seau dans le canal pour la toilette, le lavage, et tous les usages qui n'exigeaient pas d'eau potable.

L'intérieur des Panaud était semblable à ceux de leurs voisins venus comme eux de campagnes lointaines. Les Lenoir, les Cordouan, les Chauffaut, les Rousselin et les Noblet portaient encore, pour certains, un chapeau ou un élément de son costume régional. Les grabats allongés le long des murs entouraient le poêle et la table, pièces principales du mobilier auxquelles s'ajoutait parfois une maie, rarement un buffet, jamais d'armoire. Les écuelles, couteaux, cuillères et fourchettes, la louche, les pots en terre, une ou deux casseroles étaient rangés dans un coin à même le sol près du seau d'eau. Le pain rassissait par économie en bout de table. Les nippes doublaient les lambeaux de couverture étalés sur chaque lit. Sur ces couches humides et insalubres, souvent d'une saleté repoussante, s'entassaient la nuit père, mère, adultes et enfants, tout habillés l'hiver, sans chemise l'été.

Chaque soir Fonsine, Émile et Germain attendaient dans le noir l'arrivée du père et du grand frère avant d'allumer la bougie et de venir s'asseoir sur les bancs de part et d'autre de la table. Jules distribuait le pain à ses marmots tandis qu'à peine entré, Célestin se précipitait vers la paillasse où reposait sa mère. Ce

Le cri

samedi-là, fier de lui, il sortit les pièces de sa poche pour les lui montrer.

— Tu as travaillé plus que d'habitude ?

Sourire aux lèvres, le petit fit non de la tête.

— Comment se fait-il que tu aies tant de sous ?

— Une dame m'en a donné.

— Elle a été généreuse cette dame. On a de la chance, pour une fois.

Hortense n'en revenait pas.

— Dis à Fonsine de les mettre dans la boîte.

À son tour Jules s'approcha de sa femme.

— Moi il me manque ce que m'a coûté mon verre au café.

— Tu as été à la réunion ?

— Oui.

Hortense s'inquiéta. Jules eut beau la rassurer, elle craignait qu'un jour ou l'autre les combats qu'il menait ne lui causent du tort. On finirait bien par savoir en haut lieu que c'était lui le meneur. Elle regarda longuement son mari avec ses grands yeux pâles chaque jour plus enfoncés dans son visage amaigri, chaque soir bordés de cernes plus sombres que le matin. Jules caressa son ventre gros de huit mois et plus.

— Il bouge ?

— Pas beaucoup.

— L'important c'est qu'il remue.

Il pencha la tête pour, dit-il, entendre battre le cœur de l'enfant à naître.

— J'ai peur, Jules.

Hortense se sentait fiévreuse et si faible qu'elle ne

Livre 1

savait pas si, le moment venu, elle aurait la force de l'évacuer.

— Il va t'aider. Il ne prend pas beaucoup de place et il ne gigote pas beaucoup, mais ça ne veut rien dire. Il est peut-être plus costaud qu'un gros lard.

Autour de la table, Émile et Germain admiraient chaque pièce que Fonsine leur présentait avant de les déposer dans la boîte en fer où chaque samedi Jules et Célestin garaient leurs sous à l'abri de la poussière. Une maigre fortune aussitôt amassée, aussitôt dépensée pour acheter le pain, le lait et les pommes de terre qui constituaient la base des repas journaliers. Émile rêvait de soupe grasse avec un morceau de vache de qualité inférieure que les écus apportés par le grand frère permettraient peut-être d'acheter. Germain préférait de la saucisse ou du mauvais pâté de cochon. Fonsine ne pensait qu'au bruit que faisait chaque pièce tombant dans la boîte vide, se donnant l'illusion d'être quêteuse le dimanche à la grand-messe. Elle en fit un jeu qui énerva Tintin. C'était manquer de respect à ses sous et à la belle dame dont il garderait à tout jamais l'image dans sa mémoire.

Il la revit le lendemain à l'église. Elle occupait un fauteuil de velours rouge placé dans l'avant-chœur, devant la sainte table qui coupait l'église en deux et séparait les pécheurs du clergé et des personnes en état de sainteté. Elle était là chaque dimanche, habituellement accompagnée de son mari, Monsieur le Directeur de l'usine, qui avait posé pour la statue et le vitrail de saint Éloi, patron des forgerons. Elle gardait

73

Le cri

la tête orientée vers l'autel, aussi Célestin n'avait jamais vu son visage dissimulé sous une voilette. Tintin imagina qu'elle le cherchait quand, pour la première fois dans son souvenir d'enfant, elle se retourna vers les ouailles entassées dans la nef.

Monsieur le Curé ôta sa chasuble et le manipule et, l'étole croisée sur son aube, il grimpa dans la chaire à la fin de la lecture de l'Évangile.

— *In nomine Patris et Filii et Spiritus Sancti.*

— Amen.

— Mes bien chers frères.

Les chers frères ouvriers avaient l'obligation d'assister chaque dimanche à la messe sous la menace de pécher mortellement et de subir un blâme, parfois même une punition de la Maîtrise qui avait ses espions à l'église comme elle avait ses mouchards à l'usine.

— Méditons la parole de Dieu. Observons ses règles. Obéissons à sa loi.

C'était la parole de Monsieur le Directeur colportée par Monsieur le Curé. Les règles de Monsieur le Directeur. La loi de Monsieur le Directeur.

— S'il y a des différences ici-bas, c'est Dieu qui, dans son infinie bonté, les a voulues afin d'en faire profiter chacune de ses créatures.

Le prêcheur se lança dans une explication qu'aucune oreille de pauvre n'était prête à entendre.

— Supposons que tout le monde ait la même fortune, personne n'aurait le pouvoir de donner.

Livre 1

Personne n'aurait la chance de recevoir la charité de celui que Dieu éprouve en lui prodiguant ses largesses.

Tintin se trouvait être l'exemple vivant de cette vérité qu'il avalait toute crue. Le coup de coude dans le côté que lui donna son père lui fit perdre son sourire et cracher en toussant les paroles du prêtre payé pour asservir ses ouailles.

— Oui, mes frères, le riche aussi a un cœur et a le devoir de le montrer. Il doit veiller au salut de l'âme des ouvriers qu'il emploie en les encourageant à fréquenter l'église. En leur accordant le temps nécessaire à la confession de leurs péchés. En leur permettant de se présenter purs et sans taches à la table sainte pour y recevoir le corps du Christ à Pâques et aux autres fêtes d'obligation.

S'il n'avait été pressé de clore l'office il aurait pu ainsi continuer ses louanges durant des heures. Jules fulminait en silence tout en surveillant Célestin du coin de l'œil.

— N'écoute plus ce qu'il dit, pense à autre chose, murmura-t-il entre ses dents.

Difficile pour Tintin d'obéir à son père quand le curé se mit à faire l'éloge de sa bienfaitrice.

— Si le riche est un bon chrétien, que dire de sa vaillante et bonne épouse ! Dame de charité qui n'hésite pas à sortir de sa maison pour entrer dans la chaumière de l'indigent. Le cœur débordant, elle distribue son aumône. Elle veille à la santé des enfants, bravant la saleté et la maladie contagieuse qui parfois les emporte.

Madame la Directrice en avait la larme à l'œil. Oh oui ! Elle en côtoyait des enfants mal vêtus, mal nourris,

Le cri

en cachette de son mari. Petites victimes de ces pères alcooliques qui oublient pendant qu'ils boivent la dureté de leur travail. Bambins couverts d'irritations qui évoluent en maladies scrofuleuses. Bambines qui s'étiolent dès leurs premières années et deviennent débiles pour le restant de leurs jours. Les plus chanceux survivaient avec des bras trop longs, des jambes courtes et déformées. Les plus résistants parvenaient à l'âge adulte en restant dans un état de santé précaire.

— Acceptons humblement la charité. C'est la plus belle action que le Seigneur a instaurée sur terre pour améliorer le sort du pauvre mais aussi pour aider le riche à gagner son paradis dans la vie éternelle.

Il va le boucler, son bec, pensait Jules.

— Ne cherchons pas à détruire l'œuvre de Dieu. Bénissons-le pour ses bienfaits. Au nom du Père et du Fils et du Saint-Esprit.

— Amen.

Il descendit de sa chaire, renfila sa chasuble, fixa avec une épingle le manipule sur son avant-bras droit, leva la tête et les mains au ciel pour entonner le Credo.

— *Credo in unum Deum.*

Puis, tourmenté par une question qui lui trottait dans la tête depuis le début de l'Office, il laissa les fidèles chanter seuls leur acte de foi. Pourquoi donc Monsieur le Directeur n'était-il pas à la messe lui, qui tenait tant à servir d'exemple à tous les paroissiens ?

Il obtint la réponse lorsqu'il descendit la nef en compagnie de Madame qu'il raccompagnait chaque dimanche jusqu'à la grande porte de l'église.

Livre 1

— Vous avez sans doute été surpris de ne pas voir mon mari.

— Je m'en suis inquiété et ai prié pour lui à l'Offertoire, pensant que peut-être il était malade...

— Il s'est réveillé fiévreux. Vous avez deviné juste, monsieur l'Abbé.

— Cela n'est pas grave au moins ?

— Il souffre d'une violente migraine et a préféré ne pas risquer d'attraper d'autres microbes dans votre église.

— Je comprends. Je comprends.

— Il vous prie de bien vouloir lui apporter la communion. Peut-être accepterez-vous de partager notre déjeuner en toute simplicité ?

— Certainement, madame, avec joie.

Parmi les enfants qui attendaient la main tendue sur le parvis, Madame cria son bonheur de revoir son protégé de la veille.

— Célestin !

Jules discutait avec des collègues au bas de l'escalier. Entendant prononcer le prénom de son fils, il grimpa quatre à quatre les marches de pierre pour l'arracher des mains de la bourgeoise qui lui avait pris les épaules et se penchait pour l'embrasser. Des remous secouèrent le troupeau des indigents qui devaient attendre la fin de la volée des cloches, don du Père de Monsieur, pour se disperser.

De retour au château, Albert, le cocher du fiacre de Madame, s'empressa de rapporter l'incident au Directeur qui le gratifiait d'une récompense chaque fois

Le cri

qu'il mouchardait. Il était dispensé de messe pour en surveiller l'entrée et la sortie, compter les manquants qu'il traquait dans les rues et les cafés durant la célébration du Saint Sacrifice. L'insolent se permettait de boire, avec les deniers de ses trahisons, un verre ou deux au nez et à la barbe des mécréants qu'il épinglait.

— Alors, vous avez subi un affront, m'a-t-on dit. Quand donc ferez-vous preuve d'un peu de sang-froid ?

Madame affrontait l'orage, assise au bout de la grande table rectangulaire de la salle à manger. Monsieur arpentait l'immense pièce, pressé de voir entrer le curé.

— Vous êtes toujours prête à pleurnicher dès que vous sortez de l'église. Ah ! Ils le savent bien tous ces gamins qui vous sollicitent. Ils en profitent.

Madame confessa qu'elle ne supportait pas de voir les enfants malheureux. En plus des quelques sous qu'elle déposait dans leurs pauvres mains souvent blessées par le travail, elle essayait de leur donner un peu de son cœur.

— Mon cœur insatisfait. Je n'ai pas la chance d'être maman.

— À qui la faute ?

Puni de s'être emporté, Monsieur grimaça. Des marteaux, des masses de forgerons s'acharnaient contre les parois de son crâne qui résonnait comme une enclume.

— Une fois de plus je vous le demande, implora calmement Madame, acceptez enfin que nous adoptions un enfant.

— Et de préférence un partageux qui plus tard

78

Livre 1

nous créera des problèmes, ajouta Monsieur, sarcastique.

Elle n'aurait pas de mal à en trouver, il en naissait à chaque lune.

— Soyez bon, je vous en supplie !

— Jamais vous m'entendez ! Jamais !

Un valet en livrée toussota pour signaler sa présence. Il précédait l'arrivée de monsieur le Curé.

— Qu'il vienne, s'impatienta Monsieur.

L'abbé entra solennellement, tenant dans ses mains un ciboire de voyage qu'il sortait chaque fois qu'il portait le saint sacrement aux malades et aux mourants. Madame s'agenouilla au passage du Christ. Monsieur resta debout.

— *Corpus Christi.*

Monsieur présenta sa langue chargée, blanchâtre, pour y recevoir l'hostie. Fermant les yeux, il fit semblant de se recueillir un court instant pour souhaiter la bienvenue au Sauveur du monde, puis vint aux côtés de Madame, lui mit la main sur l'épaule :

— Vous avez enchanté mon épouse, monsieur l'abbé. Vous avez fait, selon son jugement, un magnifique sermon.

— Je vous remercie, madame.

— Elle m'en a relaté le thème et les paroles qui le développaient. Cependant et pour ma part, je partage son enthousiasme en y ajoutant un mais.

— J'écoute vos remarques avec respect, monsieur le Directeur.

La meilleure façon, pensait-il, de faire accepter aux pauvres les différences, ce n'était pas seulement de parler

Le cri

du Dieu charitable, mais aussi de rappeler l'existence du Dieu vengeur qui punit les rebelles, les insoumis, les fraudeurs, les voleurs.

— Tu ne voleras point l'argent d'autrui ou le temps du patron est le plus grand des commandements de l'Église, insista-t-il. Vous devriez le répéter chaque dimanche.

— Certainement, monsieur.

Le maître d'hôtel traversa la salle à manger portant un plat d'argent à hauteur de son épaule dans lequel deux homards cuits se faisaient face avec des intentions belliqueuses, la queue dépliée, les antennes haut perchées, les pinces croisées. L'abbé regarda avec envie les magnifiques bestioles dont il imaginait la délicatesse de la chair et la finesse du goût.

— Madame, voici les homards pêchés sur les côtes bretonnes, les préférés de Monsieur.

— Merci, Armand, ils sont magnifiques. Vous pouvez les trancher et préparer les médaillons.

Le plat disparut aux cuisines aussi pompeusement qu'il était apparu.

— Vous comprendrez, monsieur le Curé, que n'étant pas au mieux, je ne puis vous garder pour le déjeuner.

Le prêtre remballa ses effets sacerdotaux, empocha les billets que Monsieur n'avait pu lui donner à l'église, et fila sans pouvoir masquer sa déception, priant Dieu de lui pardonner d'avoir, en pensée, commis le péché de gourmandise.

9

Robert ne dormait pas. Au soir de son deuxième jour de travail, il luttait comme la veille pour trouver le sommeil. Plus que le travail, les provocations de Rosso et Matalon ou les moqueries de ses petits frères, les leçons d'Histoire dispensées par l'Ancien dans la salle de repos le tourmentaient au point de l'empêcher de dormir. La grande Histoire des métallos et celle de sa famille lui trottaient dans la tête. Avide d'en savoir plus, il quitta la chambre et descendit sans bruit l'escalier qui menait à la cuisine. Renée s'apprêtait à converser avec la photo de son mari tout en faisant un point à la blouse de Xavier qui n'avait pas son pareil pour déchirer ses vêtements.

— Tu ne dors pas encore ?

— Non.

— Chut ! Parle tout bas pour ne pas réveiller les autres. Qu'est-ce qu'il y a ?

Robert s'assit face à sa maman. Elle lâcha son aiguille pour caresser le cou de son fils adoré.

— Tu m'as caché quelque chose ?

Le cri

— Je voudrais que tu me dises ce que tu sais de Jules.

Renée se récria. Il était tard et l'histoire de son grand-père n'était pas gaie. Elle risquait de lui donner des cauchemars.

— Ça m'est égal.

L'entêtement de son Robert la fit sourire. Vaincue, elle accepta, et, après s'être renseignée sur les raisons de sa curiosité, elle reprit là où l'Ancien s'était arrêté : l'équipée de Monsieur A. dans la rue des Belles, la sortie du café le samedi où les ouvriers avaient tenu réunion et la découverte de l'identité du meneur des partageux, de l'incitateur à la révolte par le bras droit du Directeur. Hortense, l'épouse de Jules, avait raison de s'inquiéter.

10

Il était mentionné dans les registres en la possession de Monsieur A. que Jules Panaud était le descendant d'un supposé Auguste Panaud, venu de la campagne pour s'engager à l'usine. C'est, du moins, ce qu'avançaient les plus anciens témoins du démarrage de l'entreprise, quelques rares survivants colporteurs de faits et d'une mémoire absente d'archives peu fournies, pour ne pas dire inexistantes. La note mentionnait aussi que le Panaud Jules était un excellent ouvrier vite descendu du gueulard où il était chargé d'approvisionner le fourneau en minerai et charbon, pour être affecté au plancher de coulée où l'on retrouvait les ouvriers les plus qualifiés. Un personnage réputé et redouté des contremaîtres auxquels il tenait tête avec raison : pour exécuter au mieux les tâches qui lui étaient commandées, il n'hésitait pas à discuter les ordres. Il avait l'étoffe d'un contremaître, la carrure d'un meneur d'hommes, la trempe d'un agent de maîtrise, des qualités suspectes

Le cri

pour l'époque quand on occupait un poste au bas de l'échelle.

Jules avait à peine rembauché le lundi matin qu'il entendit aboyer son nom par le chef d'équipe.

— Panaud ! T'as ordre d'aller au Château.

Le chien de garde avait le sourire, ce qui n'annonçait rien de bon.

— J'ai le temps de me débarbouiller ?

— Presse-toi !

Jules plongea les mains dans un seau d'eau et se frotta les joues. Il délia son tablier de cuir et descendit l'escalier de fer. Tintin s'inquiéta quand il le vit traverser la salle des mélanges. L'enfant attendit l'instant favorable pour longer les wagonnets sans être vu du garde-chiourme et courut à la suite de son père déjà disparu de sa vue quand il atteignit le portier.

En passant la porte du Château, Jules fut saisi par le faste des lieux. L'imposant escalier déroulait un tapis de velours cramoisi, le marbre et les dorures rutilaient, l'air était saturé d'une odeur d'encaustique.

— Entre !

Monsieur A. et Monsieur B. attendaient Jules, assis au bout d'un long bureau, une sorte de comptoir de mercière où les cahiers, les registres et les dossiers ouverts, noircis à l'encre noire ou violette, remplaçaient les coupons de tissu.

— Ferme la porte derrière toi !

— Avance !

Des commandements lancés à deux voix pour

Livre 1

impressionner l'ouvrier. Jules ôta sa casquette. Aussitôt son épi rebelle se dressa au sommet de son crâne.

— Je comprends enfin pourquoi on t'appelle « P'tite mèche ». Ton fils...

Monsieur A. consulta une feuille volante écrite à l'encre rouge.

— On ne m'a pas noté son prénom.

— Tintin.

— Augustin ?

— Non, Célestin.

Monsieur A. traîna pour inscrire à l'encre rouge le prénom sur la fiche. Il s'enquit de savoir si le gamin avait hérité de la tignasse de son père, de ses cheveux et de son caractère. Célestin passait déjà pour un insoumis.

— C'est toi qui l'éduques mal ?

Le père jura que son fils était un garçon courageux, qu'il faisait son travail jusqu'à épuisement de ses forces. Docile et soumis, il obéissait aux ordres sans rechigner, acceptait les remontrances. Il était poli et respectueux. Sa mère l'avait bien élevé.

— Elle ne lui a pas appris à se contenter de ce qu'on lui donne.

— Ni à dire merci quand il reçoit sa récompense.

À nouveau les deux cadres se relayaient pour mieux affoler Jules.

– Je suppose qu'elle est encore enceinte ta femme ?

En effet, Jules et Hortense allaient bientôt être les heureux parents d'un cinquième enfant après

Le cri

Tintin, Alphonsine, Ludovic et Francis. Si par malheur ils n'en avaient pas perdu deux, le nouveau venu débarquerait dans une famille plus grande et plus belle encore.

— Le malheur, c'est toi qui le dis.

— C'est pour quand l'heureux événement ?

— Je pense une question d'heures. Peut-être même qu'à la minute Hortense est dans les douleurs.

— Tu vois, dit Monsieur A. à Monsieur B., ils sont incorrigibles.

Il développa au nez et à la barbe du pauvre Jules, condamné à l'entendre, un raisonnement destiné à prouver qu'il avait comme tous les ouvriers une bien petite cervelle. Dès qu'ils se mariaient, ils ne pouvaient retenir leurs instincts de bêtes. C'était leur faute s'ils vivaient chichement. En se multipliant comme des lapins ils faisaient baisser le prix de la main-d'œuvre.

— Plus leurs ressources diminuent, plus ils pullulent, ajouta Monsieur B., négligeant la présence de Jules.

— Après ils viennent se plaindre qu'ils font eux-mêmes leur malheur.

Le duo reprit sa chanson. Les ouvriers avaient la chance d'avoir un bon patron qui acceptait de les écouter et assurait leur bien-être malgré leur bêtise ; un père qui dépensait sans compter pour les loger, éduquer leur marmaille, veiller sur leur santé, leur offrir des loisirs.

Ils lancèrent de nouveau à Jules :

— Tu n'es pas heureux d'avoir ta maison ?

Livre 1

— Ton jardin où tu peux respirer à pleins poumons.

— Et prendre de l'exercice ?

— Si, concéda Jules.

— Alors ?

— Qu'est-ce qu'il te faut de plus ?

Ce qu'il lui fallait, Jules le tint secret, pensant que bientôt il viendrait le crier à la grille du château avec ses compagnons d'infortune.

— Tu étais plus loquace samedi soir. Tu as la langue bien pendue quand tu veux. Ce n'est pas vrai ?

Monsieur A. attendit que Jules bredouillât un mensonge pour se tirer d'affaire. Le métallo serra les mâchoires, leva le front et soutint le regard accusateur de celui qui voulait sa perte.

— Ne me dis pas le contraire, je t'ai vu sortir du café où vous avez tenu réunion.

— Je ne savais pas, monsieur, que vous fréquentiez la rue des Belles, répondit Jules calmement.

— Insolent !

Monsieur A. bondit vers l'ouvrier pour le gifler, se retint, empoigna le col de sa veste.

— Pour ça tu vas écoper d'une mise à pied de huit jours.

Il le secoua comme un prunier et le poussa vers la porte.

— Lâchez-moi monsieur, Vous allez vous salir.

— Ça ne te suffit pas huit jours, ce sera deux semaines, un mois !

Jules quitta la pièce.

87

Le cri

Alertée par les cris de Monsieur A., Roseline s'était postée dans le couloir. Elle n'avait pas perdu un mot de la conversation. Quand Jules arriva à sa hauteur, prenant appui sur le manche de son balai, elle se dressa sur la pointe des pieds pour lui faire un baiser. Comme tant d'autres femmes, elle aimait sa tignasse désordonnée, sa tête mal coiffée qui bouillonnait d'idées. Ses yeux qui brillaient d'un esprit toujours en éveil. Ses pensées, tantôt profondes, tantôt joyeuses, suscitaient l'admiration de celles qui l'écoutaient s'exprimer, ou provoquaient les rires des malheureuses qui avaient si peu l'occasion de se dérider. Fins, délicats, intelligents, ses mots surprenaient, séduisaient les jeunes et les moins jeunes privées de paroles galantes. Elles étaient si nombreuses à n'entendre jamais de compliments ! Les hommes n'étaient pas jaloux car si Jules faisait battre les cœurs, personne ne le soupçonnait de papillonner depuis son mariage. Il aimait Hortense et lui était fidèle, du moins l'affirmait-on pour se rassurer.

Jules refusa les lèvres de Roseline et la repoussa gentiment, l'esprit accaparé par l'annonce de sa mise à pied.

Avançant à grands pas sur le chemin qui conduisait au portier, il se força à penser au cinquième enfant qu'Hortense allait lui donner dans si peu de temps. C'était le seul moyen qu'il avait trouvé pour refouler sa colère. Pour étouffer le cri qu'il retenait dans sa gorge. Un cri si fort qu'il aurait, s'il l'avait poussé,

Livre 1

couvert le bruit des mécaniques anciennes et retenti dans tous les ateliers.

— Papa !

Tintin surgit de derrière un battant du portail où il s'était caché pour attendre son père.

— Qu'est-ce que tu fais là ?

— Où tu vas ?

— Chez nous.

Ils se regardèrent et se turent un instant.

— T'es puni ?

— Oui.

Le gamin hoqueta en se souvenant des menaces du comptable.

— À cause de moi ?

— Non. Retourne vite au boulot.

Comme Jules continuait sa route, Célestin, soudain gagné par la colère, se rua dans l'usine. Les escaliers de fer résonnèrent sous ses hurlements, alertant les ouvriers du plancher jusqu'au gueulard.

— Ils ont puni papa ! Ils l'ont puni ! Papa est mis à pied !

Jules lui avait dit un mois. Trente jours sans moyen de survie pour toute la famille. Les grondements des hommes se mêlèrent à celui du fourneau.

Surpris de voir un ouvrier sorti de l'usine à cette heure inhabituelle, un chien poursuivit Jules et attaqua le bas de son pantalon. Jules dut se battre pour le faire lâcher prise. Plus loin, des femmes sortirent de leurs taudis, échangeant des messes basses.

89

Le cri

— Qu'est-ce qu'elles ont ces commères, elles ne m'ont jamais vu ?

De fait, c'était la première fois qu'elles le voyaient dans une telle rage. Affolées, elles coururent en battant des bras comme des poules que l'on chasse au poulailler. Alors qu'il approchait de sa masure, Jules perçut les plaintes d'Hortense.

— Tu es là, dit-elle d'une voix faible... Merci mon Dieu... Comment tu as deviné ?

— Un pressentiment.

Ça n'était pas le moment d'avouer la vérité.

— Y a longtemps que t'as mal ?

— Depuis ce matin... Juste après que tu sois parti.

Jules poussa la couverture, grimpa au pied du lit, souleva la chemise d'Hortense et vit qu'il était temps d'aider la future maman. Ayant présidé à la venue de tous ses enfants, Jules ôta ce qui pouvait le gêner pour jouer son rôle d'accoucheur, musette, veste, casquette.

— Jules ! Jules ! répétait craintivement Hortense à chaque expiration.

Vite, il retroussa ses manches, se lava les mains.

— Fonsine ! Fais chauffer de l'eau dans la grande casserole !

Il débarrassa la table encombrée, dépendit les linges qui séchaient sur une barre de bois au-dessus du poêle, tout en lançant fréquemment des regards vers sa femme dont les peurs l'inquiétaient plus qu'aux autres naissances.

— Dehors, Fonsine ! Va promener tes petits frères !

90

Livre 1

Quand ils furent sortis, Jules s'approcha du lit. Hortense leva les yeux, ouvrit grand la bouche, souleva sa poitrine.

— Jules !

Son cri déchira l'air autour de la masure. Il retentit jusqu'au canal, se propagea en mourant sur le chemin de halage où Fonsine traçait une marelle avec une pierre pointue pour occuper ses frères. Il n'atteignit pas le fourneau où des protestations se propageaient d'un étage à l'autre.

À la fin de la coulée, les fondeurs avaient déserté le plancher, entraînant avec eux les collègues des autres postes de travail. Tout en bas, les enfants de la salle des mélanges avaient bravé le contremaître qui tentait de les retenir pour suivre Tintin, le meneur de la jeune classe. Ils s'étaient avancés jusqu'au portier devant les adultes, occupant la largeur de la rue, tenant un calicot roulé autour de deux perches. Tous faisaient bloc devant l'entrée, barrant le passage au fiacre de Monsieur A. et Monsieur B. qui revenaient de chez le patron. Ils l'avaient tenu au courant des derniers événements et de la sanction qu'ils avaient prise pour l'exemple. Les deux chevaux noirs hennirent et se cambrèrent quand les gamins déplièrent leur banderole.

Non aux punitions injustes

Des mots écrits d'une main maladroite avec un morceau de charbon ou un tison éteint sur un tissu jauni, maintes fois crayonné, maintes fois gommé.

— Rembauchez Panaud ! hurla Célestin.

Le cri

La revendication fut aussitôt reprise par l'ensemble des manifestants, les petites voix des gamins se mêlant au tonnerre roulant des poitrines brûlées des anciens.

— Rembauchez Panaud !
— Rembauchez Panaud !
— Rembauchez Panaud !

Détaillant les visages, Monsieur A. se souvint d'une lecture faite quelques années plus tôt dans une brochure « écrite par Wallon lors d'une consultation électorale », précisa-t-il à Monsieur B. Il ne sut pas la retransmettre mot à mot mais en rappela le contenu en remplaçant le terme de *rouge* par celui plus général d'*ouvrier*. En fait, Wallon affirmait :

« Un rouge n'est pas un homme, c'est un rouge. Ce n'est pas un être moral, intelligent et libre. C'est un être déchu et dégénéré. Il porte sur sa figure le signe de cette déchéance. Une physionomie abattue, abrutie, sans expression. Des yeux ternes, mobiles n'osant jamais regarder en face, et fuyants comme ceux du cochon. Les traits grossiers et sans harmonie. Le front bas, froid, comprimé et déprimé. La bouche muette et insignifiante comme celle de l'âne. Les lèvres fortes, proéminentes, indice des passions basses. Le nez gros, large et fortement attaché au visage. Les partageux portent gravée sur leurs figures la stupidité des doctrines et des idées avec lesquelles ils vivent. »

Monsieur A. terminait sa citation lorsque Jules longea le fiacre, tête basse, la casquette serrée dans sa main. Il avançait vers le rassemblement qui défendait sa cause.

Livre 1

— Regarde-le, c'est encore vrai aujourd'hui, dit Monsieur B.

Il n'y avait aucune raison que ça change. Les partageux avaient toujours la même jalousie, la même haine dans le cœur.

Rembauchez Panaud !

Ils se turent et attendirent que Jules se mêlât au groupe.

— Rembauchez Panaud ! insista Célestin.

Après avoir regardé ses collègues, les yeux perdus, désespérés, Jules tendit la main à son fils.

— Tintin ! Lâche ton calicot ! Viens avec moi !

L'enfant obéit instantanément. Pressentant quelque événement grave, les ouvriers cessèrent leurs revendications et regardèrent avec tristesse les deux silhouettes qui s'éloignaient dans l'après-midi blême.

— On n'a pas de veine, Tintin, on n'en aura jamais.

Célestin franchit la porte du taudis. Il se dirigea droit vers le lit sans s'intéresser au nouveau-né dont la venue avait été fatale à sa maman. Hortense gisait sur son grabat, les mains jointes sur sa poitrine, le visage détendu, les traits reposés.

— Elle est belle, dit son père avant de s'effondrer. On ne dirait pas qu'elle a souffert.

— Maman, murmura Tintin persuadé que sa mère l'entendait.

Hortense n'eut pas les honneurs d'un enterrement de première ni de seconde classe avec deux ou

93

Le cri

trois reprises du glas au clocher, nocturnes psalmo-
diées à l'église, corbillard paré de tentures noires
frangées d'argent, tiré par un ou deux chevaux empa-
nachés. Ni même celui de troisième classe donnant
droit au seul drap mortuaire et à la célébration d'une
messe basse suivie du *Libera.* Pour cela il fallait de
l'argent et la famille était sans le sou. Son convoi
funèbre emprunta le chemin de halage, fit halte à
l'église pour une courte bénédiction et ressortit par la
ruelle mal pavée qui menait au cimetière. En tête,
Célestin portait la croix. Seul, sans enfants de chœur,
le prêtre, celui-là même qui prêchait les vertus de la
charité chrétienne, ânonnait plus qu'il ne chantait le
requiem. Jules tirait la civière à deux roues cerclées de
fer sur laquelle était posé le cercueil, contournant les
trous, évitant les ornières pour ne pas secouer la
défunte. Entourée de ses petits frères, Alphonsine
portait le bébé dans ses bras. Trois voisines fermaient
la marche.

— *Et lux perpetua luceat eis,* répondirent-elles au
requiem de l'officiant.

11

L'horloge de la cuisine sonna minuit. Renée n'avait pas vu les heures s'écouler, il était plus que temps que Robert aille se coucher. Le garçon lui fit promettre de poursuivre le récit de la vie de Jules et Célestin un peu chaque soir jusqu'au point final de leur histoire. Renée ne s'engagea à le faire que le samedi, veille du seul jour où il n'était pas nécessaire de se lever aux aurores pour embaucher.

— Et pas samedi prochain, j'ai décidé de te faire une surprise.

— C'est quoi ?

— Tu verras.

— Dis-moi !

— Si je te dis ce ne sera plus une surprise. Allez ouste ! Au lit !

La fin de la semaine venue, elle se mit sur son trente et un. Posa un vase de fleurs au milieu de sa table recouverte d'une nappe ajourée. Sortit ses beaux verres à pied, ses assiettes à dessert décorées de scènes

Le cri

champêtres, lointains cadeaux de noces qui ne servaient qu'aux grandes occasions. À huit heures du soir, elle ouvrit sa porte à Luigi, à sa femme Monica et à leur fille Graziella, des voisins émigrés qu'elle avait invités pour arroser le premier salaire de son fils. Elle avait remarqué qu'avec les Italiens la vie paraissait facile. Ils riaient toujours, même en s'engueulant. Et Luigi chantait si bien.

— Déjà une semaine qu'il travaille ! dit Renée en tendant une bouteille de vin pétillant à son fils.

Elle n'en revenait pas.

— À toi l'honneur !

Robert fit sauter le bouchon qui brisa l'ampoule du monte et baisse pendu au centre de la pièce.

— Comme ça, tu t'en souviendras de ta première paye.

Quand ils eurent trinqué, la maîtresse de maison invita ses convives à s'asseoir.

— Vous ne paierez pas plus cher.

Elle avait fait son gâteau habituel, un quatre-quarts fourré de pommes pour le rendre moelleux.

— Je crois bien que ce coup-ci je l'ai raté. J'ai mis trop de farine et pas assez de pommes. On dirait de l'étouffe-chrétien.

— C'est pas grave, dit Luigi, on boira un coup de plus.

— Oh toi ! Pour ça tu n'es jamais le dernier, lui reprocha sa femme.

Connaissant le penchant de son voisin pour l'alcool, Renée avait prévu de déboucher une seconde bouteille.

Livre 1

— De toute façon, il faudra la vider. Il n'y a pas que sa première paie qu'on fête.

Elle pressa son grand de dévoiler ce que lui avait dit M. Lesage. Robert rougit, il croqua dans sa part de gâteau pour ne pas avoir à répondre.

— Il est timide, il n'ose pas.

Renée prit son temps, se rengorgea avant d'annoncer fièrement que M. Lesage avait décidé d'en faire un bureaucrate. Pour y parvenir, chaque fois qu'il en aurait le temps, il lui ferait faire des dictées dans la journée et pas n'importe où, dans son bureau. Plus grande faveur encore, il lui permettrait de sortir avant la fin de la journée pour aller en ville suivre les cours du soir.

— Il l'a à la bonne, conclut-elle, caressant la main de son fils qu'elle avait placé près d'elle en bout de table.

— Tu en as de la chance, dit Monica.

— Tu vas entrer dans la catégorie que la Direction appelle le personnel « collaborateur », précisa Luigi, goguenard.

— Ah non ! Ah non ! Non Luigi, non, ça n'est pas tout à fait le mot juste, répliqua Renée qui ne supportait pas l'idée que son fils puisse être traité de « collabo ».

La conversation s'interrompit, le temps pour Monica de sermonner Luigi dans leur langue natale.

— N'aie pas honte, Robert, reprit le voisin pour se rattraper. Graziella aussi va aux cours du soir. Pour être quoi déjà ?

— Assistante sociale.

Le cri

— C'est quand même mieux qu'ouvrière, s'enorgueillit à son tour la maman.

Luigi avala de travers. Il était quoi, lui, sinon un ouvrier ? Le couple se querella de plus belle. Le charme était rompu, sauf pour Robert et Graziella qui, à travers un sourire complice, échangèrent leur premier regard amoureux.

Tous les ouvriers doivent, partout et toujours, travailler avec ardeur et abnégation. Telle fut la phrase inaugurant la première dictée proposée par Lesage à son jeune élève. Le Chef ne perdait jamais une occasion de faire la morale à ses employés, et prenait son rôle d'instituteur très au sérieux. Déambulant dans la salle, il articula distinctement :

— Ab-né-ga-tion. Point.

Distrait par une forme qui s'agitait dans la cour, Robert leva les yeux et vit apparaître les têtes de Rosso et Matalon. Leurs mines renfrognées n'annonçaient rien de bon.

— Vous m'attendiez pour faire le tri ? demanda Robert à ses collègues quand il revint au local des coursiers.

Assis de part et d'autre du comptoir où s'entassaient pêle-mêle les notes de service et les comptes rendus de la veille, visages fermés, jambes écartées, Rosso et Matalon gardèrent leurs mains dans les poches.

— Tu vas le faire tout seul.

— Et tu vas tout distribuer puisque t'es plus intelligent que nous.

98

Livre 1

— Oui ! Nous les cons, on se met en grève.

Ils s'en allèrent la musette vide. Robert se mit au travail, attristé par l'attitude des deux lascars. Peu lui importait de se coltiner seul le boulot, l'important était de les retrouver pendant la distribution. Il leur expliquerait qu'il avait accepté le traitement de faveur de Lesage pour faire plaisir à sa mère et que, s'ils le lui demandaient, il était prêt à tout abandonner plutôt que de perdre leur amitié. Il bourra sa sacoche et partit à leur recherche, courut dans tous les secteurs, à tous les étages, sans succès. Personne ne les avait vus, personne n'avait idée de l'endroit où ils se trouvaient. Robert s'inquiéta en pensant que, par sa faute, ils risquaient une grave sanction pouvant aller jusqu'au renvoi pur et simple si le Chef venait à découvrir leur absence. L'Ancien le rassura, Rosso et Matalon étaient des petits malins, ils avaient calculé leur coup et ne se feraient pas avoir comme des bleus. On les verrait réapparaître au bon moment. Le reste était sans gravité, une jalousie passagère.

— Ne te fais pas de bile, ça leur passera.

Il lui conseilla de profiter de ce que Lesage lui proposait sans se poser de questions, ni se sentir coupable vis-à-vis de ses collègues. Sans doute Arthur avait-il décelé qu'ils n'étaient pas aptes à suivre un enseignement supérieur.

— Profite, je te dis. De mon temps, on n'avait pas cette chance. Remarque, si on me l'avait donnée... j'étais comme eux, pas assez fin pour continuer l'école. L'important, c'est de l'avoir et de l'accepter. Pour toi ça va être facile, t'en as dans le ciboulot.

Le cri

Fred retint encore Robert qui, la conscience à moitié tranquille, s'apprêtait à filer pour vider le contenu de sa musette et retourner la remplir avec les commandes qui revenaient aux ateliers de fabrication.

— Ne pars pas si vite ! Mois aussi j'ai une question à te poser.

Le sourire en coin, l'Ancien prit tout son temps pour la formuler.

— Tu vas te demander d'où je tiens ça. Il paraît qu'elle est gentille la fille de Razza. Comment s'appelle-t-elle déjà ?

— Graziella.

— Et belle par-dessus le marché. C'est vrai ?

— Je ne sais pas.

— Menteur !... Ne me dis pas qu'elle ne t'a pas tapé dans l'œil.

Robert rougit comme une pivoine.

— En général les filles aiment bien les musiciens, poursuivit Fredo. Ça te dirait d'entrer à l'Harmonie ?

Sans hésiter, Robert choisit la clarinette. Il aimait écouter à la radio les solos de cet instrument plus chauds que ceux des cuivres qu'on entendait dans les morceaux de Jazz américain. Un soir, après quelques semaines d'apprentissage sommaire du solfège et de gammes laborieuses, il s'assit sur le trottoir en compagnie de Graziella. Il ouvrit solennellement l'étui pour assembler les trois parties de l'instrument et vérifier les dires de Fred.

— C'est plus beau qu'une trompette, reconnut l'adolescente.

Livre 1

— Tu trouves ?

— Oh oui ! Comment s'appelle les... ?

— Des clefs.

— Et ça ?

— Une hanche.

— C'est par là que tu souffles ?

— Oui.

— Montre !

— Je ne sais pas bien en jouer, j'apprends.

— Vas-y quand même.

À compter de ce jour, Graziella rentra chaque soir en compagnie de son clarinettiste fier de lui montrer les progrès accomplis de semaine en semaine. Il lui arrivait encore trop souvent de faire des couacs ou de ne pas suivre les partitions qu'il devait déchiffrer pour se produire en public. Il était néanmoins de toutes les sorties le dimanche et défilait, portant avec satisfaction la bannière de la formation.

Les cours du soir, le solfège, le travail quotidien de l'instrument ne lui firent pas oublier son besoin pressant de connaître ce qui s'était passé avant lui. Savoir d'où il venait, qui l'avait précédé l'aidait à mieux se connaître. Décidant de ne plus interroger sa mère qui rechignait à lui fournir des précisions quand l'histoire de la famille devenait trop triste ou peu glorieuse, il revint vers l'Ancien, meilleur conteur, et qui n'avait pas les mêmes raisons de lui cacher les heures sombres vécues par les ancêtres Panaud.

— Fred ! Je peux rester cinq minutes, demanda

Le cri

Robert à l'issue d'une répétition où il avait montré peu de talents prometteurs.

— Ne t'entête pas. Tu y arriveras. Ils sont rares ceux qui sont virtuoses en naissant.

— C'est pas pour la musique.

— Ah !

Fred descendit de son estrade de Chef pour s'asseoir sur une chaise en fer au premier rang de l'orchestre. Robert expliqua qu'il y avait des omissions dans le récit que sa mère faisait de ses aïeux. Il prit la chaise voisine de l'Ancien pour lui montrer qu'il était impatient d'en savoir plus.

— Dis-moi où tu veux que je commence ?

— À la mort de l'arrière-grand-mère Hortense.

— Oui, morte en couches.

Fredo tenait l'histoire de la bouche de Célestin qu'il avait connu, répéta-t-il avec insistance, dans son cagibi de graisseur. Il était fier, alors qu'il était si jeune, d'avoir joué le rôle de confident du plus ancien métallo encore en activité dans la boutique. Pouvoir parler à présent avec Robert, c'était un signe du destin, un juste retour des choses.

— Je ne me souviens plus exactement, mais je parierais qu'il n'avait pas dix ans quand il perdit sa mère. Il m'a souvent raconté son chagrin et tous les malheurs qui suivirent ce triste événement. « Arrête-moi si je radote ! », qu'il disait de temps en temps.

Mais Fred le laissait reprendre ce qu'il avait déjà dit la veille ou les jours précédents, car chaque fois il rajoutait un détail qui rendait son histoire plus captivante.

12

Hortense avait été enterrée au cimetière paroissial dans le quartier des pauvres, des croix de bois et de la terre humide. La Direction de l'usine resta insensible à la détresse de son ouvrier. Prévenus de son deuil par Roseline qui plaida en sa faveur et réclama leur clémence, Monsieur A. et Monsieur B. refusèrent de lever la sanction qui frappait Jules. Il se vit obligé, pour nourrir ses enfants qui pleuraient leur mère le ventre creux, d'aller grossir l'armée des petits mendiants qui tendaient la main dans la partie haute de la rue des Belles.

— Mon bon Monsieur, pour nourrir mes petits.

— Tu n'as qu'à travailler, répliqua un bourgeois repoussant Jules du bout de sa canne dont il s'aidait pour marcher dans la neige.

Roseline s'approcha, tenant une boîte à lait remplie de soupe chaude.

Jules la repoussa, il ne voulait plus la voir. À cause d'elle et de leur penchant coupable, le Bon

Le cri

Dieu l'avait puni, plus durement encore que les patrons.

— Ne dis pas de bêtises, je veux t'aider, Jules.

Il la menaça de sa casquette.

— Va-t'en !

— Je veux même bien élever tes enfants.

— Non ! Laisse-les tranquilles. Va-t'en je te dis !

Tintin traversa la rue, il avait surpris la scène depuis le trottoir d'en face.

— C'est qui la femme ?

Jules regarda dans le vague pour éviter de croiser le regard de son fils.

— C'est personne.

Fonsine espérait elle aussi gagner quelques pièces en sacrifiant sa fraîcheur aux riches messieurs. Chassée par les grandes qui redoutaient la concurrence, elle se réfugia au coin d'un porche d'où Monsieur A. la délogea.

— Toi aussi tu...

Le chasseur de vierges prit l'embarras de la gamine pour un aveu. Elle était à peine sortie de l'enfance ; touchante avec ses grands yeux gris où se lisait une profonde tristessse. Il sortit une pièce d'argent de son gousset et en promit une autre, plus grosse, plus brillante encore si la débutante acceptait de l'accompagner. La malheureuse, elle n'avait pas d'autre choix que de céder aux tentations du diable. Elle remonta la rue quelques pas derrière lui comme il l'avait exigé et, passant devant la troupe des gueux

104

Livre 1

quémandeurs, elle s'enfuit quand elle vit son père bondir au milieu de la rue.

— Fonsine ! avait crié Jules.

Le cri était rageur et désespéré.

— C'est ma fille ! C'est ma Fonsine !

La rue s'affola quand Jules fondit sur l'ignoble Monsieur A. pour le punir du sourire qu'il avait osé afficher.

— C'est mon sang !

Il le saisit à la gorge et serra si fort que sa victime cessa de se débattre et s'écroula sur le pavé enneigé en faisant un bruit mat. Deux gendarmes à cheval arrivèrent vite sur les lieux du drame. Jules ne leur opposa aucune résistance. Au bout de la rue, Fonsine et Tintin pleuraient.

Quand Roseline franchit la porte de leur chaumière, Tintin reconnut la femme entrevue sous la neige, celle que son père avait rejetée. Probablement une moins-que-rien, une sorcière, une inconnue ou un fantôme.

— Je suis venue te donner un coup de main, Fonsine.

— Elle n'en a pas besoin, cingla l'aîné qui, assis en bout de table, faisait désormais office de chef de famille.

Roseline s'entêta. Elle se débarrassa de son châle, montrant qu'elle était déterminée à venir au secours de ces enfants livrés à eux-mêmes.

— D'abord, vous êtes qui ?

105

Le cri

— Peu importe, Tintin, je ne vous veux que du bien.

Elle s'approcha du berceau de bois où gazouillait le nouveau-né.

— Il est beau.

Une seule parole, et sa présence parut moins déplacée.

— Vous pouvez le prendre, dit Fonsine, c'est pas l'heure où il dort.

Roseline sut peu à peu se rendre indispensable. Sacrifiant son maigre salaire à l'achat de pain et de légumes pour faire la soupe, elle vint chaque jour après son travail s'occuper du petit et de la maison. Bientôt les enfants l'appelèrent « maman Roseline ».

Jules avait été condamné au bagne à perpétuité. Il avait échappé à la guillotine en raison de circonstances atténuantes et absence de préméditation de son geste, celui d'un père luttant pour l'honneur de sa fille. Quelques semaines après que le jugement fut prononcé, un pli officiel annonça la terrible nouvelle.

— Il est mort de quoi ? demanda Tintin à Roseline.

— Ils disent d'une épidémie.

— Menteurs.

Tout au long de sa vie, Célestin resta persuadé que son père n'avait jamais pris le bateau pour le pénitencier. Qu'il avait été abattu comme un lapin en tentant de s'échapper avant d'embarquer à La Rochelle. Il en avait eu la vision dans un rêve qu'il fit

Livre 1

les yeux grands ouverts. Son chagrin fut immense. Il le trimbala jusqu'à son dernier jour.

Les années passèrent. Roseline ne faillit jamais à l'engagement qu'elle s'était fixé, servir de mère aux orphelins sans la remplacer dans leurs cœurs ni dans leurs mémoires. Elle les accompagnait au cimetière chaque dimanche après la grand-messe. Ils priaient sur la tombe d'Hortense pour le repos de son âme et pour celle de leur père dont la dépouille n'était jamais revenue au pays malgré les nombreuses démarches faites par Roseline au nom des enfants du bagnard. Les circonstances de la mort de Jules demeurèrent à jamais inexpliquées. Les archives parfois se taisent.

De constitution robuste, et grâce à la bonne nourriture de « maman Roseline », Célestin passa le cap de l'adolescence sans difficulté. Beau jeune homme à la tignasse ébouriffée, il suscita l'envie de nombreuses jeunes filles avant d'épouser Eugénie Bonnefoi, une couturière aux doigts de fée. Eugénie reprisait, rapiéçait, surfilait, cousait, confectionnait, brodait dans les maisons bourgeoises de la ville. Ses clients appréciaient son savoir-faire et sa discrétion. Comme elle excellait aussi au ménage et à la cuisine, Eugénie fit une bonne épouse. Elle donna naissance à Marcel l'automne de l'an 1902 et ne quitta plus sa maison.

13

— Elle était gentille, ta grand-mère, dit l'Ancien dans une demi-pénombre.

La salle de répétition n'était plus éclairée que par la seule lampe de service pour économiser l'électricité. Robert n'avait pas connu sa grand-mère Eugénie. La vieille femme était morte de chagrin trois mois après la disparition de son mari, en 1928, deux années avant la naissance de son petit-fils.

— Et ton grand-père, sais-tu seulement comment il est parti ?

— Oui.

Troublé, Fred quitta sa chaise et pria Robert de lui donner un coup de main pour rassembler les partitions étalées sur les pupitres. Il traita de fainéants ses musiciens qui l'abandonnaient dès la note finale du dernier morceau de chaque répétition, lui léguant la corvée de rangement, de nettoyage, de l'extinction des lumières et de la fermeture du local.

— C'est ça le privilège d'être chef, plaisanta-t-il.

Il perdit aussitôt son sourire. Soucieux de ne rien

108

Livre 1

taire à Robert, il annonça qu'ils n'étaient plus très nombreux à pouvoir témoigner de l'accident qui avait coûté la vie à Célestin. Trois ou quatre douzaines peut-être. Il se tut de longues minutes avant de confesser ce qu'il savait de cette maudite journée.

— J'aime autant que ce soit moi qui te raconte.

— T'étais là quand c'est arrivé ?

L'Ancien hocha lentement la tête. Il revit les images, se demandant pour la énième fois ce qui avait poussé Célestin à prendre de si grands risques.

C'était le 29 avril. Fred tentait de dégager à l'aide d'un pic la goulotte à moitié obstruée d'où tombait la fonte, dans la poche posée sur un wagon à l'étage inférieur. Le jeune métallo, tout juste nommé fondeur, manquait encore d'expérience.

— Tu t'y prends mal. Tu te fatigues pour rien, gueula Célestin. Attends que je te montre !

Le vieux graisseur rangea sa charrette en dehors des rails sur lesquels roulait le train de cubilots jusqu'au laminoir. Sans le savoir, il allait au-devant de son destin. Il grimpa sur le plancher, récupéra les gants et les lunettes de Fredo.

— Regarde, maudit couillon, comme c'est facile quand on s'y prend bien !

Il plongea l'outil dans la gargouille fumante. Le bouchon se révéla plus résistant qu'il ne l'avait imaginé. Célestin s'y reprit à plusieurs reprises pour éviter de cuire, selon l'expression fréquemment employée à ce niveau du fourneau. Exposé à une température voisinant les quinze cents degrés, il

Le cri

reculait quelques secondes et revenait à la charge sans provoquer l'écoulement qu'il espérait. Sans doute vexé d'avoir parlé trop vite, il refusa de céder, s'entêta, décidant d'attaquer le trou depuis l'autre rive. Il contourna la rigole d'écoulement et s'apprêtait à s'accroupir pour enfiler le pic dans les flammes quand survint le drame.

— A-t-il glissé ? dit Fred à Robert. A-t-il eu un malaise ?

Le grand-père du garçon avait trébuché et plongé dans la poche aux trois quarts pleine de métal en fusion.

— Je n'oublierai jamais le cri qu'il a poussé quand il a vu qu'il perdait pied. Je l'entends chaque fois que je passe sur le plancher de coulée. Je l'entendrai jusqu'à ma mort.

Fred s'arrêta un moment, tremblant de tout son corps.

— Je m'en veux nom de dieu !

— C'est pas de ta faute.

— Si ! Je n'aurais jamais dû accepter qu'il vienne à mon secours.

Les métallos présents sur le plancher avaient accouru au-dessus de la poche en entendant l'explosion provoquée par le corps au contact de la fonte.

— C'est qui ? avait hurlé le contremaître.

— L'Ancien.

Les fondeurs s'étaient découverts et avaient gardé le silence, les yeux rivés sur la marmite. Prévenus du malheur qui frappait une fois encore, les ouvriers des

Livre 1

étages supérieurs étaient descendus rejoindre leurs collègues.

— Le graisseur... L'Ancien... répétait-on de bouche à oreille.

— Mais qu'est-ce qu'il foutait là ?

Choqué, Fred n'avait pas eu la force de répondre. Il regarda ses copains, l'effroi se lisait sur tous les visages. Ils se savaient tous de la « viande à feu ». Tous redoutaient de s'enflammer comme des torches devant une percée à la chapelle du fourneau, de carboniser sous une poche crevée répandant sa fonte, de tomber dans une rigole ou au fond d'un cubilot. Ils s'écartèrent quand ils virent arriver Marcel, le fils de la victime. Il savait déjà.

— Allez ! On retourne au boulot, commanda le contremaître pour laisser le fils pleurer son père.

Il s'effondra comme un enfant sans craindre le regard des autres.

— Tu lui demanderas de prélever un échantillon pour sa mère, ordonna le contremaître à Fred.

— Tu ne veux pas que je le fasse moi ?

— Non, il vaut mieux que ce soit lui.

Marcel prit la louche à long manche de bois que lui tendit Fredo. Il la plongea dans la poche, touilla, espérant peut-être rencontrer une résistance qu'il ne sentit pas. Il sortit l'échantillon, le versa dans un moule, faisant les gestes ordinaires des métallos chargés de vérifier la qualité de la coulée. Il attendit que la fonte refroidisse pour démouler le lingot et se garda de le briser pour vérifier son aspect de l'intérieur comme l'exigeait la pratique du test.

Le cri

Le surlendemain, les ouvriers se groupèrent à l'extérieur du portier de l'usine avant le défilé traditionnel du 1er mai. Poussés par deux costauds, les lourds battants de fer s'ouvrirent et l'on vit apparaître Marcel au bout de la rue des ateliers de l'aciérie. Il avançait tenant le lingot dans ses mains comme un clerc porte la châsse d'une relique aux processions des fêtes religieuses. Fred leva le bras.

— Deux, trois, commanda-t-il d'une voix tremblante.

Les tambours roulèrent. La grosse caisse vibra et les cymbales résonnèrent à l'unisson, à trois reprises pour lancer les cuivres et les bois. Ils exécutèrent une marche funèbre au rythme et aux accents déchirants ; une partition écrite avec le cœur par un musicien métallo qui avait intitulé sa composition : « Requiem pour les copains qui n'ont pas eu de chance. » Un délégué de la Confédération syndicale, monté de Paris dès qu'il avait appris la nouvelle, entraîna Marcel sur une estrade de bois construite pour la cérémonie. Il attendit la fin du morceau, la dernière vibration du *moriendo* tenu par les musiciens, pour prononcer l'éloge funèbre de Tintin.

— Il dit des paroles, si belles, si fortes, se souvint Fred. J'en ai encore la chair de poule.

Plus tard, Robert les retrouverait dans les archives de l'usine :

Les mots que prononçait Célestin étaient les nôtres, ceux de tous les ouvriers, les mots de la classe pauvre. On les entend à la sortie des entreprises, dans

Livre 1

les réunions, les manifestations ou sur les barricades. Ce sont ceux des chômeurs dans les files d'attente aux portes des bureaux d'embauche. De la colère, pas toujours contenue, des ouvriers face à ceux qui n'ont qu'une idée en tête, le profit. Une seule réponse à nos revendications : « Tais-toi ! Obéis et travaille ! » La parole de l'ouvrier sur son chantier ou à l'usine est souvent un cri. Le cri pour se faire entendre, le cri d'une souffrance, d'une mutilation ou d'une blessure. Le cri de Célestin, celui de la mort.

Les hirondelles s'étaient tues.

— Je vous propose, poursuivit-il, de nous recueillir un instant pour honorer la mémoire de notre camarade Célestin Panaud, dit Tintin, ou l'Ancien.

Une trompette reprit en solo le thème du « Requiem pour les copains qui n'ont pas eu de chance ». Le délégué leva le bras de Marcel afin qu'il porte haut la relique de son père dans son poing fermé.

Le défilé traversa la ville pour arriver à la cité ouvrière. Pas de banderoles ni de pancartes, aucun slogan ni mot d'ordre, seul un crêpe était accroché au bras de tous les manifestants à qui l'on avait distribué du muguet. Des femmes attendaient devant la maison de la veuve. Marcel déposa le lingot sur une table tendue de noir, placée au milieu de la rue. Un à un les métallos déposèrent leur brin de muguet au pied du cône de métal. Il disparut bientôt sous les fleurs. Ce

Le cri

fut ça, l'enterrement de Tintin, une procession laïque, d'hommes tristes et en colère.

— Le lingot est toujours chez toi ? s'inquiéta Fred.

— Oui, sur la commode au milieu des photos, près du globe de mariée de maman.

Quand il rentra à la maison, Robert attendit que tout le monde fût couché et endormi pour descendre se recueillir devant le grand-père qui brillait sous la lune. Le garçon ne put retenir ses larmes.

LIVRE 2

1

Pierre n'ignorait plus rien de l'histoire de ses ancêtres. Robert Panaud avait tout dit. La lumière filtrait à travers les vitres encrassées de la salle de repos. Le soleil de juillet avait atteint le mur du fond, recouvert de photographies accrochées pêle-mêle sur près de douze mètres de long. Elles retraçaient l'évolution des méthodes, du matériel et des conditions de travail au cours du XXe siècle. Les deux hommes s'approchèrent, et le jeune ingénieur, enthousiasmé par le témoignage de son père, proposa de rassembler toutes les photos pour créer une exposition permanente. Après tout, ces clichés leur appartenaient, plus qu'aux Chinois qui, à coup sûr, n'avaient pas l'intention de les embarquer avec les machines. Et dans le cas contraire, s'ils s'étaient rendus propriétaires de l'entreprise et de son matériel, ils ne pouvaient acheter sa mémoire.

— Ici, à part ceux qui sont directement concernés, qui veux-tu que ça intéresse ? lança Robert, incrédule.

Le cri

— Beaucoup de monde. Ces images sont l'histoire de notre pays.

— On finira par l'oublier.

Pierre trouva son père bien pessimiste. Les jeunes aimaient connaître leurs origines, et tant qu'il existerait des hommes comme lui pour répondre à leurs questions, le passé ne serait pas enterré. Ils vivraient pour aider les futures générations à préparer leur avenir.

— Ça me rappelle quelque chose ce que tu dis là.

— Moi aussi, sourit le garçon.

Le père avait craint un temps que son fils ne renie ses origines en devenant ingénieur. Qu'il oublie d'où il venait. Rassuré, il adhéra à son projet d'expo, et ajouta qu'on pourrait convier, le jour de l'inauguration, les ouvriers et les manœuvres afin qu'ils répondent aux questions des visiteurs. En son for intérieur, Robert se disait, non sans malice, que les descendants des Grandes Familles de la Sidérurgie préféreraient certainement qu'on ne fasse pas trop de tapage sur les règnes de leurs parents. Son œil fut attiré par un cliché défraîchi. Les musiciens de l'Harmonie, en uniforme bleu marine et galons dorés, posaient au portier de l'usine, la rythmique assise au premier rang, les bois debout au second, les cuivres perchés sur un banc à l'arrière-plan.

— Je savais qu'elle existait mais je ne m'en souvenais plus.

Il pointa l'index sous son visage.

— Comment tu me trouves ?

Livre 2

— Souriant, pour une fois.

La photo datait de 1952. Robert était heureux d'avoir fini son service militaire, qu'il avait effectué en Allemagne dans les troupes d'occupation. À l'époque, il avait rêvé d'une mobilisation chez les artilleurs de Metz ou les cavaliers de Nancy pour être moins éloigné de sa belle. Graziella et lui s'étaient en effet juré fidélité et promis le mariage, un soir à la sortie d'un cours de mathématiques alors qu'ils avaient à peine seize ans.

— Tel que tu me vois là, je souriais à ta mère. Elle s'était mise près du photographe. J'étais amoureux fou d'elle, et tellement pressé de vivre avec.

— Pourquoi tu parles au passé ? Ce n'est plus vrai ?

Robert évita de croiser le regard de son fils.

— Disons que je n'ai plus ni la fougue ni la fièvre du jeune homme de ce temps-là.

2

Chaque matin, plein d'allant, Robert sortait de la maison et sautillait d'un degré à l'autre sur l'escalier de pierre. Il saluait ses collègues, faisait quelques mètres en leur compagnie puis les doublait, ralentissait le pas, ou encore changeait de trottoir selon le lieu qu'il avait choisi pour attendre et surprendre sa dulcinée. Un jour, c'était au coin d'une rue, le lendemain au pignon d'une maison, le surlendemain caché de profil derrière un poteau, dissimulé derrière une auto ou une charrette en stationnement. Jamais au même endroit. Un jeu de cache-cache quotidien auquel se livraient les deux amoureux. Un matin, Luigi Razza qui connaissait leur manège surprit le jeune homme accroupi à l'entrée d'une cave.

— Qu'est-ce qui t'arrive ?

— Rien.

— C'est Graziella que tu attends ?

Robert s'en voulut d'être découvert par son futur beau-père dans cette posture peu glorieuse. Narquois, l'ouvrier italien se moqua gentiment de lui. Comme il

Livre 2

s'éloignait, la fiancée montra le bout de son nez. Robert bondit hors de sa cachette. Feignant la surprise, Graziella se réfugia dans les bras de son bien-aimé qu'elle embrassa avec fougue. Le brûlant baiser du matin aidait à bien démarrer la journée, avant de rêver de longues heures au baiser du soir.

Les années passaient. À l'usine, les moyens d'information restaient les mêmes. Chaque jour, assisté de militants qui distribuaient des tracts, Ferrari annonçait d'une voix forte les dernières nouvelles courant sur le Front social. La prochaine mise en route du Plan de la Communauté du charbon et de l'acier allait sceller la réconciliation franco-allemande. Les dirigeants des deux pays promettaient une place aux syndicats dans les organismes. Cette décision était présentée de part et d'autre de la frontière comme une chance unique à saisir.

— Autrement dit, on est invité à collaborer avec le capital, maugréait le vieux Fredo.

— C'est ton avis, l'Ancien, c'est pas le mien. Notre engagement peut nous permettre de glaner des informations importantes et nous donner la possibilité d'apprendre à gérer un secteur économique.

Les collègues allemands pensaient la même chose. Pourquoi manquer l'occasion d'être invité à la table des dirigeants et ne pas tenter, par la discussion, de peser sur les grandes décisions ? Il fallait les orienter dans un sens favorable aux salariés et faire reculer les grands trusts.

— Faut savoir vivre avec son temps, insista Ferrari.

Le cri

Vexé, Fred lui tourna le dos. Il était retraité, mais tant qu'il s'intéresserait au présent et à l'avenir avec les actifs, l'Ancien garderait l'illusion de ne pas être mis sur la touche. Sans doute, les ouvriers pouvaient tirer avantage de l'offre qui leur était faite, mais il ne fallait pas minimiser ses dangers. Des pièges et des risques, il y en avait chaque fois que le patronat leur proposait une avancée. Si les potentats voulaient réunir la Ruhr et la Lorraine, c'est qu'ils avaient une idée derrière la tête. Laquelle ? Fred avait une réponse. Il les soupçonnait de projeter la création de firmes internationales dont le but serait d'approvisionner une machine de guerre à l'Ouest pour défier l'Union soviétique. Il redoutait ces projets de restructuration. Il en rêvait la nuit et se réveillait le matin aussi fatigué que s'il avait travaillé. Graziella s'inquiéta de savoir pourquoi il ne paressait pas au lit le matin maintenant qu'il n'était plus tenu par le travail !

— C'est ce que dit Lulu.

— Elle a raison ta femme, renchérit Robert.

— Pas toujours, mais souvent.

Sur ces bonnes paroles, ils se quittèrent.

Préoccupé, l'Ancien remonta à contre-courant le flot des ouvriers qui se rendaient à leurs ateliers, serrant la main des uns, faisant mine de plaisanter avec d'autres. Comme il regrettait de ne plus être des leurs ! Au portier, Ferrari rappelait aux retardataires qui n'avaient pas encore payé leur timbre du mois de s'en acquitter au plus vite.

— Le syndicat a besoin d'argent pour vous défendre.

Livre 2

Fred courut après le car de ramassage de l'équipe descendante. Perdant patience, Roger le chauffeur avait déjà klaxonné trois fois et partait sans l'attendre. C'était un matin ordinaire à l'heure de l'embauche.

Devant les bâtiments consacrés à l'administration, Robert et Graziella retardaient l'instant cruel où il faudrait se séparer.

— N'oublie pas ce soir, recommanda la jeune femme.

— Qu'est-ce qu'il y a de spécial ?

— On nous donne les clefs du logement.

— Ah oui c'est vrai !

— Tu avais oublié, dit-elle sur un ton de reproche.

— Non.

— Menteur.

Tout était prétexte à un baiser, à un mot tendre, à un regard langoureux. Bientôt les rues furent désertes, la cour du secteur des bureaux vide ; il y eut un faux départ, un dernier signe de la main, avant que Robert et Graziella se décident enfin à franchir les portes de leurs bâtiments respectifs.

Ses collègues avaient déjà le nez dans leurs dossiers quand Robert enfila sa blouse grise de secrétaire. Le bureau crépitait du bruit des machines à écrire Remington et des calculatrices mécaniques à curseurs et à manivelles. Il se faufila à pas de loup vers sa place, essayant d'éviter le regard du Chef. Malheureusement, Arthur se retourna au mauvais moment.

— Tu es toujours bon dernier, Robert ?

Le cri

N'obtenant pas de réponse, il interrogea Palo-teau et les autres.

— À votre avis, pourquoi Panaud est-il en retard ?

Les confrères rigolaient, mimant du bout des lèvres les baisers des amoureux. Le jeune homme fulmina :

— Vous n'avez pas l'air con ! Bande de jaloux !

S'ils avaient été dehors, l'affaire eût pris une tournure bien différente. Le poing qu'il serrait dans la poche de sa blouse, Robert l'aurait volontiers sorti pour frapper ses offenseurs. Il avait le sang chaud et partait au quart de tour. Lesage, d'un geste, arrêta ses tentatives d'explications. Il laissa tomber plus qu'il ne posa un paquet de fiches sur le bureau du retardataire pour clore l'incident. Puis, il lui ordonna de relever le total des heures effectuées par les métallos, atelier par atelier, et de reporter la quantité de travail fourni dans une colonne face au décompte du temps.

— Magne-toi s'il te plaît, j'ai besoin de connaître le rendement de chaque équipe pour la réunion au château de cet après-midi.

— Je l'ai déjà fait il y a huit jours, répliqua Robert.

— Justement, c'est pour voir si les cadences sont respectées d'une semaine à l'autre.

Arthur soigna son demi-tour, fit un pas de danse qui lui était coutumier avant de prendre le chemin de son bureau. Le sourire aux lèvres, le ton enjoué et taquin, il menaça ses troupes.

— C'est aussi valable pour vous. Un jour nous

Livre 2

trierons dans le tas pour séparer les bons des mauvais éléments. L'herbe folle de l'avoine. Le blé de l'ivraie.

Content de lui, il claqua sa porte, ouvrit un tiroir et sortit un cahier personnel où il notait ses bons mots, ses pensées et les événements qui méritaient d'y figurer. De l'autre côté de la vitre, au milieu des exécutants, Robert pensait que la journée serait longue, bien longue avant de retrouver Graziella. Il commença ses recherches et classa les fiches à contre-cœur. Dresser un mouchard le rebutait.

— La semaine dernière, ce sont les fondeurs qui, une fois de plus, décrochaient le pompon, dit-il à Paloteau, son vis-à-vis de bureau.

Robert se demandait pourquoi ils s'acharnaient à travailler autant, leur paye étant toujours la même à la fin du mois.

— Tu oublies la prime de fin d'année, rappela Paloteau.

— Pour ce qu'elle est grosse.

— C'est toujours autant de pris.

— Ils feraient mieux de se battre pour obtenir une augmentation de leur salaire.

Paloteau fit une grimace et un geste qui en disaient long. Le montant de la rétribution hebdoma-daire des ouvriers dépassait celle des employés de bureau de deuxième catégorie, ce qui, de son point de vue, frôlait l'injustice. Robert eut l'intelligence de ne pas répondre ; il reprit sa sale besogne qu'il n'aurait pas manqué d'interrompre s'il avait pu prévoir le drame qui s'annonçait.

3

Léon Brûlé, au poil roux, portait un nom propice aux plaisanteries faciles. Elles circulaient d'ailleurs quotidiennement sur le plancher de coulée. Il n'avait rien à craindre du feu, disait-on, puisqu'il était cramé de naissance. Les plus superstitieux redoutaient de faire équipe avec lui. Léon avait été le témoin de nombreux accidents, aussi l'accusait-on de porter malheur. Pas étonnant : il ressemblait au diable quand, le pic dressé dans la main, il regardait, fasciné, le feu qui coulait à ses pieds. À l'instant du débouchage, les flammes, qu'il côtoyait sans craindre la subite montée de température, dansaient étrangement dans ses yeux et sur le verre des lunettes de protection. Les froussards l'appelaient Satan ou Belzébuth. D'autres, moins impressionnables et plus enclins à rigoler, le nommaient Cul roussi − sobriquet porté, dans une histoire connue, par un pêcheur de morues breton qui, cherchant à passer le temps durant son quart d'une nuit de mer calme, avait imprudemment tenté d'enflammer un pet avec son briquet. Léon le

Livre 2

Rouge de poils et d'idées était un ours mal dégrossi qui profitait lui aussi, et sans le mériter, des largesses du patron. C'était en tout cas l'avis des ronds-de-cuir placés sur le second barreau de l'échelle, des gratte-papier chargés de recopier au propre les fiches de paye chaque fin de semaine.

Il était à peine neuf heures quand, prévenu par un sifflement à peine audible mais inhabituel, Léon, pris d'une inquiétude soudaine, effectua son tour de tuyère avec quelques minutes d'avance. Au premier coup d'œil, il jugea que la combustion se faisait mal à l'intérieur du fourneau. De plus en plus tendu, il poursuivit l'inspection. Arrivé au bout de la ceinture, il fut pris de frayeur, se précipita devant la chapelle pour mesurer le danger.

— Une percée ! hurla-t-il pour être entendu de tout le monde.

Son cri sema la panique sur le plancher. Le bouchon explosa à la chapelle. Des flammes jaillirent sur plusieurs mètres, devant, sur les côtés, vers le haut. Instantanément elles rougirent les parois, embrasèrent les membrures. C'est alors que des étincelles et de la fumée surgit le malheureux Joseph Guilbert, le corps en flammes, hurlant de douleur. Il courut telle une torche vivante en zigzaguant dans la pente avant de s'écrouler. Deux collègues se précipitèrent sur lui avec des couvertures humides pour éteindre les flammes qui les touchèrent au visage et aux bras.

Dans le bâtiment de l'Administration, distant d'un bon kilomètre du premier poste de travail des

Le cri

ouvriers, les employés vaquaient à leur train-train familier. Au bureau d'Aide sociale, Graziella recevait une épouse de métallo venue inscrire son fils à la crèche de l'entreprise.

— Quel âge a-t-il ? s'enquit la jeune femme.

— Trois ans et demi.

— Vous y avez droit, nous les prenons de trois à cinq ans.

Cela arrangeait cette brave femme à qui le médecin avait conseillé de garder le lit dans la journée pour ne pas risquer de perdre l'enfant qu'elle portait dans son ventre. Par la même occasion, elle apprit avec bonheur qu'en plus du jardin d'enfants, son gamin bénéficierait d'un suivi médical. Son contentement fut de courte durée. La sirène située sur le toit des Secours et du Cabinet médical reprit immédiatement les cris d'alarme lancés par celle du site des hauts fourneaux. Graziella bondit de son bureau vers la fenêtre et vit les secours se précipiter vers le lieu supposé du drame.

— Mon Dieu ! Pourvu que ce ne soit pas le mien, gémit sa visiteuse.

Elle pleurait déjà sans même connaître la nature de l'accident et l'endroit où il s'était produit.

— Où travaille votre homme ?

— À l'atelier des Presses.

Graziella la prit à l'épaule qu'elle serra doucement.

— De l'eau ! Encore de l'eau ! braillait Léon, des larmes dans les yeux et dans sa voix de bête affolée.

128

Livre 2

Il aspergeait Joseph Guilbert qui gisait là où il était tombé. Bourgneuf, l'infirmier chef qui déboulait sur le plancher avec ses brancardiers, confirma qu'il fallait calmer le feu dans les chairs du brûlé.

— Arrosez-le ! N'hésitez pas !

— Encore de l'eau ! Toujours de l'eau ! réclama Léon à ceux qui le regardaient.

Les bureaucrates, alignés en rang d'oignons derrière la baie vitrée donnant sur la cour, virent passer les infirmiers portant la victime sur un brancard. Les deux qui s'étaient jetés sur Joseph avec les couvertures suivaient à pied, soutenus par des collègues. Lesage sortit de son bureau au moment où ils franchissaient la porte du Centre de soins.

— Allez ! Circulez ! Il n'y a plus rien à voir.

Moins on s'attardait sur les accidents, moins on en causait et mieux c'était pour le moral du personnel et le rendement de l'usine.

— Pressez-vous, mademoiselle Legué !

Plus lent encore que la demoiselle, Robert fut le dernier à regagner sa place.

— J'ai l'impression que c'est grave.

— Ça sent le roussi, répondit Paloteau.

— Pauvre con !

— Excuse-moi, c'est sorti machinalement.

— La prochaine fois, réfléchis avant de parler.

Paloteau supportait de plus en plus mal le voisinage de Robert, son intégrité, sa morale et l'estime grandissante que, malgré tout, le Chef continuait à lui porter. Bien d'autres serviteurs modèles se donnaient

Le cri

pourtant du mal pour être dans les petits papiers d'Arthur.

— Garde tes leçons pour toi, Panaud ! On ne peut pas pleurer chaque fois qu'il y a un accident.

— On devrait.

Paloteau ne s'était jamais demandé pourquoi il y en avait autant. C'est vrai qu'il ne risquait pas grand-chose, le cul posé sur sa chaise.

— Toi non plus, lança-t-il au jeune homme.

— Moi non plus, murmura Robert.

Ayant constaté le degré des brûlures, Mme Dubois, la doctoresse attachée à l'usine, prit la décision qui s'imposait. Il fallait acheminer sans plus tarder le patient à l'hôpital. Le bon de sortie signé, elle recommanda aux brancardiers de ne pas secouer le *pauvre garçon*; c'est toujours ainsi qu'elle appelait ses malades les plus mal en point.

— Il souffre assez comme ça.

Avant d'ausculter les deux hommes brûlés à la face et aux mains, elle pria Jeannine, sa secrétaire, de se renseigner sur la situation familiale du dénommé Joseph Guilbert. On demanderait au Bureau d'Aide sociale d'envoyer quelqu'un prévenir ses proches.

Joseph Guilbert, trente-deux ans, était marié et père de famille. Longtemps employé au Service de la traction, aide-mécanicien sur une loco du réseau inté-rieur, il avait postulé pour se rapprocher du feu, toucher une paye légèrement supérieure et surtout entrer dans la caste des Forgerons. Il avait œuvré à

Livre 2

tous les étages du fourneau avant d'atterrir, peu de temps auparavant, sur le plancher de coulée. Léon l'avait pris en amitié et veillait sur lui comme il l'aurait fait pour un fils, un jeune frère ou un neveu ; il justifiait l'attention qu'il lui portait en déclarant que Joseph était arrivé un peu vite et sans toutes les capacités requises au cœur même de l'enfer. Mme Guilbert se prénommait Pierrette. Elle avait un visage de madone, la beauté et la douceur d'un ange. Fille de métallo, elle connaissait les risques encourus par son mari et avait tenté de freiner ses ambitions. Peine perdue. Il était si fier de promettre à ses deux jeunes garçons :

— Votre papa sera bientôt un vrai métallo !

Jeannot, l'aîné, avait juste six ans, Julien deux ans et trois mois. C'est à ces deux bambins et à leur maman que Graziella avait la lourde mission d'annoncer le terrible accident.

4

Pierrette faisait son ménage. Jeannot jouait avec des petits soldats fabriqués par son père dans du carton épais, des bois d'allumettes consumées et des bouchons de bouteille, le tout peint en rouge et bleu pour différencier les armées. Sous la table, Julien jouait avec une passoire à légumes. La maman leur chantait :

Saint Joseph cassait du bois,
Petit Jésus ramasse,
Petit Jésus ramasse.
Saint Joseph cassait du bois,
Petit Jésus ramasse
Avec ses petits doigts.

Graziella retarda le moment de frapper à la porte pour laisser Pierrette terminer son refrain.

— Entrez ! répondit la petite voix de Julien.

Une femme distinguée l'accueillit. Graziella se présenta.

Livre 2

— Vous venez pour la crèche ? Entrez, et asseyez-vous.

Pierrette éloigna une chaise de la table, délaça son tablier pour se montrer plus présentable et entra dans sa cuisine se passer les mains sous le robinet du chauffe-eau fixé au-dessus de l'évier. Elle se retourna pour proposer une tasse de café à l'assistante sociale. Graziella apparut dans l'entrecroisement de la porte. Dans son dos les enfants poursuivaient leurs jeux, gazouillant des mots qui n'étaient pas à la portée des adultes.

— Madame Guilbert ! Graziella parlait d'une voix blanche.

— Oui, mademoiselle ?

— Je ne vous apporte pas une bonne nouvelle.

Pierrette était sur le point de verser le café. Elle arrêta son geste.

— Mon gamin n'est pas pris ?

— Si.

— C'est quoi alors ?

Graziella hésita quelques secondes. C'était la première fois depuis sa prise de fonction qu'elle avait le triste privilège de porter une si mauvaise nouvelle. Habituellement, ce rôle était dévolu à Mme Charrier, qui avait de la bouteille. Mais elle était absente pour raison de santé : Graziella devait faire face.

— Votre mari, dit-elle à voix basse.

— Quoi mon mari ?

— Il a été accidenté.

Pierrette perdit son allant et son sourire.

— Comment ?

Le cri

— Brûlé par de la fonte.

Elle se laissa tomber sur un tabouret de cuisine.

— Beaucoup ?

— Je ne pense pas.

— Vous en êtes sûre ?

— On me l'aurait dit.

Pierrette se tut un long instant, triturant nerveusement le torchon avec lequel elle s'était séché les mains. Assommée, elle gardait la tête baissée vers le sol.

— C'est ce que Joseph craignait le plus.

Graziella s'approcha d'elle, ôta ses gants, posa la main sur son épaule. Pierrette leva son visage inondé de larmes.

— Il venait tout juste d'être muté à son nouveau poste. Ça devait arriver ! Tous les soirs, il se plaignait de ne pas avoir été assez formé pour y travailler sans prendre de risques.

Elle sanglota de nouveau, et demanda où il se trouvait. La réponse de Graziella la jeta dans le désarroi : son mari avait été admis à l'hôpital.

— Vous voyez que c'est grave !

Graziella balbutia que le docteur Dubois, qui était une femme et une mère de famille, prenait toujours plus de précautions que nécessaire. Elle avait probablement jugé que l'accidenté serait mieux soigné là-bas qu'à l'infirmerie.

Jeannot commençait à trouver le temps long. Il abandonna ses armées et fit irruption dans la cuisine. Découvrant sa mère en larmes, l'enfant repoussa

Livre 2

Graziella et tira sur son manteau pour la mettre dehors.

— Tu es méchante ! Va-t'en !

L'épouse affolée courait sous le porche de l'Hôtel-Dieu, une bâtisse construite à la fin du XIXᵉ siècle qui ressemblait plus à un couvent qu'à un hôpital. Les malades qui avaient le droit de promenade dans la cour virent Pierrette se renseigner puis se précipiter vers le Service des urgences. Elle allait si vite qu'elle trébucha et tomba sur le pavé. Une bonne sœur, portant la robe bleue et la grande cornette de l'ordre de Saint-Vincent-de-Paul, l'aida à se relever. Elle vit que le bas de Pierrette était troué et qu'elle saignait au genou gauche.

— Venez, madame, on va nettoyer ça.

— Ce n'est pas la peine. Merci, ma sœur, je le ferai chez moi.

Pierrette n'avait qu'une hâte : réconforter son homme. La gorge et le nez irrités par l'odeur d'éther qui imprégnait les lieux, elle longea un couloir sans fin et si étroit que deux brancards ne pouvaient s'y croiser. De part et d'autre, ajourées de verres cathédrales, les cloisons de bois des chambres étaient badigeonnées de peinture laquée d'un ton crème. La crasse s'y repérait mieux et guidait la main des nonnes chargées du nettoyage. L'organisation de l'espace datait des années trente. Peu à peu les salles communes avaient disparu au profit de chambres à deux, trois et quatre lits, les chambres individuelles

135

Le cri

étant réservées aux malades qui pouvaient payer un supplément. Pierrette s'arrêta pour regarder aux vitres de chaque boxe. Elle entendit les cris de douleur, les appels à l'aide, les vociférations des mécontents. Un homme qui n'avait plus sa raison insultait une religieuse. Enfin, la cinquième chambre était celle de Joseph. Pierrette poussa doucement la porte à deux battants. Couvert de pansements, son mari gisait, inerte sur son lit qu'un paravent isolait des autres malades. Pierrette appela doucement son mari.

— Il ne peut pas vous répondre.

Sœur Angèle, l'infirmière de garde, était arrivée dans son dos.

— Lui avez-vous donné des cachets pour l'empêcher de souffrir ?

— Nous lui avons fait une piqûre de morphine, c'est la première précaution que nous avons prise.

Pierrette voulut encore savoir si le docteur était venu le voir et surtout connaître ce qu'il avait dit. La religieuse éluda la question. Il était préférable qu'elle s'entretienne directement avec le médecin chef.

Le couloir résonnait des cris poussés par le dément qui avait si peu de respect pour les bonnes sœurs.

— S.O.S ! S.O.S !

Il portait des marques de brûlures sur la moitié du visage, et déambulait tel Socrate, un drap jeté sur son épaule pour cacher sa nudité.

— Qu'y a-t-il encore monsieur Nobilet ? demanda sœur Angèle, en route vers le bureau du

136

Livre 2

docteur Clermonté, responsable du pavillon des brûlés.

— Le feu. Y a le feu.

L'homme revivait en permanence la scène de l'incendie qui l'avait terrorisé. Sœur Angèle réussit à conduire M. Nobilet jusqu'à sa chambre et omit de l'enfermer à double tour. Puis elle vint solliciter auprès du docteur Clermonté un rendez-vous pour la femme Guilbert qui était restée au chevet de son mari.

— Est-elle consciente de la gravité de son état ? interrogea-t-il.

— Je ne le pense pas.

— Lui avez-vous parlé ?

— Assez peu, docteur.

C'était au médecin de dire la vérité aux familles des malades.

— Faites-la patienter, je la recevrai à la fin des visites. Et, s'il vous plaît, ma sœur, éloignez Socrate, il nous casse les oreilles.

Le fou accepta de suivre la religieuse quand elle lui promit de rejoindre les pompiers pour les aider à éteindre l'incendie.

5

L'urgence à l'usine était de faire face à la situation engendrée par l'accident de la matinée. Pour que le rendement de travail ne soit pas diminué, la solution logique consistait à faire descendre d'un étage trois compagnons du niveau de refroidissement. Les cadres se méfièrent. Ils redoutaient, une fois de plus, de se voir accusés de surclasser une main-d'œuvre sans réelle expérience. À l'issue d'une brève réunion, ils décidèrent de transformer le plancher de coulée en chantier de formation et de faire appel aux novices qui n'oseraient pas protester. Ils ne soupçonnaient pas, ce qui prouvait une méconnaissance de la solidarité ouvrière, que d'autres le feraient à leur place.

Lesage demanda à Paloteau de lui sortir la liste des apprentis. Arthur n'approuvait pas la solution prônée par ses collègues ingénieurs. Mais les techniciens l'avaient devancé au Château qui leur avait donné son feu vert. Pris de vitesse, il était contraint d'entériner la décision, car dans la foulée, l'ordre était redescendu au bureau pour une exécution immédiate.

Livre 2

Lesage cachait sa mauvaise conscience à ses employés, et allait vite en besogne pour qu'on n'en parlât plus. La liste en main, il ne prit pas le temps de soigner son demi-tour traditionnel pour retourner à son bureau.

— Je suppose que c'est pour remplacer les brûlés ?

Dans son dos, la question perfide fut prononcée posément, sans aucune agressivité. Le Chef s'approcha pour répondre à l'impudent, le seul capable de proclamer son désaccord.

— Non, Robert, nous voulons accélérer leur instruction pour vite les élever aux tâches nobles et leur donner le goût du métier.

Robert fixa Lesage droit dans les yeux. « À d'autres ! » semblait dire son regard. Il avança qu'avec des mousses à un poste aussi périlleux il y aurait dès le lendemain trois victimes de plus. Le patron explosa :

— Attention, Robert ! Ne te crois pas tout permis. Je t'ai à la bonne, mais n'en profite pas s'il te plaît !

Surprises par le rugissement d'Arthur, les machines Remington s'enrayèrent, emmêlèrent leurs touches et reprirent docilement quand le Chef promena son regard furieux sur l'ensemble du personnel. Il effectua son demi-tour rageur.

— Ça ne te vaut rien d'être fiancé au Bureau d'Aide sociale.

— Rien à voir.

— Je crois bien que si.

Il claqua sa porte à en briser les vitres. Il se

139

Le cri

sentait terriblement coupable d'envoyer ces gosses si près du feu.

— Ils s'en foutent au Château, l'assurance les couvre pour un mort par jour, dit Robert quand l'orage fut passé.

— Un *accident*, rectifia Paloteau.

— Un mort, je te dis.

C'était officiel et inscrit en toutes lettres dans les contrats. Voilà pourquoi la prime coûtait si cher.

Une heure plus tard, sept apprentis déboulèrent derrière Huguet sur le plancher de coulée. Il délégua à Léon le soin de choisir les trois plus habiles. Sans s'attarder, le contremaître franchit la coulée par le bas, se protégeant du chaud avec son bras replié à hauteur du visage, puis il remonta l'autre rive.

— Prends-les au berceau pendant que tu y es ! Y a combien de temps que vous êtes arrivés, les gosses ?

— Qu'est-ce que ça peut te faire ! gueula Huguet depuis la plate-forme des tuyères. Tu as bien démarré un jour toi aussi.

Oui, Léon avait débuté, comme tout le monde. Mais en ce temps-là on avait plus de respect et plus de considération pour l'ouvrier. Il avait commencé par faire le tour de la boutique et avait passé la trentaine quand il était descendu sur le plancher.

— Au moins j'étais prévenu, j'avais une petite expérience de ce qui m'attendait à tous les postes, commenta-t-il.

— L'expérience ! L'expérience ! Tu en as trop justement. À ne plus prendre de précautions ou à

140

Livre 2

lambiner parce que t'en prends plus qu'il n'en faut, ce sera bientôt ton tour d'avoir un accident.

Ayant eu le dernier mot pour asseoir son autorité auprès des jeunes, le chef d'équipe disparut dans la fumée.

— Pour qui il se prend ce con-là ? Il avait moins de gueule quand il était ouvrier.

Huguet, c'était un ancien délégué syndical dont la Direction avait acheté le silence en lui offrant une promotion. Il passait pour un renégat qui ne s'était pas fait prier pour virer sa veste, un petit chef dont il fallait se méfier tant il prenait plaisir à écraser ses anciens camarades, pour gagner la confiance des patrons et les quelques deniers, prix de sa trahison, ce qui lui valut le surnnom de Judas. Léon compta les apprentis alignés sur la rive d'en face, pointant du doigt chaque visage.

— Alors ? C'est qui les quatre chanceux qui ne vont pas faire l'affaire ? De toutes les façons, tôt ou tard, vous deviendrez tous de la viande à feu.

Le ton exalté de Léon, les flammes qui virevoltaient dans ses yeux, la chaleur, la fumée, le bruit, le rappel de l'accident du matin, tout se liguait pour décourager et faire fuir les plus audacieux. Les sept gamins étaient morts de frousse.

— Ne restez pas plantés là comme des piquets.

Satan les fit s'approcher de la chapelle pour leur expliquer ce qu'était une percée. Il arrivait que la combustion se fasse mal dans le ventre du fourneau, au sein même de l'enfer. Si on n'y remédiait pas tout de suite en envoyant l'air de la soufflerie ou si, par

141

Le cri

excès de précipitation, on accélérait trop vite le retour à la normale, les particules refroidies tombaient d'un coup vers le bas et provoquaient le drame. Léon reconnut que son explication était simplette, sans doute inexacte, en tout cas très incomplète.

— Je n'ai pas fait des études d'ingénieur moi, dit-il riant nerveusement. Ce qu'il y a de sûr c'est que si vous voyez la tôle rougir au niveau du trou, peu de temps après le bouchon pète. Vous détalez sans attendre qu'on vous le commande pour ne pas risquer de flamber comme mon copain Joseph. Pourvu qu'il s'en sorte, même défiguré, ajouta-t-il pour lui-même.

Le soir à l'heure du débrayage, la tribune de Ferrari fut entièrement consacrée à la catastrophe et aux multiples risques encourus dans tous les secteurs de l'usine. Les patrons imposaient des cadences infernales et respectaient de moins en moins les règles de sécurité. Pour chasser les temps morts, ils obligeaient le personnel à régler leur allure sur celle des machines, autrement dit celle du profit. Les ouvriers eux-mêmes, coupables de négligences ou victimes de la routine, oubliaient fréquemment de prendre toutes les précautions qui les garantiraient du danger pour aller plus vite et mériter la prime. Pourtant ils le savaient, la menace était permanente, elle rôdait partout, de l'heure de l'embauche à celle de la sortie. Il fallait toujours rester vigilant.

— Il y a en France, sur les chantiers, dans les mines et les usines, un mort toutes les demi-heures, un blessé toutes les minutes.

Livre 2

Ce rappel glaça l'assistance.

— Nous n'avons aucune nouvelle de notre camarade, conclut Ferrari.

Robert n'avait rien perdu des paroles du délégué, tout en cherchant des yeux Graziella. Inquiet de ne pas la voir dans la marée des bleus qui franchissait le portier, il courut vers le lieu de rendez-vous fixé par l'employée au Service du logement. Mme Fontana faisait le pied de grue devant un petit immeuble à deux étages comportant six appartements d'une pièce pour célibataires.

— Vous êtes le fiancé de Mlle Razza ? lança-t-elle au jeune homme. Elle a bon goût, je la féliciterai.

Mme Fontana avait passé la quarantaine. Femme du Sud, elle avait constamment le sourire et la plaisanterie au bord des lèvres. On disait aussi qu'elle ne dédaignait pas faire des compliments aux jeunes hommes qu'elle logeait. Robert s'excusa pour son retard et s'étonna de l'absence de Graziella. Mme Fontana expliqua qu'elle était passée au bureau prévenir qu'il lui fallait retourner chez cette pauvre femme dont le mari avait été accidenté sur le plancher. Elle gardait ses enfants pour lui permettre de passer la journée à l'hôpital et demandait que Robert la rejoigne quand il aurait visité le logement. Mme Guilbert n'habitait pas loin, au 118 de la rue Saint-Firmin, encore le prénom d'un fils de famille des Maîtres de Forges.

— Voilà ! fit Mme Fontana en lui présentant les lieux. Vous serez bien ici. Un vrai nid d'amoureux, ajouta-t-elle, malicieuse.

Le cri

Quatre enjambées dans un sens, six dans l'autre et Robert avait déjà fini d'arpenter la pièce. Il avait imaginé quelque chose d'un peu plus grand et appréciait modérément le papier peint à fleurs. Mais il commençait sa vie de couple, c'était là le plus important. Mme Fontana remit à Robert deux exemplaires du contrat que Graziella devait signer. Il ne pouvait le faire à sa place, c'était à elle que le logement était alloué ; en tant qu'employée à l'Aide aux familles, elle était prioritaire.

— Autrement dit, vous allez vivre chez elle.

Elle insinua que, si le fiancé tardait à passer devant monsieur de Maire et monsieur le Curé, fatiguée d'attendre, la fiancée pourrait le mettre à la porte. Un sous-entendu destiné à piquer l'amour-propre du jeune mâle qu'elle trouvait de plus en plus séduisant. Poursuivant son jeu un tantinet pervers, elle refusa dans un premier temps de lui confier les clefs du logis, prétextant que la règle exigeait d'abord la signature de la locataire.

— Graziella va être déçue. Elle se faisait une si grande joie de venir ce soir...

— Alors à une condition, et seulement parce que c'est vous.

Mme Fontana tendit la joue droite, puis la gauche. C'était le prix à payer pour récupérer la clef, son double, celle de la cave et de la boîte aux lettres.

— Ne venez pas trop tard, lui conseilla-t-elle alors qu'il était déjà sur le trottoir d'en face. Il n'y a pas de lumière, le compteur est coupé.

Heureux de posséder le sésame contre l'avis du

Livre 2

règlement, Robert se précipita tout guilleret rue Saint-Firmin. Son bonheur affiché ostensiblement lui parut subitement indécent. Il ralentit à l'approche de la maison de Mme Guilbert que des voisines attendaient devant la porte. L'arrivée de Robert leur donna le vain espoir d'obtenir des nouvelles.

6

Graziella donnait sa purée de légumes à Julien.
Robert s'empressa de s'asseoir à côté de Jeannot qui
mangeait sa soupe, pour lui venir en aide. Très
occupés à jouer aux parents, ils se prirent à rêver leur
vie commune, oubliant un instant la raison drama-
tique qui les réunissait chez Pierrette. Graziella, la tête
bien faite, bien ordonnée, avait envisagé, l'une après
l'autre, les étapes de son avenir. Elle désirait engen-
drer une grande famille d'au moins trois enfants, deux
garçons et une fille, l'ordre lui importait peu. Ils se
nommeraient Pierre, François et Marie, des prénoms
simples, tous français. Mais avant de fonder un foyer,
il fallait commencer par trouver un logement. C'était
chose faite. Ce jour était à marquer d'une pierre
blanche, car la première phase de son projet se réali-
sait. Il ne restait plus qu'à dérouler le programme
qu'elle s'était fixé : remise en état de l'appartement,
achat à crédit d'un buffet, d'une table, de deux chaises
et d'un lit, confection de la robe de mariée, proclama-
tion des bans, mariage et grossesse. Cet engagement

Livre 2

sur le futur, Robert l'approuvait sans réserve. Que de
beaux rêves sur le point d'aboutir ! Graziella serra les
clefs dans sa main.

— Tu ne me dis pas comment est la pièce ?
s'étonna-t-elle.

— Pas grande.

— C'est tout ?

— Je l'ai vue en coup de vent. Mme Fontana
était pressée.

— La fenêtre donne sur le devant ou sur
l'arrière ?

Il avoua qu'il n'avait pas fait attention. Elle lui
reprocha son manque de curiosité. Tout à coup,
Jeannot repoussa la cuillère, le sourcil froncé, le bec
pincé. Il remettait en doute ce qu'on lui avait dit pour
justifier l'absence de ses parents. Il commençait à
flairer le mensonge, et réclama sa mère. Comme il
s'entêtait, Graziella tenta de détourner son attention.

— Presse-toi, mon bonhomme ! fit-elle de sa
voix la plus douce. Regarde Julien, il a presque fini
son assiette.

— Si tu ne manges pas je vais être obligé
d'appeler la sorcière, ajouta Robert.

Il se rappelait son enfance et la méthode infail-
lible de sa mère pour lui faire avaler la soupe de lait
au potiron qui lui donnait des haut-le-cœur. Un
instant, il s'isola près de l'évier, glissa dans son poing
fermé deux croûtes de pain entre l'index et le majeur
pour simuler une paire d'yeux marron. Puis, il sortit
le pouce dans la fente du petit doigt et de l'auricu-
laire pour faire office de langue, et coiffa le tout d'un

147

Le cri

torchon, figurant ainsi la tête d'une sorcière. Robert revint vers la table en secouant sa marionnette qui agitait la langue dans sa bouche édentée, et emprunta une voix aiguë pour avoir l'air plus menaçant :

— Où est-il ce grand garçon qui ne sait pas encore manger tout seul ?

— Pourquoi tu lui fais peur ? reprocha Graziella.

— Mais c'est une gentille sorcière ! rétorqua-t-il.

Jeannot saisit son écuelle à deux mains et s'empressa de laper le consommé de légumes. Dans un éclat de rire, Graziella reconnut que Robert était prêt pour faire un bon papa. Il savait s'y prendre avec les enfants.

Dehors, lasses d'attendre à la porte, les voisines de Pierrette rentrèrent chez elles, faisant chacune leur commentaire. Pour certaines, cette absence prolongée était de bon augure, Joseph avait dû reprendre connaissance, sa femme demeurait près de lui pour le veiller durant la nuit. D'autres priaient pour que cette sale journée n'endeuille pas la cité. Elles savaient toutes que la mort ne quittait un quartier qu'après y avoir frappé trois fois ! Lorsque, à la nuit tombée, Pierrette rentra chez elle, elle fut soulagée de voir les rues vides et de ne pas avoir à s'arrêter pour répondre aux curieux.

— Maman, j'ai mangé toute ma soupe.

Jeannot se précipita vers sa mère dès qu'il l'entendit franchir le seuil.

— C'est bien.

Elle ôta son fichu, son manteau, entra dans la

Livre 2

cuisine le visage crispé pour ne pas pleurer. Graziella présenta son fiancé, et Pierrette s'efforça de sourire.

— Vous avez pu voir votre mari ? demanda la jeune femme. Comment va-t-il ?

Pierrette détourna le regard. La question resta sans réponse.

Sur le trottoir, les amoureux partagèrent leur inquiétude. Si Pierrette n'avait pas répondu c'est qu'elle ne voulait pas donner de mauvaises nouvelles de son mari devant les enfants. Ne pas faire pleurer son Jeannot si fier d'avoir fini son assiette.

— Même que j'ai vu la sorcière et que j'ai pas eu peur, avait-il affirmé, du bonheur plein les yeux.

Le cœur battant, Graziella tourna la clef dans la serrure de leur « nid d'amoureux », comme l'appelait Mme Fontana. Elle pénétra dans la pièce vide. Au premier coup d'œil et à la lueur de la lune, elle s'aperçut que les murs étaient tapissés d'un papier imprimé avec de grandes fleurs.

— Elles sont mauves ou bleues ? s'inquiéta-t-elle.

— Violettes, lui répondit Robert.

— À un ton près, c'est la même chose. Ce ne sont pas des couleurs pour un couple de notre âge.

— J'étais sûr que ça n'allait pas te plaire.

Elle s'approcha de la fenêtre qui, par chance, donnait côté cour.

— Au moins on ne sera pas dérangé par le bruit de la rue.

Poursuivant son inspection dans le coin cuisine,

149

Le cri

elle constata que l'eau avait été coupée au robinet de l'évier. Elle revint lentement vers Robert resté près de la porte entrouverte pour laisser entrer la lumière du palier. Graziella l'enlaça et lui demanda ce qui n'allait pas.

— Je suis un peu déçu, la pièce n'est quand même pas grande.

— Ne nous plaignons pas, en pleine crise du logement ! répliqua la jeune femme avec optimisme.

Les villes bombardées, incendiées, les quartiers rasés durant la guerre n'étaient pas tous reconstruits. Bâtis en toute hâte à la Libération, les baraquements de bois groupés autour de deux ou trois commerces de première nécessité étaient toujours debout. Ils continuaient à servir de toits provisoires aux jeunes couples avec enfants qui attendaient d'être logés par l'usine ou la mairie. Les autres n'avaient guère d'autre choix que de cohabiter avec les parents.

— Eux ne peuvent pas s'embrasser quand ils en ont envie, dit Graziella en approchant ses lèvres de la bouche de Robert. Tu n'es pas fatigué de me faire des baisers ?

— Je ne le serai jamais.

— Si on restait là cette nuit ?

Graziella ferma la porte sans attendre la réponse. Elle retira la clef de la serrure pour garder l'oiseau enfermé dans la cage.

— Il n'y a pas de lumière, fit Robert.

— Pour quoi faire ? On n'en a pas besoin.

Elle étala son manteau sur le parquet à l'endroit où elle avait décidé qu'elle placerait le lit, puis

Livre 2

déboutonna la veste de Robert qu'elle roula en guise d'oreiller.

— Et tes parents ? hasarda le jeune homme.

— Ne te fais pas de soucis. Mon père va être inquiet, mais ma mère va bien se douter.

Timides et frémissants, ils restèrent immobiles avant que leurs mains ne tâtonnent pour trouver le corps de l'autre.

7

Les ouvriers avaient déjà franchi le portier quand, le matin, les amoureux déboulèrent à l'usine. Ils couraient, joyeux, main dans la main, sautaient en riant pour franchir les flaques, laissaient éclater leur bonheur d'avoir passé leur première nuit ensemble. Ils avaient vécu des heures passionnées qu'ils garderaient en mémoire la vie entière. Fred s'approcha d'eux, la mine grave. Fidèle à son rendez-vous avec ses ex-collègues, il avait retardé le moment de rentrer chez lui pour leur livrer la mauvaise nouvelle : Joseph Guilbert était mort durant la nuit. Il tenait la confidence de Ferrari qui avait téléphoné à l'hôpital, et attendait d'avoir vu la Direction pour l'annoncer officiellement le midi, à l'heure de la cantine. Aussitôt Graziella fit demi-tour et se précipita rue Saint-Firmin.

Prostrée derrière le rideau de sa fenêtre, Pierrette regardait au-dehors sans rien voir de l'animation de la rue. Ses yeux absents ignorèrent la course de Graziella qui ouvrit la porte sans frapper.

Jeannot appelait sa mère avec insistance en tirant

Livre 2

sur son tablier. Julien pleurait dans son lit, gêné par sa couche humide. Sans la saluer, ni même se retourner, la veuve accueillit l'assistante sociale par ces mots :

— Hier soir, je savais que c'était fini.

Graziella fut soudain prise d'un profond malaise. Chargée de remords, presque honteuse, elle baissa les yeux, se reprochant intérieurement d'avoir été si heureuse quand, la nuit entière, Pierrette avait dû vivre dans la crainte de voir le jour se lever. À l'aube, une religieuse s'était présentée et avait offert ses services. Pierrette avait refusé, Jeannot et Julien dormaient encore, la présence de la bonne sœur eût éveillé les soupçons de l'aîné qui était en âge de comprendre. Elle ne voulait pas que son enfant apprît dès son réveil qu'il n'avait plus de père.

— Voulez-vous que je m'occupe d'eux ? proposa Graziella.

— Oui, je vous remercie.

Trois jours plus tard, les sirènes retentirent à nouveau dans l'usine. Elles invitaient les métallos à débrayer pour aller se recueillir sur le plancher, de part et d'autre des rigoles éteintes en attendant la prochaine coulée. Groupés, nu-tête, les visages empreints d'une tristesse mêlée de colère, les ouvriers virent arriver une blouse grise en bas de la rampe. Présent à tous les hommages rendus aux victimes du travail, Fred s'avança vers Robert.

— C'est bien que tu sois sorti de ton bureau, lui dit-il à l'oreille pour respecter le silence de ceux qui pleuraient leur ami.

Le cri

Puis il le conduisit au premier rang, devant l'endroit précis où était tombé Joseph Guilbert.

À la même heure, Ferrari assistait à l'enterrement en compagnie de Léon Brûlé et d'une délégation d'ouvriers vêtus de leur costume du dimanche. Il déposa une gerbe sur le cercueil qu'on avait placé sur deux tréteaux dans une allée du cimetière, en haut de la colline. Les croix des tombes dominaient la ville encaissée au fond de la vallée. Les fumées sombres des cheminées de l'usine endeuillaient le ciel.

— *In paradisium deducant te Angeli...* Que les Anges te conduisent au paradis... chanta le curé.

Pâle sous le voile noir qui lui couvrait la tête, la veuve restait digne dans la douleur. Pas une larme sur ses joues, elle avait pleuré son homme à l'abri des regards. Derrière elle, Graziella portait Julien dans ses bras et tenait la main de Jeannot. L'aîné suivait des yeux les ouvriers aux imposantes statures qui défilaient devant lui. Certains bénissaient le cercueil, d'autres, moins nombreux, délaissaient le goupillon que leur tendait l'enfant de chœur. Tous inclinaient la tête en passant devant sa mère. Ferrari se présenta le dernier.

— Je voudrais vous exprimer notre douleur et notre rage, balbutia-t-il les lèvres tremblantes. Mais...

L'émotion était trop forte, il ne put en dire plus et s'éloigna vers la délégation qui l'attendait au bout de l'allée. Pierrette demeura longtemps seule devant le cercueil. Elle n'arrivait pas à le quitter malgré l'empressement des croque-morts, impatients de descendre Joseph dans sa dernière demeure.

Livre 2

Quand Robert réintégra le bureau, Lesage s'était assis à la place de Paloteau.

— Tu connaissais Joseph Guilbert ? demanda-t-il à son employé avant qu'il ne se remette au travail.

— Non.

— Alors explique-moi ? Pourquoi tu es sorti ?

La réponse était simple : bien que bureaucrate, Robert se sentait solidaire des ouvriers de tous les ateliers de l'usine. Il revendiquait le droit de partager leurs problèmes, leurs souffrances et leurs deuils.

— Personne ne te l'interdit.

— Si. La preuve, vous trouvez drôle que je sois allé me recueillir avec eux.

— Tu aurais dû me demander l'autorisation, c'est tout.

Robert soutint froidement le regard de son chef, affirmant ainsi qu'il était des domaines sur lesquels il ne céderait jamais. Arthur comprit qu'il était inutile de discuter. Il battit en retraite, lançant d'une voix forte pour être entendu de tout le monde :

— Tu files un mauvais coton, Robert.

— De votre point de vue, pas du mien.

Une fois encore Lesage n'avait pas le dernier mot. Furieux, il claqua la porte de son bureau.

Un ruban de crêpe noir noué autour du bras gauche, Robert et Fredo quêtèrent au portier à l'heure de la sortie. Chacun secouait une boîte en fer-blanc, munie d'une anse grossièrement soudée au corps du cylindre, et fermée par un couvercle percé d'une large fente. Ces troncs artisanaux et les brassards de crêpe

Le cri

étaient gardés au bureau de la permanence syndicale. Les délégués se plaignaient d'avoir à les sortir trop souvent au cours d'une même année.

— Pour venir en aide à la veuve de Joseph Guilbert, clamait Robert.

— Et ses deux enfants, ajoutait l'Ancien.

Jamais on n'avait vu un ouvrier refuser de venir en aide aux familles en peine. Celui qui n'avait pas de sous empruntait au copain pour déposer son offrande, et s'acquittait de sa dette le lendemain. Jamais, cependant, on n'avait vu un bureaucrate mettre la main à la poche. Paloteau rasa les murs et ferma ses oreilles pour ne pas entendre Robert qui l'incitait à faire preuve, pour une fois, d'un peu de générosité, et le pressait d'accomplir le geste qui prouverait qu'un gratte-papier avait un cœur. Il hésita un moment, mais voyant que le gardien de l'entrée l'observait depuis son aubette, il fila vers le car qui attendait d'être complet pour démarrer. Ce n'était pas tant de donner une pièce qui gênait Paloteau, c'était la peur d'être vu. Il entretenait l'illusion que son rang lui interdisait de sympathiser avec les ouvriers. Robert semblait avoir deviné sa pensée. Il cria haut et fort pour que son collègue l'entende avant de monter dans le car dont le moteur tournait déjà :

— Un jour, les patrons lâcheront les bureaucrates. Ils finiront par les perdre, leurs petits privilèges.

Le dimanche suivant, ce fut Graziella qui eut pour mission de porter le fruit de la collecte à la veuve.

Livre 2

— Ils sont lourds, dit-elle en posant les troncs sur la table de la salle à manger, j'en ai mal au bras. Dans quoi va-t-on les vider ?

Pierrette connaissait la coutume pour avoir été maintes fois sollicitée. Elle donnait son obole parce que c'était utile, mais savait qu'elle n'atténuerait en rien la douleur de celle qui la recevait. À son tour, gênée d'accepter l'argent de la quête, elle ne dit rien et haussa les épaules.

— Une casserole dont vous ne vous servez pas souvent ferait l'affaire. Une grande, regardez, ils sont pleins ! dit Graziella en soulevant les couvercles.

Pierrette s'attardait dans la cuisine. L'assistante sociale la trouva en larmes près de l'évier, tenant son faitout à deux mains devant son tablier. Comme la jeune fille la consolait, la veuve lui fit part de sa gratitude. Elle était si gentille avec elle ! Graziella prit la casserole et força Pierrette à la suivre, décidant qu'à compter de ce jour elles se tutoieraient.

Robert profitait de son dimanche pour arranger l'appartement. Il avait décollé le papier mauve et commencé à peindre les murs en blanc. Étalant des rillettes de porc sur du pain qu'elle avait acheté en revenant de chez Pierrette, Graziella lui fit le compte rendu de sa visite. La pauvre femme avait plus besoin de chaleur et de soutien moral que d'une aide financière ! Des parents morts, un frère habitant à plus de cent kilomètres, des beaux-parents en désaccord avec le mariage de leur fils, Pierrette n'avait personne sur qui compter. Le couple se promit de ne jamais

Le cri

l'abandonner, de lui rendre visite fréquemment et de tout faire pour l'épauler.

— Pourquoi on ne l'inviterait pas à pendre la crémaillère ?

— C'est une bonne idée, convint Robert.

Agitant le pinceau, il entonna pour s'encourager et donner du rythme à son geste :

La peinture à l'huile
C'est plus difficile
Mais c'est bien plus beau
Que la peinture à l'eau.

Quand il arriva bon dernier à la répétition de l'Harmonie, les mains propres mais le visage et les vêtements tachés de peinture, les musiciens interprétèrent une version enlevée de la même chanson. Le clarinettiste s'était précipité pour ne pas arriver trop en retard.

— Merci, les gars ! fit-il en riant.

— C'est pour quand le mariage ? interrogea Fred du haut de l'estrade du Chef.

— Quand j'aurai fini mon chantier.

— Presse-toi ! On a soif.

L'Ancien leva sa baguette et tous se mirent à chanter à l'unisson :

C'est à boire, à boire.
C'est à boire qu'il nous faut.

8

Il fallut deux mois aux jeunes gens pour aménager leur nid. Graziella préféra au lit de milieu une sorte de cosy-corner dont elle plaça la tête contre une étagère, de manière à séparer la pièce en deux à mi-largeur : côté fenêtre, le coin cuisine était meublé d'une table et d'un buffet ; côté mur, il y avait le lit, une commode et une armoire-penderie. Les portes d'entrée et du cabinet de toilette se faisaient face. Elles marquaient, dans le sens de la longueur, la frontière entre les deux parties de l'appartement. Peinture laquée et linoléum facile à nettoyer pour la cuisine, plancher encaustiqué et peinture satinée pour la chambre. Cette organisation donnait au jeune couple l'illusion d'habiter un deux-pièces malgré la maigre surface dont ils disposaient.

Graziella n'attendit pas la fin des travaux pour accomplir les démarches en vue du mariage : choix d'une date à la mairie et affichage des bans, rencontre obligatoire avec monsieur le curé pour préparer les fiancés au sacrement qui les lierait pour la vie, visite

Le cri

prénuptiale chez le médecin. Ainsi fut fait, jusqu'à un samedi de mai 1953 où, entourés de leurs témoins, ils écoutèrent monsieur le maire déclarer :

— Loi du 17 mars 1803 promulguée le 27. Les époux assurent ensemble la direction morale et matérielle de la famille...

À l'église, resplendissante sous son voile de tulle et dans sa longue robe blanche, Graziella entendit les conseils donnés par l'officiant à la bénédiction des alliances :

— Bénissez Seigneur cet anneau, afin que celle qui le portera garde à son mari une fidélité inviolable, qu'elle demeure dans la paix et l'accomplissement de votre volonté, qu'elle vive avec son époux dans un mutuel et constant amour.

Émue et radieuse, la mariée tendit la main gauche afin que son mari lui passe la bague au doigt. Le « oui » qu'ils prononcèrent les unissait devant Dieu, ils ne pourraient se démettre de leur engagement jusqu'à la mort. À la sortie, les parents et les invités se groupèrent devant l'appareil de Rémi Besnier pour le traditionnel cliché souvenir. Rémi n'était autre que le fils du photographe qui, vingt-cinq ans plus tôt, avait fait le portrait de Marcel et Renée, sur le parvis de la même église.

— Attention ! Souriez ! Le petit oiseau va sortir.

La phrase fit rire les adultes, plus encore que les enfants.

Le repas fut servi dans la salle des fêtes. Des bouquets de fleurs en papier crépon confectionnées

Livre 2

par la sœur de Robert et les amies de Graziella accueillirent une soixantaine d'invités. Parmi eux, une douzaine d'Italiens étaient montés de Calabre pour faire honneur à leur famille émigrée. Sur les tables disposées en « U » trônaient des bouteilles de Valpolicella, une attention délicate de Luigi, le père de Graziella qui, sans dédaigner le vin français dont il faisait son ordinaire, avait une préférence chauvine pour le vignoble de son pays. Il y eut du poisson froid accompagné d'une mayonnaise, de la langue-de-bœuf sauce madère, de la salade des jardins ouvriers, divers fromages et, pour conclure, la traditionnelle pièce montée. Arriva l'heure du champagne et des chansons. Luigi était réputé pour être un excellent chanteur. Il avait une voix puissante et chaude, et connaissait un large répertoire dont il faisait profiter les rues de la cité, quand, les samedis, soirs de paye, il sortait du café un peu éméché.

— Luigi ! Luigi ! scanda la compagnie, frappant les coupes de champagne avec le dos des couteaux.

Luigi attendit quelques secondes, savourant sa notoriété, fier d'entendre avec quelle insistance on réclamait qu'il chante le premier. Lorsqu'il se leva, le silence se fit.

Libiamo ne lieti calici
Che la bellezza infiora
— Buvons dans les joyeux calices
Et que la beauté fleurisse

Près de lui, sa femme Monica gardait les yeux baissés. Elle revivait, honteuse, les trop nombreuses

Le cri

nuits où, couchée près de sa fille, elle avait redouté d'entendre la voix avinée de son homme chanter *La Traviata.*

> *E la fuggevol ova*
> *Si ne bri a voluta*
> — *Et que l'heure fugace*
> *S'enivre jusqu'à la volupté.*

À la fin du repas, les invités sortirent prendre l'air dans le parc qui entourait la salle des fêtes, pour laisser aux jeunes le temps de pousser les tables le long des murs et monter l'estrade. Un orchestre devait venir animer le bal : six musiciens de l'Harmonie convertis à la pratique de l'accordéon, guitare, contre-basse, saxo, clarinette et batterie. Quand ils furent prêts, on éteignit toutes les lumières, sauf les guir-landes d'ampoules multicolores accrochées aux murs. Un roulement de caisse claire ponctué d'un coup de cymbale pria les mariés d'ouvrir la danse. Les invités applaudirent longuement, leur nombre avait doublé avec l'arrivée des amis conviés pour la soirée.

— Ce qu'ils sont beaux ! dit Renée à Monica, admirant la grâce du jeune couple.

Les deux belles-mères faisaient banquette, côte à côte.

— Tu trouves toi aussi ?

Elles furent d'avis que Robert et Graziella s'étaient bien trouvés. Ils ne dérogeaient pas à la règle, *qui se ressemble s'assemble.* En Italie aussi on disait la même chose : « *Chi s'assomiglia, si piglia.* » Monica répéta pour Renée qui souhaitait apprendre un peu de

Livre 2

vocabulaire italien maintenant que les deux familles avaient fait alliance.

— *Chi s'assomiglia, si pi...*

— *Piglia.*

— *Si piglia,* articula-t-elle.

Après avoir effectué un tour complet de la piste, Graziella invita les convives à entrer dans la danse. À cet instant, Luigi, une bouteille de « Valpo » dans une main et un verre dans l'autre, rejoignit les plus anciens de la colonie italienne, les têtes chenues qui se sentaient trop âgées pour se trémousser mais encore assez jeunes pour trinquer et pousser la chansonnette.

E la Viuleta la va, la va
La va pei monti la montagna

Ils avaient du coffre et chantaient à tue-tête, gênant les danseurs qui peinaient pour suivre le rythme à trois temps de la valse.

— Moins fort, papa ! On n'entend plus l'orchestre.

— *Stasera, figlia mia sei la regina. Il tuo desiderio sara asaudito.*

Ce soir ma fille tu es la reine. Ton désir sera exaucé.

Luigi refit face à la chorale et poursuivit *sotto voce* :

Lo voglio regalare
Perché l'è un bel mazzeto.

Graziella ne put traduire à Robert ce que lui avait dit son père.

163

Le cri

Lorsqu'elle était enfant, ses parents avaient décidé qu'elle n'apprendrait pas la langue maternelle afin qu'elle s'intègre plus vite dans le pays qui leur fournissait du travail. Pour eux, l'Italie était synonyme de pauvreté. Ils voulaient que leur fille se sente totalement française.

— Ils ne parlent jamais italien à la maison ?

— Si, quand ils chantent ou qu'ils se disputent, sourit-elle.

— Ça leur arrive souvent ?

— Oh oui !

Pierrette était assise en bout de table près de Fred et de Lulu, son épouse. Elle tenait Julien dans les bras et Jeannot collé contre ses jambes. La veuve suivait l'évolution des jeunes mariés et souriait tristement. Leur bonheur lui rappelait le sien. Robert avait insisté pour qu'elle soit de la fête et à la fin de la valse, comme les musiciens attaquaient une rumba, il s'avança pour l'inviter à danser.

— Oh non ! répondit-elle de sa voix douce.

Autour d'elle, tous se liguèrent pour la faire changer d'avis. Graziella lui jura que personne ne trouverait à redire.

— Et quand bien même ! renchérit Fred.

Ravie, Lulu prit Julien sur ses genoux. Elle avait regretté toute sa vie de ne pas être maman, de n'avoir jamais eu d'enfants à câliner.

— C'est si doux une peau de bébé.

— Tu n'es pas privée de caresses avec Riton, lui fit remarquer Fredo.

Livre 2

— Ce que tu peux dire comme bêtises ! Un chat c'est pas pareil, ça remplace pas !

Quand elle aperçut au milieu des robes colorées et au bras de son fils la silhouette noire de Pierrette, Renée se rengorgea. Depuis le début du bal, elle n'avait cessé d'énumérer les qualités de Robert, mais elle avait oublié de mentionner sa gentillesse. Vantant les nombreuses occasions où il avait fait preuve d'un grand cœur, Renée ouvrit son sac.

— Tiens ! Regarde comme il est sentimental.

Monica découvrit ce que son gendre avait, le matin même, réclamé à sa mère. Le plus beau cadeau qu'elle pouvait lui faire en ce jour mémorable : le lingot d'acier, la relique du grand-père Célestin. Renée avait hésité, elle craignait que l'objet n'attriste l'intérieur du jeune couple. Monica la rassura. Sa fille saurait égayer la pièce, elle mettrait des fleurs devant. Tout à coup, gagnée par l'ambiance, elle eut envie de danser, et proposa à Renée de l'accompagner puisque aucun homme ne venait les inviter. Celle-ci ne savait que faire de son sac et de son contenu.

— Je ne vais quand même pas faire danser le grand-père ?

— Pourquoi pas ? Ça te fera un souvenir à raconter à tes petits-enfants !

Le grand-père valsa jusqu'à une heure bien avancée, avant que ne sonne la fin du bal.

— Tu viens de te marier avec un fils, petit-fils, et arrière-petit-fils de métallos, dit Robert à sa jeune

165

Le cri

épouse quand, une fois rentrés chez eux, il déposa le lingot d'acier sur la table de la cuisine.

Avec une telle ascendance, il préférait forcément la cause des ouvriers à celle des patrons. Quoi qu'il advienne à l'usine, il appartiendrait toujours à la classe ouvrière. Graziella se regarda dans le miroir collé sur la porte de l'armoire et retarda le moment de se dévêtir, sa robe lui allait si bien.

— Il n'y a pas de honte à essayer de s'en sortir, répondit-elle.

Fuyant le côté chambre, elle s'installa sur les genoux de son mari qui s'était assis face au lingot. N'était-ce pas louable de faire des efforts pour trouver les moyens de grandir, de se cultiver, d'aspirer à une vie plus douce et plus facile ?

— Dans un bureau chauffé l'hiver et frais l'été ? répliqua sèchement Robert.

Ce n'était pas ce dont il rêvait lorsqu'il était enfant, et ce n'était pas à cela que ses parents l'avaient préparé, même si, aujourd'hui, sa mère était rassurée de le savoir dans un bureau, moins exposé au danger que son père et son grand-père. Le ton qu'il avait employé était si dur qu'il surprit Graziella.

— Pourquoi te mets-tu en colère ?

— Je ne suis pas en colère.

Elle se leva, l'entraîna vers leur lit et, prétextant une fatigue extrême, lui demanda d'avoir la gentillesse de l'aider à ôter sa couronne et ses chaussures.

— Tu ne m'as jamais dit de quoi ton père est mort.

Contrairement à Célestin, ce n'était pas un

Livre 2

accident qui avait coûté la vie à Marcel, mais la maladie. À force de passer ses journées au feu, la poitrine brûlée et le dos gelé dans les courants d'air, ses poumons n'avaient pas résisté. Comme de nombreux collègues, il était parti jeune, victime d'une pneumonie, à l'automne de 1938.

— Tu avais huit ans.

— Oui, huit ans.

Robert pensait souvent à son père. Dans la journée, au travail, il se sentait mal à l'aise, persuadé qu'assis devant son téléphone, sa machine et ses dossiers, vêtu de sa blouse grise, il le trahissait.

Quand il était gamin, Marcel Panaud l'emmenait avec lui chaque fois qu'il sortait manifester en ville. « C'est ton avenir qu'on prépare ! disait-il, c'est normal que tu t'en occupes avec nous. » Graziella demanda à Robert de raconter ces souvenirs qu'il n'avait encore jamais évoqués. Heureux de partager son passé avec sa jeune épouse, il ne se fit pas prier.

9

Juché sur les épaules de son papa, Robert avait l'impression d'être le plus grand des manifestants. C'était en 1936. Il défilait en tête, levait un poing rageur et mêlait sa voix fluette à celle des métallos qui chantaient *L'Internationale* dans les rues. Plus ça chantait fort, plus il élevait la voix pour être sûr qu'on l'entende. Les grévistes brandissaient des drapeaux rouges et noirs, des pancartes et des banderoles affichant leurs revendications :

Du travail pour tous
Une retraite pour les vieux travailleurs
Union des pauvres contre les riches
La guerre aux affameurs
Classe ouvrière solidaire
Tous ensemble

Des jeunes gens portaient un calicot où on lisait :

Tout est possible

Livre 2

Les ouvriers se sentaient puissants après la victoire du Front populaire. Ils se croyaient soutenus, et commençaient à agir sans craindre les patrons. Lors d'une assemblée générale sur l'aire de stockage, Marcel prit la parole :

— Je propose qu'on laisse un groupe à l'intérieur de l'usine la prochaine fois qu'on défilera en ville. Pour peu que les patrons aient l'idée de fermer les portes et de faire travailler les jaunes...

Les jaunes, les non-grévistes, étaient peu nombreux. Dès lors, au lieu de déserter les ateliers comme ils le faisaient auparavant, les ouvriers les occupèrent jour et nuit. Ils travaillaient utilement à l'entretien des machines sans toutefois les mettre en route pour leur propre compte, comme l'avaient fait les *operai* lombards et piémontais lors d'une récente lutte en Italie. Ils discutaient âprement de l'évolution du conflit et, en fin de journée, votaient à main levée les décisions concernant les suites de leur combat. Le soir, pour les distraire, les musiciens de l'Harmonie jouaient quelques morceaux entraînants. Mais l'heure la plus attendue était celle de midi, quand les épouses se présentaient au portier avec leurs paniers de victuailles.

La porte d'entrée restait fermée pour empêcher l'incursion des troupes. Aussi, perchés sur les hauts murs de clôture de l'usine, les ouvriers grévistes filaient des cordes terminées par de gros crochets pour remonter les sacs qu'avaient préparés leurs cuisinières. Ils ressemblaient à des marins plongeant des grappins dans la mer, pêchant au coup, le long de la coque

Le cri

d'un grand bateau de briques rouges. Ils remontaient les gamelles et trouvaient leurs femmes bien jolies. Pour les remercier de venir les rassasier, ils osaient parfois quelques plaisanteries malgré la présence des enfants.

— Quand on sortira, prépare-toi à passer des nuits chaudes, promit un jour Léon à sa belle, les yeux brillants de désir.

C'était une juste récompense pour celle qui lui apportait à chaque repas de délicieux ragoûts cuisinés avec amour. Robert et Renée retrouvaient toujours Marcel au même endroit, là où le mur bifurquait, à l'entrée d'une impasse où stationnaient les wagons vides. Il s'écartait du bruit, des cris et des rires pour entendre son garçon et sa femme sans qu'ils aient besoin de se casser la voix. À chaque visite, Robert, joyeux et gourmand, annonçait à son père le contenu de sa gamelle. Ce jour-là, c'était du lapin préparé avec du thym frais, un émincé d'échalotes fondues dans le beurre, des lardons fumés, le tout cuit dans le vin blanc deux grosses heures à feu doux. Un délice.

— Ne le réchauffe pas trop longtemps, conseilla Renée, ça enlèverait le goût.

Marcel avoua que sa famille commençait à lui manquer.

— Je m'ennuie de toi, dit-il à son épouse d'une voix fiévreuse.

— Chut ! répondit-elle gênée, inclinant la tête vers Robert collé contre son gros ventre.

— Comment tu te sens ? s'inquiéta le futur papa.

Livre 2

— Ça va bien. Il commence à bouger.

Renée était enceinte du quatrième qui serait, espérait-elle, le dernier. Avec quatre enfants en six ans, elle avait accompli son devoir de citoyenne puisque les autorités du pays encourageaient les femmes à donner naissance à trois rejetons. En effet, l'État essayait de maintenir un taux de natalité élevé dans la nation vieillissante. Sans succès. Et pour cause : devant les menaces d'un nouveau conflit avec le voisin allemand, les femmes hésitaient à faire des enfants. Mais pas Renée, pour qui chaque grossesse était une preuve d'amour donnée à son mari.

Toute la semaine, Robert attendait le dimanche avec impatience. À dix heures du matin, et sur ordre d'une délégation d'ouvriers, le gardien de l'entrée ouvrait les portes pour permettre aux familles de passer la journée avec leurs grévistes. Elles se réunissaient sur l'aire de stockage et rapportaient les nouvelles de l'extérieur, les bruits et les rumeurs de la cité. Elles discutaient des congés payés, des conventions collectives et des nationalisations, cassaient la croûte, jouaient aux cartes ou aux dominos, plaisantaient, chantaient des airs à la mode.

Ça vaut mieux que d'attraper la scarlatine.
Ça vaut mieux que de faire le zouave au pont de l'Alma.

Une autre chanson moins connue, écrite par un rimeur de l'usine et mise en musique par le chef de l'Harmonie, commençait ainsi :

Le cri

Vaut mieux attraper la pécole
Qu'un lumbago
Si on veut jouer des guiboles
Au bal à Jo
Si on veut emballer Nicole
Et lui faire danser le tango
Au plus couru des balloches des prolos

Danser et rire, trinquer, rire et danser.
L'ambiance était toujours joyeuse. Les métallos
avaient un moral d'acier, répétait Léon, fier de son
bon mot. Tous étaient confiants dans l'avenir, ils crie-
raient bientôt victoire et, pour s'en persuader, ils
entraînaient les filles dans des rondes autour de feux
gigantesques où brûlaient les effigies de ceux qui les
oppressaient. Le dimanche, le temps passait trop vite.
Les femmes rentraient chez elles à la tombée du jour,
c'était la règle. Robert rechignait toujours à quitter les
lieux :

— Je veux qu'on reste avec papa.
— On ne peut pas, c'est interdit.

Et pourtant, certains rusaient, pensait le garçon
en voyant arriver Louise, jeune lionne aux cheveux
roux, surnommée « Belle en cuisse ». Renée se méfiait
de la rousse. Louise entrait à la brune et dansait pour
les hommes, tous les hommes, sans exception. Elle
refusait les offres des cavaliers, aucun ne pouvait la
prendre entre ses bras pour la faire tourner autour du
brasero qui réchauffait l'air de la nuit. Elle valsait
seule et, belle comme une Esméralda au teint clair,
n'en était que plus admirée. À cette heure la musique

Livre 2

devenait féminine, vibrante et douce, une flûte traversière chantait avec l'accordéon des airs troublants. Les poitrines se serraient, les gorges s'asséchaient, ils étaient tous amoureux de Louise. Mais elle avait un faible pour Marcel devant lequel elle s'attardait, chaque fois un peu plus longtemps. Ce soir-là, elle dénoua son chignon, démêla ses cheveux bouclés d'un simple mouvement de tête. Marcel comprit qu'elle voulait qu'il la rejoigne. Ils dansèrent, seuls au milieu des autres qui les admiraient, silencieux et béats.

— Sacré Marcel ! lança un jaloux. Si ta femme te voyait...

Renée n'eut jamais vent de l'histoire. Pourtant, trois jours plus tard, alors qu'il était rentré passer la nuit à la maison, sa femme lui réserva une mauvaise surprise. Il avait posé la veille son pantalon sur la chaise, et au matin, il n'y était plus. C'était mercredi, jour de la lessive, et Renée était descendue dans sa cuisine plus tôt que d'habitude pour emplir sa lessiveuse qui devait bouillir deux longues heures. Ensuite, elle savonnerait le linge, le brosserait et frotterait à la main les taches les plus résistantes dans l'évier, avant de le rincer et de le mettre à sécher dans le jardin à l'heure où le soleil était encore au zénith.

— Renée ! Je ne trouve pas mon froc, glapit-il.

— Fais moins de bruit, tu vas réveiller les gosses.

— Où est mon bleu ? Vite, je vais être en retard !

— Dans la lessiveuse, répondit-elle calmement.

— Ah ! c'est le jour ! Tu l'as fait exprès ?

Le cri

— Bien sûr que non ! Est-ce que je savais moi ?

Pour sûr qu'elle savait ! Le couple en avait parlé la veille. Le groupe conduit par Marcel devait sortir de l'usine pour aller manifester devant la mairie où patrons et autorités politiques de la région s'étaient donné rendez-vous. Déjà les collègues l'attendaient dans la rue, scandant son nom pour le presser de sortir. Louise criait plus fort que les hommes :

— Marcel ! Marcel !

— Puisque c'est comme ça, je vais mettre mon habit du dimanche, décida le meneur avant que sa femme ne s'y oppose fermement.

Un moment après, au milieu des pantalons de travail en route vers la mairie, se détachait un caleçon long avançant près d'une robe à fleurs. Marcel chantait *L'Internationale*, mais il avait en tête la musique langoureuse de la flûte et de l'accordéon. Riant avec Louise, il levait le bras droit, poing serré, la main gauche dissimulant tant bien que mal sa braguette où il manquait des boutons.

10

— Ton père a trompé ta mère, alors ? s'enquit
Graziella à la fin du récit de Robert.

La question n'était pas innocente, la jeune
mariée cherchait à savoir si les hommes de la famille
avaient été des époux volages. Elle se souvenait de
l'aventure de Jules avec celle qui devint « maman
Roseline », Robert la lui avait racontée quand ils
avaient quinze ans. Les chiens ne faisaient pas des
chats, et elle redoutait que le défaut ne soit enraciné
dans les gènes de la belle-famille.

— Réponds-moi, insista-t-elle.

— Non, je ne pense pas.

Certes son père adorait séduire, encore un héritage familial, mais il n'était pas homme à donner des
coups de canif dans le contrat de mariage, il était trop
droit pour ça.

— Et toi, tu aimes bien les rousses ?

Pour toute réponse, elle eut un long baiser.
Quand son amoureux entreprit de dégrafer, un à un,

Le cri

les boutons qui fermaient sa robe, elle se fit câline. Annonçant l'aurore, un oiseau se mit à chanter.

— Regarde ! Il fait presque jour.

— Merde ! regretta Robert. Et notre nuit de noces !

— Plains-toi ! Il y a longtemps que tu l'as eue.

Robert s'allongea et attira sa femme contre lui.

Les nouveaux mariés ne firent pas de voyage de noces, et se remirent au travail dès le surlendemain. Comme au temps de leurs fiançailles, Graziella quémandait toujours son baiser avant de franchir la porte du Service social. Rien ne changeait, Robert était immanquablement le dernier à enfiler sa blouse.

— Le mariage ne t'a pas calmé ?

Sous ses airs faussement agacés, Lesage s'en amusait. Intelligent et vif, son poulain ne déméritait pas. Le Chef le sentait prêt à franchir un nouvel échelon et le préparait à atteindre le grade de chef de section, soit au secrétariat, soit à la comptabilité. Arthur n'était pas peu fier. Il guidait Robert depuis ses débuts, lui confiait des tâches chaque semaine plus compliquées, l'amenait palier après palier au sommet de la hiérarchie des employés de bureau. Le seul reproche qu'il pouvait faire à son coursier était de s'emballer à tout bout de champ, pour un oui ou pour un non, de ruer trop souvent dans les brancards quand un ordre le contrariait. Mais ses emportements avaient du bon, cela prouvait qu'il avait un solide caractère, la qualité des meneurs d'hommes.

— Ce matin, lui ordonna Lesage, tu vas

176

Livre 2

répondre aux courriers des collègues belges et luxembourgeois.

— Vous avez préparé les brouillons ?

— Non. Vois ce qu'ils nous écrivent et juge si leurs propositions sont acceptables.

— Ça n'est pas dans mes attributions.

— Pas encore, mais il faut que tu t'y prépares.

Content de lui, Arthur fit son demi-tour des grands jours, le genou gauche ployé, la jambe droite décrivant un lent demi-cercle, le pied décollé du sol. Il avança en sautillant vers son bureau et vit se dessiner la silhouette de la veuve Guilbert derrière les vitres brouillées donnant sur le hall de l'entrée principale.

Le chef comptable reçut Pierrette dès son arrivée. Quand il vit qu'elle était accompagnée de ses enfants, il s'excusa de l'avoir convoquée si tôt. Puis, arborant un grand sourire, il plaisanta avec les gamins. Son attitude éveilla les soupçons de la veuve. Cet homme se montrait trop affable. Ses excès de courtoisie cachaient-ils quelque chose ? Il tira une enveloppe d'un tiroir et déclara qu'il était heureux de lui annoncer que la Direction avait accordé à sa famille six mois de salaire de son mari, une faveur exceptionnelle. Il ajouta que, de sa propre initiative, l'enveloppe contenait aussi, par anticipation, la prime de fin d'année.

— Joseph était un bon ouvrier, il avait toute notre estime. Sa disparition est une grande perte.

Toujours aimable, il assura que l'ensemble du

177

Le cri

personnel, et notamment la maîtrise, partageait la peine de la pauvre femme. Enfin, galant homme, il aida Pierrette à se lever de la chaise sur laquelle il l'avait priée de s'asseoir, et la reconduisit. Au moment de prendre congé, il sembla soudain se raviser :

— J'oubliais... Nous envisageons de récupérer votre maison, comme la loi nous y autorise.

— Tout de suite ? s'affola Pierrette.

— Non ! fit-il, rassurant. Dans un avenir plus ou moins proche.

Il lui conseilla toutefois de chercher à se reloger au plus vite, la liste de ceux qui attendaient un logement était longue. La coquette somme qu'il venait de lui remettre l'y aiderait grandement. Voilà donc ce qu'avaient préparé tant de paroles aimables.

D'un pas mal assuré, Pierrette se dirigea vers le bureau d'Aide sociale où elle demanda Graziella. Alertée par sa mine défaite, la jeune femme lui suggéra immédiatement de s'asseoir. Elle lui offrit un verre d'eau et demanda à Jeannot de crayonner un dessin. Puis, avec une grande douceur, l'assistante sociale questionna la veuve sur les raisons de sa venue. Le récit que fit la pauvre femme de son entrevue avec le chef comptable la scandalisa. La direction n'avait-elle aucune humanité ? Elle tenta de rassurer Pierrette. Les collègues de son défunt mari ne laisseraient jamais faire une telle chose. Quand sonna midi, elle s'absenta pour alerter Robert qui déjeunait à la cantine des employés de bureau. Aussitôt, son homme prit la parole :

178

Livre 2

— Écoutez-moi, collègues ! On savait qu'une mise à pied entraînait la perte de son logement. Mais depuis aujourd'hui, mourir équivaut à une faute. La veuve Guilbert est chassée de son toit !

La nouvelle sidéra tout le monde, même les gratte-papier. Jamais la Direction n'avait osé se montrer aussi cruelle. Pour preuve, la mère de Robert avait gardé la jouissance de sa maison à la mort de son mari, et elle y habitait encore. Jeter à la rue une femme sans ressources avec ses deux enfants relevait de la provocation. Que cherchaient les patrons ? Robert voulut en avoir le cœur net. Il n'attendit pas la reprise du travail pour entrer dans le bureau du Chef et le prier instamment de faire un geste en faveur de Pierrette. Il fallait que la malheureuse puisse rester chez elle. Lesage avoua son impuissance. On ne pouvait faire de passe-droit puisque désormais, cette règle serait appliquée à toutes les veuves qui n'étaient pas employées à l'usine. Le jeune homme insista :

— Embauchez-la !

— En qualité de quoi ?

— Vous allez bien trouver. Elle n'est pas bête, elle s'adaptera à n'importe quel travail réservé aux femmes.

Arthur refusa. Il prétexta qu'il n'était pas le directeur, qu'ensuite l'heure n'était pas au recrutement, et qu'enfin, le règlement était le règlement. Ce n'était pas lui qui l'avait établi ni modifié. Mais Robert tint bon. Il fit remarquer que, pour une fois, la Direction pouvait se montrer charitable, puisque

Le cri

c'était elle la vraie responsable de la mort de Joseph Guilbert.

— La Direction... ou le Destin ? rétorqua Lesage.

— Il a bon dos le destin, surtout quand il arrange la bonne conscience des patrons !

— Tout de suite les grands mots, hein !

Le Chef conseilla vivement à son protégé de laisser le syndicat et le Service social traiter l'affaire. Si tant est qu'il y ait un espoir de contrer l'ordre descendu en droite ligne du Château, c'était à eux de s'en occuper. Robert regagna sa place en clamant son dégoût :

— Je vous le répète, les gars, ne mourez pas ! Vos femmes et vos enfants seront jetés à la rue. Ils vous en voudront toute leur vie de les avoir précipités dans la misère !

Le jeune couple passa la soirée chez la veuve. Ils la réconfortèrent et l'assurèrent qu'ils lutteraient jusqu'au bout pour trouver la solution qui lui permettrait de garder son logis. Rentrés chez eux, Robert attira l'attention de Graziella sur le buffet de la cuisine. Le lingot de Célestin y brillait plus que d'habitude.

— Ça dépend de la lune, sourit-elle.

— Pas seulement.

— De quoi d'autre ?

— Peut-être que là où il est, le grand-père devine mes projets...

Le meilleur élément du bureau ne supportait

Livre 2

plus l'ambiance du travail. Il avait décidé de changer d'orientation. Il souhaitait aller au feu en qualité d'apprenti fondeur. Ça n'était pas une promotion, personne ne pouvait s'y opposer. Graziella aimait son homme pour son grand cœur, mais parfois elle lui reprochait ses emballements et ses positions trop radicales. Plus modérée, elle l'incitait toujours à contourner les obstacles plutôt que de les affronter bille en tête.

— Tu n'es pas sérieux j'espère ?

— Métallo de père en fils, c'est aussi glorieux que bureaucrate, ingénieur, commerçant ou notaire. Personne ne pense ça, moi si ! répliqua-t-il, vivement.

Têtu comme une mule, il y fit allusion toute la semaine, affirmant chaque jour un peu plus sa résolution. Il employait de grands mots, proclamait des phrases définitives, répétait un slogan maintes fois cité dans les réunions d'ouvriers : « Les Maîtres de Forges ne sont rien sans les forgerons. »

— Qu'est-ce qui lui prend, bon Dieu ! se lamenta Renée quand sa bru vint l'avertir.

Il fallait l'empêcher de quitter le bureau par tous les moyens. C'était une grosse bêtise, il ne tarderait pas à le regretter.

— Vous seule pouvez le faire changer d'avis, moi il ne m'écoute pas.

— Il a un si bel avenir devant lui ! Une si belle boule à rouler ! ajouta-t-elle comme elle avait coutume de le dire quand elle vantait son fils.

181

Le cri

Graziella s'en fut ensuite chercher l'appui de sa mère. Elle la trouva agenouillée dans son jardin, occupée à sarcler deux rangs de carottes. Monica se redressa brusquement et cria à qui voulait l'entendre qu'elle avait donné sa fille à un employé, pas à un ouvrier.

— Moins fort, maman, pas la peine d'ameuter le voisinage !

— Je crierai si je veux !

Elle apostropha les autres jardiniers qui, comme elle, profitaient du beau temps pour arracher et brûler les mauvaises herbes.

— Quoi ! Qu'est-ce que vous avez à me regarder !

Elle rentra chez elle en continuant de vociférer, et maudit son animal de gendre qui n'avait décidément pas été gentil longtemps. Elle se promit d'en dire deux mots à sa mère.

— Laisse-la tranquille ! Elle se fait du souci autant que moi si ce n'est plus.

— Je ne vais pas laisser ma fille dans le lit d'un *morto di fame* !

— Maman ! Je t'interdis !

Certains mots parlent d'eux-mêmes. Il n'était pas nécessaire à Graziella d'avoir appris l'italien pour les comprendre.

11

Pendant quelques semaines, les réactions hostiles de ses proches eurent raison de l'obstination de Robert. Pour autant, connaissant le caractère explosif de leur trublion, Renée, Monica et Graziella restaient craintives. Le couvercle de la marmite pouvait sauter à tout instant.

On entra dans le temps de l'Avent, période à laquelle la Direction de l'usine préparait les gratifications qu'elle offrirait à ses ouvriers les plus dociles. Comme tous les ans, un lundi de décembre, Ferrari rappela au portier le principe vicieux de la prime de fin d'année. Ce que chacun allait trouver dans son enveloppe échappait à tout contrôle, le montant des sommes attribuées étant laissé à l'appréciation des chefs de service sans qu'ils aient besoin de justifier leur décision. Si la majorité des ouvriers se félicitaient de toucher une récompense, ils devaient garder à l'esprit que les étrennes des patrons visaient avant tout à semer la zizanie au sein du personnel. La toute-puissante Direction se permettait ainsi, chaque année, de

Le cri

distribuer des éloges aux moutons et des reproches aux rebelles. Son but était de faire des jaloux, des envieux, de monter les ouvriers les uns contre les autres et de décourager les moins convaincus à suivre les mots d'ordre du syndicat.

— Je vous souhaite bonne chance, camarades, conclut le délégué. Que le Père Noël soit gentil avec tout le monde.

Selon la tradition, les bureaucrates étaient servis les premiers. Le lendemain, mardi 13 décembre, ils prirent place sur les bancs de bois ciré, dans le vestibule du service de la comptabilité.

— Au premier ! ordonna la voix du chef comptable.

Celui qui était assis au plus près de la porte entra pour recevoir son pli. Les autres se décalèrent pour combler la place vide. Satisfait, l'homme ressortit peu de temps après et se replaça à la queue de la file, la coutume voulant qu'il attende ses collègues pour réintégrer le bureau. Quand ce fut à son tour d'être servi, Paloteau compta et recompta ses billets sans les sortir de son enveloppe. Amusé, Robert le regardait faire.

— Content, Paloteau ?

— Ben oui !

— Tu vas pouvoir l'acheter ton mousseux pour le réveillon.

— Que t'es con !

— Au suivant !

Robert salua poliment. Le chef comptable savait faire durer le plaisir. Il chercha, dans le tas

Livre 2

d'enveloppes qu'il avait posé sur son bureau, celle qui portait le nom du secrétaire de première catégorie qui attendait devant lui.

— Je n'ai rien pour toi, Panaud, dit-il avec une tristesse feinte.

Digne et froid, Robert ne manifesta pas la moindre surprise, ni la moindre déception.

— M. Lesage ne t'a pas dit que ce n'était pas la peine de te déplacer ?

— Même s'il me l'avait dit, je serais venu quand même.

— Pourquoi ?

— Pour voir votre mine réjouie.

Le chef comptable ricana et, pour l'humilier un peu plus, obligea Robert à signer le registre attestant de son passage à la distribution alors qu'il en ressortait les mains vides.

— Je vous ai laissé ma part, les copains, dit l'employé brimé à ses collègues quand il réapparut dans le vestibule. Personne ne me dit merci ?

Les autres piquèrent du nez.

— Au suivant !

C'était au tour de Mlle Legué. Elle se leva précipitamment et s'engouffra dans le bureau du comptable.

La fierté de Robert lui commanda de se remettre au boulot comme si de rien n'était. Lorsqu'il eut regagné sa place, il devina que Lesage l'épiait depuis son bureau. Le Chef l'observa longuement derrière sa vitre. Au fond de lui, il admirait son protégé qui méritait sinon des excuses, du moins une explication.

185

Le cri

Arthur attendit que tous les secrétaires soient rentrés, puis il ouvrit sa porte et invita chacun à regagner son poste ; ils auraient tout le temps de discuter dans la cour en fumant une cigarette après la pause déjeuner. Il fit trois fois le tour du bureau avant de s'arrêter près de Robert pour lui confesser à mi-voix qu'il était le premier à s'attrister de ce qui lui arrivait.

— Je m'y attendais.

— Tu as tout fait pour.

Robert n'en voulait pas à son patron mais il déplorait son manque de courage. Il aurait pu le prévenir qu'il ne toucherait rien. Lesage décida que c'était le bon moment de dévoiler les raisons qui l'avaient conduit à prendre cette mesure punitive.

— Suis-moi !

Robert refusa le siège que lui tendit Arthur avant de s'asseoir lui-même derrière son bureau.

Il prit un temps, puis dit, en guise de préambule :

— Si je t'ai demandé de me suivre, c'est que les autres n'ont pas besoin d'entendre notre conversation.

C'était sa méthode habituelle quand il voulait s'entretenir avec quelqu'un en particulier, surtout quand il s'agissait de proférer une sanction. Les compliments, il les distribuait en public pour créer des émulations ou provoquer des envies.

— Je ne vois pas ce que je vous ai dit de mal, constata Robert.

— Arrête de jouer au con ! Écoute-moi plutôt !

— J'ai les oreilles grandes ouvertes.

Livre 2

— Ça suffit nom de Dieu !

Pour la discrétion, c'était raté. Les employés du secrétariat s'arrêtèrent de taper sur les touches des Remington pour lever les yeux vers la cage vitrée du Chef.

— Comprends-moi, maudite bourrique ! J'étais obligé de te sanctionner, pour l'exemple. Je ne l'ai pas fait de gaieté de cœur.

— Vous l'avez fait quand même.

— Faut toujours que tu la ramènes hein !

Après tout, c'était peut-être une qualité. Car il en avait des qualités, le citoyen. Tellement que Lesage avait décidé de l'installer à sa place le jour où il partirait à la retraite, sous réserve que Robert apprenne à être docile et à travailler dans l'intérêt de la Direction.

— C'est la seule chose qu'on te demande. Corrige-toi ! Et je m'arrange pour qu'on efface tout.

— Ne comptez pas là-dessus.

La déception était grande pour Arthur qui avait mis tous ses espoirs en lui. Il s'était toujours conduit comme un père avec l'orphelin, et en dévoila la raison.

Il aimait Marcel Panaud, le surnommé Cul maigre ou Fil de fer ; ils avaient fréquenté les mêmes bancs de l'école, en compagnie de Fred, l'auteur des sobriquets. Tous les trois étaient restés amis jusqu'au jour où leurs routes avaient bifurqué. Quand il était devenu cadre, les deux ouvriers avaient décidé qu'il n'était plus de leur bord et avaient cessé de le fréquenter.

— Comme un imbécile, j'ai laissé faire.

187

Le cri

Arthur venait d'éclairer Robert à son insu. Il lui donnait le bon argument pour présenter sa démission.

— Je n'ai pas envie de me couper des copains qui sont dans les ateliers.

Il sollicita le poste pour lequel il avait été formé à l'école d'apprentissage et tourna les talons sans attendre la réponse de son chef.

— Je ne t'ai pas demandé de sortir ! vociféra Lesage.

Peine perdue. Le rebelle avait franchi la porte qu'il ferma sans bruit, prouvant ainsi qu'il ne partait pas sur un coup de tête. Sous les regards inquiets de ses collègues, il retira la feuille qu'il avait engagée dans sa machine à écrire, rangea ses registres et déboutonna méticuleusement sa blouse qu'il posa sur le dossier de la chaise. Paloteau, soudain, sembla pris de remords :

— Tu ne dis pas que des conneries, Robert.

— Ne te fatigue pas, va !

— Je te jure. Tiens ! Si tu veux, je te donne la moitié de ma prime, proposa-t-il en ouvrant le tiroir dans lequel il avait rangé son enveloppe.

— Non, merci, Raymond.

C'était la première fois qu'il l'appelait par son prénom.

Les mains dans les poches de son pardessus, Robert s'éloigna du bureau sans se retourner. Pressentant la réaction de sa femme, il évita de jeter un œil vers le bâtiment du Service social par crainte de croiser son regard derrière une fenêtre. Il s'enfonça dans le dédale des ruelles de l'usine et s'arrêta pour écouter le

Livre 2

concert dissonant des machines. D'un atelier à l'autre, elles interprétaient leur solo sans jamais s'accorder. Ému, il respira à pleins poumons l'air empli des fumées âcres échappées des cheminées.

Quelques instants auparavant, la sirène avait annoncé aux équipes A qu'il était midi, l'heure de se rendre à la cantine pour avaler le contenu de leurs gamelles. Les groupes B, C et D leur succéderaient les demi-heures suivantes. Ferrari profitait tous les jours de ces quatre fois trente minutes de repos pour traîner entre les tables de zinc alignées sur vingt rangs parallèles. Il écoutait la rumeur, donnait, quand il pouvait, des suppléments d'information, tentait de récupérer les brebis égarées et essayait de convaincre les jeunes qui hésitaient encore à prendre leur carte au syndicat. Robert était venu lui annoncer son intention de changer de cap, et espérait le soutien total du délégué, voire ses félicitations. Quand il poussa les battants de la porte, le réfectoire des ouvriers lui parut immense ; il y entrait pour la première fois. Il salua timidement les occupants des premières tables.

Depuis le centre, une voix lui répondit avec un fort accent polonais :

— Salut les mains blanches !

Wisnievski s'était levé et avait hurlé pour être entendu jusqu'aux tables du fond. Les conversations s'interrompirent immédiatement. Les mâchoires retinrent leur mastication, tous les regards convergèrent vers celui qui passait pour un intrus. Robert

189

Le cri

s'aventura dans l'allée latérale malgré l'accueil glacial de ses futurs collègues. Il arriva à hauteur du Polak.

— Tu viens pour moucharder, lança le métallo.

— Tu oublies qui je suis ?

— Non, le fils à Cul maigre, clama-t-il moqueur, cherchant à provoquer les rires.

Blessé dans son amour-propre, soucieux de faire respecter la mémoire de son père, Robert fondit sur l'offenseur.

— Tiens, de sa part !

Il lui envoya son poing droit sur la gueule de la part de Braies molles, puis le gauche de la part de Fil de fer. C'est du moins en ces termes que Razza, au café, avait raconté la scène aux copains qui n'avaient pas assisté au pugilat. Les deux belligérants s'étaient empoignés, décidés à se battre jusqu'à que l'un des deux finisse K.O. ou demande grâce. Directs, crochets, uppercuts, bousculades dans les travées et les allées, les combattants variaient les plaisirs pour terrasser l'adversaire. Autour, les spectateurs criaient, sifflaient, tapaient des pieds, frappaient les gamelles avec leurs couteaux et cognaient le cul de leurs verres sur le zinc des tables. Ils excitaient, encourageaient leur champion polonais qui semblait avoir le dessus et prenait le chemin de la victoire. Inquiet, Razza souffrait pour Robert.

— Sur qui tu mises ? demanda Léon.

— Je ne mise pas.

— Parce que c'est ton gendre.

— Non. Parce que dans un pari il y a toujours un con et un voleur et je ne veux pas être le con.

Livre 2

Luigi espérait, sans trop y croire, la victoire de Robert.

— Pète-lui la gueule à ce Polonais de merde !

La suite du combat lui redonna confiance. Un direct dans la face suivi d'un crochet au foie fit plier le géant de Varsovie. Robert profita aussitôt de son avantage pour l'assommer de frappes lourdes, précises et répétées. Polako finit par s'écrouler entre deux tables en levant les bras pour signifier qu'il capitulait. Robert lui tendit alors la main pour le relever sous les applaudissements du public. Luigi se précipita et entraîna le vainqueur à sa table.

— C'est mon gendre ! Mon gendre ! criait-il, non sans orgueil.

Il le fit s'asseoir et lui tendit son verre.

— Bravo, Robert ! T'es pas manchot. Qu'est-ce qu'il avait besoin de te provoquer c'con-là ! Sale Polak ! se plut-il à répéter.

Si Ferrari ne s'était pas absenté de la cantine, il aurait séparé les deux hommes sans tarder. Cependant, réglé comme du papier à musique, il s'accordait tous les jours à midi un quart précis cinq minutes pour s'isoler. Razza conduisit Robert au coin toilettes et repéra, dans la rangée, la porte derrière laquelle se trouvait le délégué ; il sifflotait *Le Temps des cerises*.

— Ferrari ! Mon gendre voudrait te voir.

— J'arrive !

Robert profita de l'attente pour nettoyer ses plaies à l'eau du robinet.

Le cri

— Salut, Robert ! C'est la première fois qu'on te voit dans nos murs.

— Je suis venu te parler.

Il découvrit avec stupeur le visage tuméfié de son visiteur.

— Qu'est-ce qui t'arrive ?

— Wysnievski m'a chauffé les rognons.

— Eh ben dis donc il t'a arrangé le Polak !

Ce n'était pas rare de voir les ouvriers se battre entre eux, souvent pour des histoires sans importance. Mais une rixe entre un bureaucrate et un métallo, Ferrari n'en avait jamais connu.

— Regarde-moi ça ! dit-il en auscultant les pommettes sanguinolentes de Robert. Ce que vous êtes cons tout de même ! Pires que des gamins !

Il obligea le bagarreur à le suivre à l'infirmerie et, chemin faisant, se renseigna sur l'objet de sa visite.

— J'ai demandé ma mutation chez les ouvriers.

— Qu'est-ce que c'est que cette histoire ?

— Je n'aime pas ce que je fais. Je déteste le bureau. J'ai décidé de le quitter pour m'engager dans le combat syndical.

Ferrari était ravi qu'un aussi bon élément rejoigne les rangs des syndiqués, mais il l'était moins de le voir quitter sa blouse. Robert était un exemple de promotion sociale, un modèle pour les élèves de l'école d'apprentissage. Ils voyaient à travers lui que la chance de réussir, si mince soit-elle, était offerte aux plus ambitieux.

— Comme tu le sais, plus il y aura de fils d'ouvriers à grimper dans l'échelle et mieux ça vaudra.

192

Livre 2

— C'est trop de compromissions, de petites trahisons de tous les jours. Je ne suis pas d'accord, et je ne le serai jamais plus.

Ferrari avança une autre raison pour convaincre Robert de rester chez Lesage. Il pourrait y faire un sacré boulot en devenant délégué chez les secrétaires, le premier de toute l'histoire du syndicat de l'entreprise.

— Tu te trompes, Ferrari. Ils ne sont pas prêts à nous entendre.

— Essaie au moins !

— De l'extérieur si tu veux, pas dedans.

Quand ils entrèrent à l'infirmerie, le docteur Dubois recousait le visage de Wysnievski.

— Je vous amène le vainqueur, ironisa Ferrari.

— Ah ! C'est vous l'auteur de ce joli tableau ?

La doctoresse félicita Robert, et prédit qu'il était sur le point de réussir un chef-d'œuvre de nature morte s'il s'acharnait avec autant de talent sur ses prochains adversaires. La plaisanterie fit sourire le vaincu qui, sous la douleur, émit aussitôt une plainte.

Le retour à la maison fut moins glorieux. Graziella rangea les bols du matin et prépara le repas du soir sans dire un mot, sans même regarder son mari qui s'enferrait dans des explications qu'elle ne voulait pas entendre.

— Tu as peur que je gagne moins ?… C'est vrai qu'au début, ta paye sera meilleure que la mienne.

Robert cherchait à comprendre l'hostilité de sa

Le cri

jeune épouse. Ils vivaient leur première brouille et cela l'attristait.

— Ça t'embêterait de me voir habillé en bleu, les mains toujours sales ? Elles seront moins douces forcément.

Graziella finit par s'emporter :

— Ce que tu peux être idiot quand tu t'y mets ! Et les accidents, tu crois que je n'en ai pas peur !

Elle décrocha son imperméable d'une patère clouée près de la porte et sortit avant que Robert ne la retienne.

— Où tu vas ? cria-t-il, désespéré.

Graziella arriva en trombe chez ses parents. Elle n'avait pas plus tôt évoqué l'attitude de Robert qu'un orage se déclencha, aussi violent qu'il en éclate dans les Dolomites. Monica maudit son gendre que Luigi tenta de défendre par solidarité ouvrière.

— *Operaio ! Operaio !* hurla-t-il. *Cosa sono io ?*

Ouvrier ! Ouvrier ! Qu'est-ce que je suis moi ?

— *Per te non è la stessa cosa*, répondit Monica sur le même ton. *Nessuno ti ha mai dato una mano.*

Toi c'est pas pareil, tu es italien. On ne t'a jamais donné ta chance.

— *Magari.*

Ça aurait pu.

— *Conosci molti immigrati che sono stati aiutati ?*

Tu connais beaucoup d'émigrés qui l'ont eue ?

Luigi clama son orgueil d'être ouvrier. Grâce à son métier il avait pu nourrir sa famille, scolariser sa fille après le certificat, acheter ses meubles, une

194

Livre 2

gazinière moderne, un frigidaire, une cafetière électrique, une radio et bientôt la télévision. Il ne manquait que l'auto, mais les ouvriers qui en possédaient une étaient peu nombreux, à l'exception des mécaniciens capables de remettre d'aplomb les épaves vouées à la casse. Graziella pleurait doucement dans un coin de la cuisine.

De son côté Robert avait fui la solitude en se rendant chez sa mère. Elle lui avait proposé de partager avec sa sœur et ses frères un ragoût de pieds de porc et de pommes de terre. Il s'était assis à la place qu'il occupait à table avant son mariage mais refusait de manger. Connaissant son garçon mieux que personne, Renée s'était bien gardée d'insister. Toutefois, après avoir avalé une bouchée de pain trempée dans la sauce, elle s'assura que Robert n'avait pas pris sa décision dans un moment de colère.

— As-tu bien réfléchi ?

— Oui, maman.

— Tu en es sûr ?

— Oui, je te dis ! gueula-t-il en retenant un juron.

— Pas la peine de t'énerver.

Renée supplia ses autres enfants d'intervenir pour ouvrir les yeux de leur aîné, lui montrer où était son intérêt. Excédé, Robert quitta la maison comme une furie.

— Quelle bourrique !

12

Au soir du 25 décembre, la neige était tombée abondamment pour le plus grand bonheur des enfants. Chacun s'apprêtait à passer la soirée en famille avant de se rendre à la messe de minuit. À dire vrai, depuis que les ouvriers n'étaient plus contraints par les Patrons d'assister à l'office du dimanche, Pâques, la Toussaint et Noël étaient les seules célébrations qui remplissaient l'église. Pour l'occasion, et sur la demande de leurs familles, les mécréants faisaient alors la trêve avec la religion.

Lulu et Fredo convièrent Robert et Graziella à passer le réveillon avec eux. Quelques jours auparavant, les retraités avaient recueilli Pierrette et ses gamins chassés de leur logement ; ils seraient donc eux aussi de la fête. Il faut dire que le vieux couple ne manquait pas de place : ils bénéficiaient de trois pièces depuis bien longtemps. On leur avait octroyé ce privilège lors des grossesses que Lulu n'avait d'ailleurs pas pu mener à terme. Depuis, étrangement, on ne leur

Livre 2

avait jamais demandé de céder cette grande maison pour une plus petite. On pensait sans doute qu'ils adopteraient un ou deux orphelins pour ne pas rester sans enfants.

La déception de Graziella s'était atténuée. Elle accepta l'invitation de l'Ancien et de sa femme ; c'était mieux que de passer la soirée chez sa mère ou sa belle-mère qui ne décoléraient pas. Elle ne se voyait pas, dans ces conditions, attendre que sonnent les cloches de la messe de minuit.

Il est minuit
La lune éclaire au loin
Les rives du Cédron.

Dans la chambre réservée aux petits, les trois femmes s'étaient réunies autour de la crèche. Lulu plaça les bergers et les moutons en file indienne sur un sentier de sciure de bois.

— Ils sont curieux, ils viennent voir ce qui se passe, dit-elle en confidence à Jeannot. Regarde celui-ci ! C'est encore un agneau et il est plus pressé que les grands.

Puis elle reprit d'une voix chevrotante le vieux cantique qu'elle était seule à connaître :

Bethléem bourgade bénie
Lève ton front en Israël
Pour naître Jésus t'a choisie
Plaines et monts chantez Noël.

Le cri

À côté, dans la cuisine, Fred et Robert sirotaient un verre de vin blanc de Moselle en attendant les femmes pour se mettre à table.

Le vieux couple était heureux de recevoir tout ce monde. Ils avaient passé tant de Noëls seuls, en tête à tête, regrettant sans se l'avouer qu'il n'y ait pas d'enfants pour égayer la fête.

— C'est une riche idée que tu as eue, Robert ! Tu as bien fait de nous solliciter pour que cette petite famille puisse avoir un toit. Et en plus, depuis qu'ils sont là, Lulu est aux anges !

Fred, qui ne priait jamais le bon Dieu, déclara qu'il était prêt à s'agenouiller devant la crèche pour lui demander que Pierrette ne quitte pas trop vite la maison. Seul le chat Riton s'accommodait mal des nouveaux arrivants. Il boudait dans un coin, contrarié de ne plus pouvoir grimper sur les genoux de sa mémère : les enfants lui prenaient sa place.

— Pierrette est si gentille, et courageuse avec ça, reprit Fredo. Elle ne sait pas quoi pas faire pour se rendre utile. Sais-tu qu'elle a fini par trouver un boulot ?

— Vraiment ?

— Je parle trop vite. Elle voulait peut-être vous faire la surprise.

Faute de dinde, ils savourèrent un poulet rôti à feu doux, arrosé comme il faut, farci de marrons et de pain trempé dans du lait.

Au dessert, Pierrette leva son secret : elle venait d'obtenir une place d'ouvreuse au cinéma *Le Palace*.

Livre 2

Tous applaudirent la bonne nouvelle tandis que Lulu précisait :

— Heureusement pour nous, elle ne gagnera pas encore assez pour se payer un logement. On va la garder un peu, hein Pierrette ?

Jeannot, curieux de connaître ce que chacun aurait dans ses souliers, demanda à Robert ce qu'il espérait trouver.

— Un beau costume bleu, par exemple, dit-il en regardant Graziella d'un air entendu.

— Tu crois que tu vas l'avoir ?

— J'y compte bien.

— T'as pourtant pas été sage.

Le commentaire déclencha les rires. Pressée de chanter, Lulu entonna un autre cantique des Noëls d'antan :

Les anges dans nos campagnes
Ont entonné l'hymne des cieux
Et l'écho de nos montagnes
Redit ce chant mélodieux
Gloria in excelsis Deo

Dès le lendemain, Robert revêtit son bleu de travail. Il plaqua son épi avant de coiffer sa casquette, embrassa sa femme, sortit et emboîta le pas des ouvriers en route vers l'usine. Lorsqu'il eut passé le portier, il se rendit tout droit sur le plancher de coulée pour voir et respirer le métal en fusion. Il entrait de plain-pied dans sa nouvelle vie.

Le cri

Le jour, il était sous la houlette de Léon, le soir il écoutait Fred évoquer sa longue expérience et les ficelles du métier. Grâce à leurs bons conseils, Robert ne séjourna que quelques mois au gueulard et aux différents postes des étages supérieurs. Ses progrès fulgurants lui permirent d'accéder très vite à une fonction plus prestigieuse : il redescendit au pied de la cathédrale, sur le plancher, pour célébrer le sacro-saint rite de la coulée. Il accomplissait enfin son rêve d'apprenti et retrouva sa joie de vivre. Ses collègues appréciaient sa bonne humeur, sa droiture et son intelligence. Peu à peu, sa mère et sa belle-mère lui pardonnèrent son choix qui les avait d'abord tant déçues et tant inquiétées. Quant à Graziella, trop heureuse de retrouver un mari serein, elle oublia vite sa peur des accidents. Lorsque la tempête fut apaisée, ils parlèrent à nouveau de l'avenir, refusant de croire que d'autres événements pourraient contrarier leurs projets.

13

Un samedi de l'année suivante, alors qu'elle plaçait les spectateurs dans la salle du cinéma *Le Palace*, quelques images des actualités attirèrent l'attention de Pierrette. Elle ne perdit pas un mot du commentaire fait sur une voix haut perchée :

— Après trente-six jours de crise ministérielle, M. Joseph Laniel a été placé à la tête du Conseil par M. le Président de la République.

Elle retint qu'avant d'accepter sa nomination à la plus haute fonction de l'État l'homme politique avait demandé et obtenu des pouvoirs spéciaux pour préparer une série de décrets. Il prévoyait la suppression d'emplois dans la fonction publique, la modification des régimes spéciaux des entreprises nationalisées et le recul de deux ans de l'âge de la retraite pour tous les travailleurs du secteur public et du secteur privé.

Ferrari expliqua le lundi que la guerre d'Indochine coûtait cher à la nation. Il fallait trouver l'argent pour surmonter la dépense qui s'élevait chaque jour à

Le cri

près de deux milliards de francs. C'était l'occasion pour Robert de connaître son baptême du feu comme adjoint au délégué. Il eut le culot d'aller informer ses anciens collègues à l'intérieur même du bureau.

— C'est encore nous qui allons payer la facture, leur dit-il. Les salariés, les ouvriers, jeunes et vieux. Et puis vous, les employés.

Il les informa que Laniel comptait leur faire avaler la pilule en faisant voter ses décrets durant les mois de l'été. C'était méconnaître le monde du travail.

— Même en période de vacances nous pouvons nous mettre en colère et, si besoin, nous priver des congés.

Un matin, on entendit le nouveau président du Conseil déclarer à la radio : « L'État républicain a le devoir de dire non à la grève. » La formule était blasphématoire. Quatre millions de mécontents débrayèrent dans le pays. Ferrari n'eut pas de mal à convaincre ses mandants de se joindre au mouvement dont l'ampleur était sans égale. Robert engagea les secrétaires à les imiter, à ne plus s'en remettre aux ouvriers pour défendre leurs intérêts.

— Ne soyez pas indignes ou lâches. Quelle que soit l'issue du combat, vous ne serez pas mieux traités que ceux qui se seront battus.

Premier à déserter le bureau dans le sillage de Robert, Paloteau fut bientôt suivi par Mlle Legué et l'ensemble de ses collègues.

Lesage crut rêver quand, depuis son bocal, il vit

Livre 2

ses secrétaires suivre le meneur comme des combattants vers le plancher de coulée. C'est là que les ouvriers avaient improvisé une Assemblée générale.

Une salve d'applaudissements retentit lorsque les bureaucrates émergèrent de la fumée au bas de la rampe. Robert mit fin aux félicitations de Ferrari. Ce qui comptait c'était d'avoir réussi. En secret, il attendait ce moment depuis la mort de Joseph Guilbert. Au comble de l'émotion, il entonna *L'Internationale*. Les mains blanches se fermèrent pour lever le poing avec les métallos. Un mur était tombé.

Les salariés français échouèrent dans leur tentative de renverser le gouvernement. Laniel avait fait en sorte de désorganiser le mouvement étendu à tout le pays en concédant quelques avantages aux grévistes pour les inciter à reprendre le travail. Il revalorisa les bas traitements dans la fonction publique, abandonna les décrets sur l'âge de la retraite et promit enfin qu'il n'y aurait aucune sanction ni licenciement à l'encontre de ceux qui n'avaient pas commis de fautes graves durant la grève.

Devant l'écran du cinéma, Pierrette murmura pour elle-même :

— Tant de sacrifices pour si peu de résultats...

Le matin de la reprise, le contremaître Huguet interrompit Robert dans son travail. Il était convoqué au Château.

Comme l'avait fait son arrière-grand-père Jules

Le cri

cent ans plus tôt, il demanda s'il avait le temps de se débarbouiller.

— Presse-toi !

Il plongea les mains dans un seau d'eau et s'aspergea le visage.

Introduit par une secrétaire dans le bureau directorial, Robert dut attendre de longues minutes la venue du Grand Patron. Il pensa que ce n'était pas le fait du hasard et qu'il s'agissait d'une manœuvre pour augmenter sa gêne. Enfin le Directeur apparut un dossier à la main et s'assit à son bureau sans même le regarder.

— Je viens de prendre connaissance d'un compte rendu vous concernant. Vos responsables sont unanimes, votre présence à l'usine en tant qu'ouvrier n'est pas concluante. Nous sommes dans l'obligation de nous séparer de vous.

Robert pâlit. Il s'attendait à recevoir des reproches, un blâme ou dans le pire des cas à être déclassé pour avoir obtenu l'adhésion des bureaucrates ; mais il n'avait pas imaginé devoir payer si chèrement son succès syndical. Il ignorait qu'au Château le tribunal des cadres l'avait condamné à être puni pour l'exemple. Sa peine était irrévocable : la mise à la porte immédiate.

Robert tenta de plaider sa cause en rappelant les paroles de Laniel :

— Cette sanction est-elle prise à l'encontre d'un ouvrier qui a commis une faute grave en incitant ses anciens collègues à débrayer ?

204

Livre 2

— Notre décision n'a strictement rien à voir avec votre participation active à la grève.

— Je ne vous crois pas, monsieur le Directeur.

Robert prit congé sans tarder et, désemparé, descendit l'escalier de marbre. Le chemin au travers de l'usine lui parut interminable. Il fit un détour par le bâtiment d'Aide sociale pour trouver auprès de sa femme une parole de soutien, un mot chaleureux, un geste tendre. Il la trouva seule dans son bureau.

— Je suis licencié, Graziella, murmura-t-il des larmes plein les yeux.

— Tu es allé trop loin, Robert.

— C'est tout ce que tu trouves à me dire ?

Elle le regarda sans répondre.

Quelques instants plus tard, le banni passait le portier, aussi démuni qu'avait pu l'être autrefois l'arrière-grand-père Jules.

LIVRE 3

1

Poursuivant avec son fils Pierre le tri et le rangement des photographies qui tapissaient les murs de la salle de repos, Robert avançait pas à pas dans le récit de sa vie. Il revivait toujours avec la même amertume le souvenir de cet instant maudit où, jeté dehors comme un chien galeux, il avait passé le portier en laissant derrière lui les bruits et les fumées de l'usine. Pire, il avait eu le sentiment d'être abandonné par sa femme, ce qui le rendait plus malheureux encore. Au même endroit et dans les mêmes circonstances, le grand-père Jules avait au moins pu croiser le regard de son fils Tintin, et sa présence l'avait encouragé à tenir bon. Robert, lui, se retrouvait seul à marcher le long des murs de briques, désespérément seul.

— J'étais prêt à faire une connerie... Je te jure, ça m'a traversé la tête.

Il avança dans les rues désertes. À cette heure-ci, les hommes étaient au travail, les enfants à l'école, les vieillards calfeutrés dans leur maison. Derrière chaque fenêtre, il rencontra des regards hostiles. On l'épiait,

Le cri

on le jugeait, on le critiquait. La nouvelle de son renvoi avait déjà franchi les frontières de l'usine. Robert occupa le milieu de la route pour passer loin des vitres et des rideaux qui se relevaient et s'abaissaient aussitôt. Soudain, rebroussant chemin, il s'enfuit et courut en direction du café.

— Il fallait que je me cache tout de suite, confia-t-il à Pierre qui l'écoutait sans l'interrompre.

L'établissement était vide ; il eut la surprise de trouver derrière le comptoir une nouvelle serveuse.

— Qu'est-ce que tu fais là ?

— C'est tout récent, expliqua Pierrette. On m'a proposé ce travail avant-hier, j'ai tout de suite accepté.

Ça la changeait du cinéma, et surtout elle gagnait plus.

— Les clients ne t'embêtent pas trop ?

Pierrette confessa, souriante, que les plus pompettes essayaient bien de lui pincer les fesses mais elle les décourageait immédiatement.

— L'avantage ici, c'est que ça ne se passe pas dans le noir.

Tout en discutant avec lui, Pierrette s'interrogeait sur les raisons qui avaient conduit Robert au café à cette heure inhabituelle. Discrète, elle retarda le moment de lui poser la question qui lui brûlait les lèvres et demanda ce qu'il désirait boire.

— Un porto soviétique.

— C'est quoi ?

— Tu ne le sais pas encore ? Un verre de rouge, le porto des prolos.

Robert but d'une traite son premier verre et en

Livre 3

commanda un second. Avant de le porter à sa bouche, il se dit que son amie méritait une explication.

— Je suis viré, Pierrette.

— Comment ça viré ?

— Viré.

Pour que Ferrari ne leur apprenne pas la nouvelle dans sa version syndicale, Lesage annonça lui-même à ses bureaucrates le licenciement de leur ex-collègue Panaud. Un murmure de désapprobation s'éleva devant les machines à écrire car Robert était devenu un ami pour la majorité des secrétaires. C'est qu'ils en avaient mis du temps pour apprécier Robert à sa juste valeur, ironisa le Chef.

— Maudit couillon ! soupira-t-il. Il avait un si bel avenir.

Il poursuivit avec aigreur :

— Il a voulu faire le malin en prouvant qu'il pouvait troquer sa blouse contre un bleu.

Il haussa le ton, debout face à la place vacante de son ancien protégé, et engueula la chaise comme si Robert y était encore assis :

— On ne change pas de métier aussi facilement. On ne s'improvise pas métallo du jour au lendemain !

Paloteau attendit qu'Arthur se calme pour le prier d'obtenir auprès du saint des saints le retour de Robert dans le service.

— Ce serait peine perdue. Quand une sanction tombe d'en haut, on ne revient jamais dessus.

— Peut-on savoir qui a pris cette décision ?

— Monsieur le Directeur lui-même. Et, si tu

Le cri

veux mon avis, il l'a fait parce qu'il a jugé qu'elle était indispensable au bien de l'entreprise.

L'affaire semblait classée.

— Mademoiselle Legué, qu'attendez-vous ? Allez ! Au travail ! Et c'est valable pour vous tous.

Le Château venait encore de prouver qu'il pouvait se débarrasser de n'importe qui, n'importe quand, sans avoir la moindre explication à donner. Il lui suffisait de trouver un prétexte quelconque, ou même un mensonge inventé de toutes pièces. Lorsque le syndicat menaçait de porter l'affaire devant les prud'hommes, la Direction savait par expérience que la loi donnerait raison au propriétaire de l'usine. Ce fut l'amer constat de Ferrari qui haranguait ses troupes à l'heure de la sortie. Ses paroles soulevèrent des protestations, des huées, des sifflets et des cris qu'il encouragea :

— Vous avez raison, camarades, il ne faut pas capituler, même si l'affaire paraît bien mal emmanchée.

Il laissa entendre qu'il envisageait de mobiliser l'ensemble du personnel pour enclencher une action en faveur du licencié.

— Laquelle ? s'enquit Léon Brûlé.

— Je ne sais pas encore. Une chose est sûre, il est trop tôt, pour redémarrer une grève.

À ces mots, le beau-père du licencié s'insurgea. Ferrari expliqua aussitôt à Razza que la dernière révolte venait tout juste de prendre fin et que la paye du mois était réduite de moitié. Le délégué redoutait

Livre 3

qu'en arrêtant immédiatement le travail les ménages ne parviennent pas à joindre les deux bouts.

Ce soir-là, Graziella évita de s'attarder au portier. Elle s'arrêta chez ses parents, sachant sa mère seule puisque chaque soir son père tardait à rentrer ; il allait au café boire son coup dès qu'il sortait de l'usine. Elle prévoyait la réaction de sa *mamma*, mais préférait l'affronter sans tarder plutôt que de la voir débouler dans son appartement la rage au cœur et l'insulte aux lèvres. La belle-mère ne trouva pas de mots assez durs pour qualifier son gendre, à qui elle reprochait de tout entreprendre pour faire le malheur de sa femme et couvrir de honte sa famille. Lasse et à bout de souffle, Monica souleva le couvercle de sa cocotte dans laquelle cuisait à feu doux de la poitrine de veau parfumée au thym, avant de reprendre de plus belle ses lamentations. Son gendre n'était qu'une tête brûlée qui avait cherché les ennuis et récolté ce qu'il méritait. Il se mettait le doigt dans l'œil s'il comptait sur les autres pour le tirer d'affaire. Rien que les secrétaires devaient déjà avoir oublié qu'il s'était battu pour eux. Monica entendait tout dans son jardin. En écoutant les conversations des sarcleurs et des bineurs le dimanche après-midi, elle avait appris que le mari de sa fille n'était pas aimé de tout le monde au bureau. Il était même jalousé par les plus anciens qui trouvaient injuste que Lesage lui donne du galon aussi vite alors qu'il fallait des années aux pères de famille pour mériter une promotion. On le prenait pour un

213

Le cri

lèche-cul, certains n'osaient pas parler devant lui de peur que leurs propos ne parviennent aux oreilles du Chef.

— C'est horrible ce que tu racontes, maman. Ce ne sont rien que des mensonges !

Monica ne répondit pas, tout à ses pensées. Elle se dit que son gendre n'était pas près de retrouver du travail dans la région, maintenant que son nom était écrit à l'encre rouge ; surtout que les nouvelles allaient bon train d'une usine à l'autre. Par bonheur sa fille n'était pas encore enceinte.

— Les Français n'ont vraiment rien dans la cervelle, soupira-t-elle.

— Tu n'as pas toujours dit ça.

— Je suis tellement déçue.

— Ce n'est pas le moment de l'accabler. Il a plus besoin de soutien que de critiques, renchérit la jeune femme.

— J'avais mis tous mes espoirs en lui pour te rendre heureuse.

— Je le suis, maman. Je l'aime.

Lorsqu'elle fut lasse de l'entendre crier, Graziella s'enfuit.

— Attends au moins la fin de l'averse ! Prends mon parapluie !

Un orage s'était levé. D'un pas lent, sans se soucier de l'eau qui transperçait son gilet de laine, elle prit la direction de son logis.

Graziella fut surprise de trouver l'appartement vide. Elle ôta ses vêtements, se sécha, revêtit sa

214

Livre 3

chemise de nuit et prépara le souper comme à l'ordinaire. Tendant l'oreille au moindre bruit de pas dans la rue ou dans l'escalier, elle se dit qu'elle avait été trop dure et se promit d'accueillir Robert en lui faisant des excuses. L'attente dura des heures. Elle l'imaginait honteux, réfugié chez sa mère, errant dans la Cité. La vérité était tout autre : il avait été retenu au café par son beau-père qui le faisait boire verre sur verre en compagnie de Léon et du Polak.

— C'était affiché d'avance, Robert. Ils étaient obligés de te punir, disait le premier.

Plus ils trinquaient, plus ils analysaient finement la situation et y faisaient face avec un certain optimisme.

— Maintenant il ne nous reste plus qu'à les faire changer d'avis. Tu peux nous faire confiance, on est assez costauds pour ça.

Wisnievski, la langue pâteuse, émit des doutes sur l'utilité d'avoir entraîné les bureaucrates dans ce combat. Après tout, jusqu'à présent ils s'étaient passés d'eux. La remarque ne fit pas l'unanimité. Robert et Luigi rappelèrent que la condition des secrétaires était la même que celle des ouvriers, et à ce titre, il n'y avait pas de raison de les tenir à l'écart plus longtemps. En blouse ou en bleu, ils étaient tous prolos. Grâce à Robert ils en avaient enfin pris conscience.

Il faisait maintenant nuit noire, tous les buveurs étaient partis depuis belle lurette. Léon et Wisnievski quittèrent enfin leurs collègues de comptoir, non sans avoir juré au plus jeune qu'ils ne l'abandonneraient

Le cri

jamais. Titubant sur leurs jambes de laine, ils lui secouèrent mollement la main et l'incitèrent à garder le moral. Pour sûr, dès le lendemain, il y aurait du neuf.

— Merci, les gars.

Razza rattrapa Robert par l'épaule alors qu'il s'apprêtait à les suivre.

— Pierrette ! Un dernier pour la route s'il te plaît !

La serveuse s'inquiétait déjà depuis un long moment en pensant à Graziella.

— C'est l'heure de fermer.

Robert tenta de refuser l'invitation de son beau-père, il avait déjà beaucoup trop bu.

— On ne boit jamais trop. Le vin est bon pour la santé. Pasteur dit que... Tu connais Pasteur ?

Le savant avait dit qu'un homme dans la force de l'âge pouvait en consommer trois litres par jour. Ça n'était qu'à partir de six qu'il y avait un risque de devenir alcoolique.

— Six ! répéta Luigi indiquant le chiffre avec ses doigts.

Chaque fois qu'il était saoul, l'Italien zigzaguait dans les rues en chantant *La Traviata*. Il encouragea Robert à l'accompagner. Le jeune homme rétorqua qu'il ne connaissait pas les paroles.

— Tu n'as qu'à faire l'orchestre. Attention !... Un, deux ! *Nel terror moi solto vedea ceffi di birro in ogni volto...*

Livre 3

Sa voix puissante couvrit les roulements de l'orage qui tonnait dans le lointain et le bruit de la pluie qui martelait les tuiles et le bitume de la chaussée. Inévitablement, ils réveillèrent les couche-tôt.

— *La pila... la colonna... A piè della Madonna mi scrisse mia sorella.*

— La ferme !

— Ta gueule, Mussolini !

— Va chanter ailleurs !

Il s'interrompit en haut du grand escalier de pierre qui reliait les différents niveaux de la cité, puis, tel un ténor sur la scène de la Scala, il se courba pour recevoir l'ovation du public.

— Je suis fier de toi, mon gendre ! Veux-tu que je t'accompagne chez toi ?

Robert refusa poliment.

— Si ta femme t'engueule, n'oublie pas de lui dire que tu étais avec son père.

2

Graziella avait tout entendu : le chant de son père, l'accompagnement de l'orchestre et les vociférations des voisins réclamant le calme. Ces cris lui avaient trop souvent percé les oreilles, l'avaient fait pleurer enfant et la faisaient encore souffrir quand son père buvait. Ses excès lui rappelaient chaque fois un douloureux épisode.

Elle avait tout juste six ans. C'était un samedi, le jour tant redouté par les épouses des bambocheurs de fin de semaine. Assise devant la fenêtre, sa mère l'aidait à se déshabiller avant de la mettre au lit. Elle levait le coin du rideau dès qu'elle entendait le pas traînant d'un homme qui traversait la rue.

— Toujours pas lui ! À quelle heure va-t-il encore rentrer ? Et dans quel état surtout !

— Je veux mon papa.

La petite craignait de s'endormir avant que son père ne soit rentré. Elle savait que les cris de ses parents la réveilleraient, qu'elle pleurerait jusque tard dans la nuit et que son sommeil serait peuplé de

Livre 3

mauvais rêves. En revanche, quand elle n'était pas couchée, ils n'osaient pas s'insulter devant elle ni fomenter des projets de rupture. La gamine priait la Madone, parfois elle lui promettait de se faire religieuse et de sacrifier sa vie dans un cloître plutôt que de voir ses parents divorcer.

— Je veux mon papa, insista-t-elle en frappant du pied sur le parquet. Je veux qu'il me raconte une histoire.

— Alors va le chercher !

Monica rhabilla sa fille à la hâte, jeta une laine sur ses épaules et sortit pour surveiller de loin la course de la gamine vers le café.

Parvenue devant la vitrine, Graziella se haussa sur la pointe des pieds, colla son nez aux carreaux pour regarder au travers des guipures. Son père trinquait avec un bonhomme rougeaud qui peinait pour lever son verre d'une main, tandis que l'autre lui servait à s'accrocher au bar pour maintenir un équilibre chancelant.

— À la tienne Étienne ! chantait Luigi.

— À la tienne mon vieux !

— Sans ces garces de femmes…

— Nous serions tous des frères !

— À la tienne…

Sentant une petite main secouer le pan de sa veste, il s'interrompit et se retourna.

— Papa ! dit la fillette sur un ton de reproche, en fronçant le sourcil.

Le cri

— Mon ami s'appelle Étienne, répondit le père comme pour s'excuser.

Il posa son verre aux trois quarts plein sur le zinc et prit la direction de la porte.

— Qui règle la dernière tournée ? réclama le bistrotier.

— Le pape !

— Tu te fous de ma gueule !

— On vous paiera samedi prochain, promit Graziella, trop heureuse d'entraîner son papa loin de l'antre de Bacchus, ce Dieu soûlot qu'elle avait vu trôner sur un tonneau à l'occasion d'un défilé de chars fleuris.

Monica attendit qu'ils aient fait quelques pas dans la rue, puis s'empressa de rebrousser chemin. Sans la distinguer dans la nuit sombre, le père et la fille empruntèrent à sa suite le raccourci par le grand escalier de pierre. Tout à coup, Razza s'accroupit à hauteur de sa fille, lui sourit, la regarda longuement avant de reprendre son sérieux et de promettre solennellement :

— Demain, je ne boirai plus.

— Pourquoi tu mens ?

Le papa baissa les yeux, se releva et poursuivit son chemin sans mot dire, sa grosse main calleuse dans celle, si douce, de son petit ange gardien.

Son épouse s'étant calfeutrée sous les draps avant qu'il n'entre, Luigi s'attarda dans la chambre de sa *bambina* et lui raconta l'histoire qu'elle réclamait avec

Livre 3

insistance. Elle avait élaboré ce stratagème pour retarder le moment des chamailleries entre parents tous les samedis soir.

— Il était une fois une petite fille, très belle, très gentille. Elle avait de grands yeux...

— Qui pleuraient quand son papa était saoul, enchaîna l'enfant, impitoyable.

— *Figlia mia.*

Luigi se pencha sur le lit pour l'embrasser.

— Non ! Tu sens le vin ! Continue ton histoire !

— Ses parents étaient nés dans un pays où le soleil brille toujours, où les nuits sont si claires que les chats ne sont jamais gris.

— De quelle couleur ils sont ?

— Bleus.

— Tu vois que tu mens toujours.

Encore aujourd'hui, Graziella se souvenait de l'histoire des chats bleus qu'on ne peut voir qu'en Italie. Comment aurait-elle pu l'oublier ? Luigi était porté sur la boisson, mais il avait, avant tout, le cœur d'un poète, et inventait des contes toujours plus beaux.

3

Dans l'escalier du petit immeuble pour célibataires et couples sans enfants, Robert maugréa. Les contremarches lui semblaient plus hautes qu'à l'habitude, il heurtait les murs et chuta sur le palier du demi-étage inférieur. Ici comme dans la rue, des voix s'élevèrent pour faire taire le pochard.

— C'est fini ce bordel !

Morte de honte, Graziella éteignit la lumière et se précipita dans le lit. Elle pensait déjà au lendemain, quand il lui faudrait affronter les regards railleurs des voisins et des habitants de la Cité. Son calvaire ne faisait que commencer. Robert poussa la porte, s'aventura dans le noir et renversa deux chaises sans parvenir à allumer le plafonnier. Alors qu'il atteignait péniblement la table, l'odeur et la vue d'une macédoine de légumes enrobée de mayonnaise qui l'attendait dans une écuelle lui donnèrent la nausée. Il retraversa la pièce, s'efforçant de tenir le coup jusqu'au cabinet de toilette, et rendit bruyamment son trop-plein de rouge. Enfin, lorsqu'au prix d'un immense effort

222

Livre 3

Robert arriva jusqu'au lit, il trouva Graziella allongée façon « hôtel des culs tournés ». Tandis qu'il ronflait et cuvait sa première cuite, elle resta les yeux grands ouverts la nuit entière et pleura doucement en s'efforçant de ne pas sangloter pour éviter de le réveiller.

Plus expérimenté que son gendre dans l'art des excès, le foie et l'estomac accoutumés à l'alcool, Razza engloutit sans tiquer la poitrine de veau et les pâtes que lui avait servis son épouse.

— *Ha i maiale !* Cochon ! grogna Monica qui lui faisait face, assise devant son assiette vide.

Elle éloigna la bouteille en bout de table quand il voulut se resservir du *Comte de Manon*, un vin de qualité supérieure titrant 13°5. Tendant son verre d'une main tremblante, Luigi quémanda piteusement que sa femme le remplisse. Il avait encore et toujours soif.

— Bois la bouteille pendant que tu y es.

— Oui, toute la bouteille et on en débouchera une deuxième si ça ne suffit pas.

Ses menaces d'ivrogne, son regard noir n'impressionnaient pas sa femme ; Luigi n'avait pas le vin méchant. À y regarder d'un peu plus près, on lisait dans ses yeux le profond mal de vivre qui l'habitait, ce soir-là plus encore que les autres jours. Il avait besoin d'alcool pour oublier les vacheries de la vie.

— *Bevo perché la vita fa schifo.*

Je bois parce que la vie m'écœure.

Le couple poursuivit en italien un échange sans aucun éclat de voix. Leur peine était immense, ils

Le cri

n'avaient pas l'énergie d'élever le ton comme ils le faisaient quotidiennement quand ils se disputaient pour des futilités.

— Pendant ce temps-là, ta fille est malheureuse et tu t'en fous.

— Non, je ne m'en fous pas.

— Pense à elle au moins.

— Je ne fais que ça.

La gorge serrée, Luigi répéta jusqu'à ce qu'on n'entende plus qu'un souffle :

— *Non faccio che questo… Non faccio che questo.*

Il n'en fallait pas plus pour provoquer les larmes de son épouse. *Maiale !* Le cochon savait bien la faire rire mais plus encore l'émouvoir. Elle remplit son verre, non sans ajouter :

— Il n'y en avait pas assez d'un à me faire du souci, par ta faute en voilà deux maintenant.

— *Figlia mia… Figlia mia,* répétait le papa. *Figlia mia.*

Monica s'apprêtait à remiser le *Comte de Manon* et son étiquette noire aux lettres dorées en bas du buffet dont elle gardait en permanence la clé dans la poche de sa blouse. Prise de remords, elle revint vers la table, la bouteille à la main. Luigi saisit sa femme par la taille et, la tête posée sur sa poitrine, il la pressa contre lui.

4

Graziella avait pris l'habitude de se lever la première dès que sonnait l'Angélus du matin. Elle faisait chauffer l'eau, préparait le café, sortait les bols, le pain, le beurre et la confiture, puis retournait au lit surprendre son mari dans son sommeil en lui effleurant la joue avec un baiser de papillon. Toujours très amoureux au réveil, Robert insistait quotidiennement pour prolonger ce moment de tendresse matinale. Mais le lendemain de cette sombre soirée, Graziella n'eut pas le cœur à s'approcher de lui. Elle prit son petit déjeuner seule, s'enferma le temps de sa toilette et sortit sans l'avoir réveillé. À quoi bon le tirer du lit, puisqu'il n'avait rien à faire de sa journée ?

L'esprit tourmenté, la jeune assistante sociale évita de s'engager sur le chemin de halage ; elle l'empruntait d'habitude pour renseigner ceux qui la sollicitaient sur leurs droits ou sur les projets du comité d'entreprise. Elle prit la route qui surplombait le canal, fuyant ainsi les curieux, leurs regards, leurs

Le cri

jérémiades ou leur compassion. En arrivant à l'usine, elle courut en contournant les grappes d'uniformes bleus qui franchissaient le portier en traînant la savate. L'un d'eux se détacha de ses copains et fit l'effort de la rattraper.

— Comment il va ? s'inquiéta Léon.

— Très bien ! répondit-elle, sèchement sans tourner la tête.

Razza fut l'un des derniers à se présenter à l'entrée. N'ayant pas complètement éliminé les litres de vin qu'il avait bus la veille, il fit une station prolongée aux urinoirs situés près de l'aubette du gardien. Il avait la tête embrumée, celle des lendemains de surconsommation de soviets ; il lui fallut un certain temps avant de réaliser qu'on lui parlait.

— Y a longtemps qu'on n'avait pas eu le plaisir d'entendre *La Traviata*, Luigi.

Fred frappa du poing contre la cloison de fer qui s'élevait à mi-hauteur des pisseurs de taille moyenne.

— T'écoutes ce que je te dis ?

— Ah ! C'est toi l'Ancien ! Bonjour !

Il tendit une main au-dessus du paravent en métal rouillé.

— Tu as toujours une aussi jolie voix.

— Je t'ai réveillé toi aussi ?

Fred le rassura, il ne dormait pas. Il avait même pris du plaisir à les entendre, lui et son choriste.

— T'as vu comme il était en mesure, c'est un bon musicien.

226

Livre 3

— À qui le dis-tu ? C'est moi qui lui ai appris les notes !

Fred attendit que Luigi sorte des pissotières pour lui faire la leçon. Il lui reprocha d'avoir entraîné Robert dans sa beuverie. N'avait-il rien trouvé de plus intelligent pour le soutenir, que d'arroser sa mise à la porte ?

— Tu sais tout alors ?

— Évidemment je sais tout.

Coupable, Luigi baissa la tête et prit l'attitude du pécheur repenti qui attend au confessionnal la pénitence pour le rachat de ses fautes.

— Je te promets, je ne l'emmènerai plus au café.

Absous, Luigi leva les yeux et retrouva l'air jovial qu'il arborait en toutes circonstances.

L'Ancien remarqua que Ferrari n'était pas au portier, ce qui n'était pas bon signe. Il proposa de se rendre au bureau de la permanence syndicale avant que Luigi ne prenne le travail. Il fallait que Razza s'occupe enfin avec sérieux des affaires de son gendre.

— Je fais tout ce que tu veux. T'as qu'à demander et je fonce !

Fred sourit. Il frappa sur l'épaule du Rital qui lui saisit le bras et le serra. On pouvait compter sur lui.

— Oublie mes reproches, tu as eu raison de te chauffer la voix, conclut Fredo.

Si Ferrari n'avait pas pris la décision qu'ils espéraient, tous deux allaient chanter au délégué un air à leur façon.

227

Le cri

La permanence syndicale avait été reléguée au fond d'un long couloir, dans le vaste atelier réservé à l'entrepôt des machines déclassées. C'était un local de petite dimension. Sur les murs, les portraits de Marx, Lénine, Staline et Jean Jaurès côtoyaient quelques photographies et extraits de journaux témoignant des luttes les plus glorieuses de l'Histoire du mouvement ouvrier. Articles et images étaient à demi cachés par les drapeaux rouges, les pancartes et les calicots enroulés qui sommeillaient le long des cloisons en attendant le prochain défilé. La machine à écrire, la Ronéo, les stencils, les bouteilles d'alcool, les flacons d'encre trônaient sur une sorte de comptoir qui occupait la majeure partie de la pièce. Il était muni de tiroirs et d'étagères où l'on rangeait les dossiers et les rames de papier coloré pour l'impression des tracts. Seul derrière son bureau encombré de paperasses, Ferrari régnait en maître car l'exiguïté, autant que la volonté patronale, lui interdisait la collaboration d'un adjoint ou d'une secrétaire. L'apparition matinale de Fred et de Razza dans son antre ne parut pas le réjouir. Après avoir salué ses visiteurs du bout des doigts et du bout des lèvres, il leur demanda de lui accorder quelques secondes, le temps de terminer la lecture d'une note de la Direction qu'il n'était pas sûr d'avoir comprise. Fredo n'était pas dupe ; il échangea avec Razza un regard entendu. Quand enfin Ferrari eut terminé sa lecture, il releva la tête et prit un air contrarié.

— Eh ben ! On n'a pas fini d'avoir des emmerdements. Lis donc, l'Ancien, et dis-moi ce que t'en penses.

Livre 3

— Je ne suis pas venu pour ça.

Le syndicaliste soupira.

— Je sais... Pour tout vous avouer, on a bien réfléchi hier soir avec les autres membres du bureau...

Décidé à en découdre, Luigi lui coupa la parole :

— Ne nous prends pas pour des cons, Ferrari ! Quand t'as levé le poing hier soir, ton geste était trop mou, ça n'a trompé personne, pas moi en tout cas !

Ferrari allégua que le moment était mal choisi pour lancer une action.

Fred vit rouge. Il n'y avait pas de bons ou de mauvais moments quand il s'agissait de sauver un copain. Il fallait intervenir, maintenant ou jamais.

— Dans les ateliers, les gars ne sont pas prêts à...

— C'est à toi de les convaincre bordel de Dieu !

Chaque fois qu'un ouvrier était licencié, c'était la même ritournelle. Dans un premier temps, ses amis l'entouraient et juraient de le défendre, quitte à tout casser pour se faire entendre. L'Ancien connaissait la chanson par cœur, surtout le dernier couplet : ça finissait toujours pareil lorsqu'on ne mobilisait pas les troupes sur-le-champ pour partir au front en rangs serrés.

— Ça va se terminer en queue de poisson, la débâcle, le fiasco et la honte ! Tu le sais aussi bien que moi !

Fred respira profondément pour se calmer, puis posément, il s'inquiéta de savoir combien d'employés de bureau avaient pris leurs cartes depuis la grève

229

Le cri

générale. Ils étaient nombreux, mais Ferrari rechignait à l'admettre.

— Si tu ne veux pas nous dire combien, intervint Razza, c'est qu'il y en a beaucoup. C'est à mon gendre que tu le dois, tu pourrais au moins le remercier !

— Je n'ai pas dit qu'on ne ferait rien.

Fred se pencha sur le bureau du délégué et le fixa droit dans les yeux. Il lui répéta que, s'il ne tentait pas immédiatement quelque chose pour sauver Robert, les collègues n'y penseraient bientôt plus. Ses meilleurs amis eux-mêmes finiraient par l'oublier.

L'argument fit mouche, et quelques minutes plus tard les trois hommes entrèrent d'un pas décidé dans le hall des bureaux. Fred s'assit sur un long banc de bois mis à la disposition des visiteurs.

— Tu n'entres pas avec nous ? s'étonna Ferrari.

— Ce n'est pas l'envie qui me manque.

— Alors quoi ?

L'Ancien expliqua que, maintenant qu'il était à la retraite, il ne pouvait plus prétendre jouer le rôle d'un représentant syndical. Connaissant Lesage, sa présence risquait de nuire à l'efficacité de leur intervention. Il n'avait plus qu'à les encourager.

— Soyez fermes, les gars ! Pas la peine de discuter ! À ce jeu-là Arthur est plus fort que nous.

Lesage ouvrit sa porte aux deux avocats du licencié et ne leur proposa pas de s'asseoir, les prévenant à

Livre 3

toutes fins utiles qu'il n'avait que deux minutes à leur accorder.

— On n'a pas besoin de plus, lui répondit Razza.

— C'est parfait, je vous écoute.

Ferrari entama sa plaidoirie, rappelant que d'habitude lorsqu'un meneur dérangeait, la Direction le mutait dans un secteur où il ne pouvait plus nuire, le temps qu'il fasse le dos rond et donne la preuve de son repentir. Panaud n'avait pas eu cette chance, il avait été licencié la grève à peine terminée. Sans doute avait-on estimé qu'il était plus dangereux que les autres. Il est vrai qu'il avait été très loin en entraînant les bureaucrates. Maintenant qu'ils avaient pris goût à la contestation et mesuré la nécessité de se battre, ils étaient prêts à recommencer. Arthur lui demanda où il voulait en venir.

— Demandez au Château que Robert soit réembauché.

— C'est impossible, il ne fait pas l'affaire, dit Lesage en baissant les yeux.

— Vous savez que ce n'est pas vrai ! On n'a jamais vu un gars abattre autant de boulot.

— Ce n'est pas ce que dit le rapport.

Razza voulut savoir qui l'avait rédigé et osa éclater de rire devant l'autorité quand il apprit le nom de l'auteur. Il s'agissait d'Huguet, cet ancien ouvrier syndicaliste que la Direction avait acheté et qui acceptait d'accomplir les sales besognes pour la remercier de l'avoir élevé au grade de contremaître. Il y avait fort à parier qu'on augmenterait sa prime de fin d'année pour avoir signé un faux.

Le cri

Lesage haussa le ton pour mettre fin aux protestations de l'Italien volubile. Il admit que cette affaire le dépassait. Elle avait pris beaucoup trop d'ampleur. À présent, seul le tout-puissant Directeur était décisionnaire, lui était inopérant.

Fred explosa lorsqu'il apprit l'échec de la négociation. Puisque Arthur ne voulait pas se mouiller, il allait dans l'instant lui remonter les bretelles. Alors qu'il avançait vers le bureau d'un pas décidé, la secrétaire s'interposa et demanda à l'Ancien de revenir un autre jour.

— De quoi il a peur ?

— Il a trop de travail, fit-t-elle de sa voix de crécelle. Il n'a pas le temps de vous recevoir aujourd'hui.

— C'est cela, ma jolie ! Appelle-moi con !

Outrée, Violette se raidit. Elle leva le menton, tira sur le pan de la veste de son tailleur rose et, les yeux pleins de haine, pareille à son patron, fit un brusque demi-tour.

— Vous les rouges, vous n'avez aucune éducation !

Éducation ou pas, Fred hurla devant la porte qu'il se pointerait tous les jours s'il le fallait, et jusqu'à ce qu'Arthur le reçoive. Puis il lança à l'attention du Chef :

— Et si tu me fais lanterner trop longtemps, attends-toi à me voir semer le bordel dans ta boutique !

5

Le moral au plus bas, Robert n'avait rien fait de sa journée. Quand Graziella rentra du travail, elle le trouva en pyjama. Il regardait dans le vide, assis près de la fenêtre qui donnait sur la cour où, hormis le vol de quelques oiseaux, il ne se passait jamais rien. La jeune femme débarrassa la table avant d'ôter son imper et son béret. D'habitude, son mari était soucieux de laisser la maison propre, au point qu'il en était canulant ; ce jour-là, il n'avait pas trouvé le courage de jeter le marc de café, de rincer la cafetière et de laver deux bols, ni même de passer une éponge sur la toile cirée. Quant au repas de midi, il avait dû s'en passer. Il répondit à peine lorsque sa jeune épouse lui demanda s'il était allé acheter du pain.

Pendant que son gendre, abattu, méditait sur son triste sort, Luigi prenait le chemin du café. Il ne manquait jamais son rendez-vous quotidien avec son verre de rouge. Mais ce soir-là, n'ayant pas envie de jacter avec les autres, il s'attabla seul au fond de la salle.

Le cri

— Tu ne trinques pas avec nous ? s'étonna Wysnievski.

— Je ne fréquente plus les Polonais, ils boivent trop et comme des porcs.

Même dans les moments de tourments et de tristesse, le clown calabrais ne ratait jamais une occasion de faire rire ses congénères. Il brandit son verre et le sirota pour montrer qu'en Italie on savait lever le coude avec raffinement.

— Pierrette ! Un deuxième, s'il te plaît !

Quand elle passa près des tables avec la bouteille de rouge, Léon posa la main sur les fesses de la serveuse. Elle poussa un petit cri et fouetta le bras du malotru avec son torchon.

— Bas les pattes !

— C'est parce que tu es belle, expliqua Luigi toujours aussi prompt à flatter les femmes.

Assis dos à la porte, il ne vit pas Graziella faire son entrée au café, un pain de deux livres sous le bras. Pierrette s'empressa d'aller vers elle. Honteuse, l'épouse était venue la prier de ne plus servir son homme s'il dépassait la mesure.

— Il lui en faut si peu pour le rendre malade, il n'a pas l'habitude, ajouta-t-elle croyant devoir justifier sa démarche.

Ça n'était pas facile pour Pierrette de refuser de servir un client en présence de sa patronne, mais elle promit qu'elle ferait de son mieux, et elle embrassa son amie. La jeune femme s'efforçait de ne pas pleurer devant ces visages d'hommes qui l'épiaient du coin de l'œil.

234

Livre 3

Léon et les autres baissèrent le ton quand ils virent l'épouse de Robert s'asseoir face au Rital.

— Bonsoir, ma fille, fit-il, penaud.

Graziella retira sa main de la table quand son père voulut la caresser. Luigi s'entêta dans son silence et attendit que le carillon de l'horloge sonne huit heures pour admettre ses torts.

— Si tu dois engueuler quelqu'un, c'est moi, surtout pas lui.

Il lui recommanda d'être patiente avec son mari pour qu'il reste à la maison et évite de revenir au café. Il risquait d'en prendre l'habitude, ce qui n'allait pas arranger ses affaires ni le garder en bonne santé.

Graziella lui lança un regard sévère. Il avait beau jeu de tenir ce genre de discours ! Étonnamment, pour la première fois, Luigi confessa à sa fille qu'il avait pris goût à l'alcool assez jeune, en suivant l'exemple de son père et de son grand-père qui ne pouvaient supporter leur chienne de vie sans boire un coup. Il était venu en France pour chercher du travail, mais aussi pour se guérir et tenter d'être plus heureux qu'eux. Il prit un temps avant de constater :

— Je crois bien que c'est raté.

Graziella avança la main qu'elle venait de lui refuser, et la mit dans la sienne.

— Va-t'en, ma fille ! Sors avant que je ne commande un autre verre.

Elle embrassa son malheureux père avant de le quitter et sourit tristement en croisant Pierrette.

235

Le cri

La Cité s'endormit à nouveau sur un air d'opéra. L'appartement du jeune couple se trouvait sur le chemin du soliste. Il chanta *mezza voce* en passant devant leur porte et reprit *fortisssimo* dès qu'il passa le coin de la rue. Ce soir-là, sa fille n'eut pas le cœur à le blâmer.

— On ne se méfie jamais assez de l'alcool, dit-elle à Robert quand ils eurent fait la paix, renoué le dialogue et échangé des gestes tendres. Il est sournois, il fait doucement son œuvre.

Elle l'avait vu chez elle, et le constatait toujours en visitant des familles victimes de ce fléau. Les hommes en souffraient, et en mouraient parfois. Les femmes étaient battues et pleuraient. La paye disparaissait dans la boisson, et souvent les enfants étaient pauvrement vêtus et manquaient de nourriture.

— Je ne veux pas qu'il t'arrive la même chose qu'à papa. Tous les soirs, il croit fuir la réalité, tous les matins, elle le rattrape.

Elle l'avait entendu maintes fois au réveil promettre et jurer : « Demain je ne boirai plus », en vain. Deux ou trois fois par an il réussissait à se sevrer quelques semaines, suffisamment longtemps pour donner aux siens l'espoir qu'il était sur le chemin de la guérison. Malheureusement sa femme, échaudée, comme elle le disait, ne lui faisait plus confiance et manquait de patience.

— Qui a bu, boira !

— *Tu prega la Madonna, e io bevo !* Toi tu pries la Vierge et moi je bois !

236

Livre 3

Monica récitait alors son chapelet, assise devant une madone posée sur la cheminée. Elle l'implorait pour qu'elle vienne en aide à sa fille et, plutôt que de chanter la gloire du Père, elle terminait chaque dizaine en demandant :

— Sainte Vierge, ne nous abandonnez pas.

Cette nuit-là, à son retour du bistrot, les coudes posés sur la table de la cuisine, Luigi se dit que la bouteille de *Comte de Manon* se vidait bien vite. Il se sentait apte à boire un baril, un fût, un tonneau. Qu'y avait-il de plus grand qu'un tonneau ? *Una piscina !*

— Je voudrais me baigner dans le vin, assura-t-il en faisant de larges mouvements de brasse avec les bras. *Santo Dio !*

Monica fulmina. Elle qui était tranquille depuis trois semaines ! Par la faute de son gendre, son mari s'était remis à boire. Luigi s'empressa de démentir. Ce n'était pas la faute de Robert, dont il n'était d'ailleurs pas peu fier. Personne n'aurait osé s'engager comme il l'avait fait, avec tant de courage et d'abnégation. L'Italien assura qu'il le défendrait quoi qu'il arrive.

— Tu es fou ! Comme tous les hommes qui boivent, tu perds la raison.

Luigi pointa l'index sur son front pour indiquer qu'il avait toute sa tête.

— Complètement fou ! insista Monica. Si ta pauvre mère te voyait.

— Laisse ma mère tranquille. Chut !

Il leva les yeux au ciel et tendit l'oreille.

Le cri

— Tu l'as réveillé... *Ma ! scusa.* Tu sais, c'est une Italienne, tu les connais, elles parlent fort et disent n'importe quoi. *Dormi !...* On ne fait que discuter. *Dormi !... Dormi !...*

6

Chaque matin de la semaine, sur le pied de guerre, Fred se postait devant le bureau de Lesage. La présence de l'Ancien ne dérangeait personne. Assis sur le banc des visiteurs, il finit par devenir un élément du décor qu'on ne regardait plus et qu'on ne prenait même plus la peine de saluer.

— Vous non plus vous n'avez aucune éducation, lança-t-il le vendredi à Violette. Vos parents ne vous ont pas appris à dire bonjour ?

Elle traversait le hall en apportant un café à son Chef et lui claqua la porte au nez si violemment qu'elle faillit renverser son plateau sur lequel se trouvaient une madeleine et un verre d'eau.

La secrétaire ressortit quelques minutes plus tard, triomphante :

— J'ai le regret de vous dire que ce n'est pas encore pour aujourd'hui.

— Le regret, ou la joie ?

Une fois de plus, Fred s'en retourna gros Jean comme devant.

Le cri

L'inquiétude de Graziella grandissait. Robert ne franchissait plus guère le seuil de l'appartement. Il redoutait le regard des autres et les questions qu'on ne manquerait pas de lui poser.

Le dimanche suivant, l'Harmonie était invitée à participer au concours annuel de la ville de Forbach. En plus des formations de la région, les organisateurs de la manifestation avaient convié trois groupes de musiciens wallons. Fred espérait que, pour une telle occasion, Robert sortirait enfin de son antre. Encouragé par Graziella à venir lui rendre visite, il se présenta à l'appartement un après-midi, bien décidé à chatouiller son amour-propre d'instrumentiste.

— Les Belges sont tous de bons musiciens. La batterie, les cuivres, et surtout les bois sont exceptionnels à ce qu'il paraît, fit l'Ancien.

Pour en imposer aux autres concurrents, le chef d'orchestre voulait convaincre ses meilleurs éléments de répondre présent. Il espérait enfin la gagner, cette foutue coupe de la ville de Forbach, un des plus beaux trophées de l'est de la France. Depuis le temps qu'il courait après.

— Autrement dit, j'ai besoin de toi.

Robert hésitait. Impassible, Fred continua néanmoins à évoquer le programme de la journée. Il avait décidé que le déplacement s'effectuerait en car pour que tous restent groupés et que l'ambiance soit à la fête.

— On se retrouve demain à huit heures et demie pour répéter la sélection des titres qu'on va

240

Livre 3

jouer. Rien que des morceaux connus mais qu'il faut affiner si on veut prétendre à la plus haute marche.

Elle comportait le fameux *Loin des bruits de l'usine*, un morceau pour lequel la présence de Robert était indispensable. La partition de clarinette devait être interprétée avec le cœur, plus encore qu'avec l'art du pincement de la hanche. L'Ancien fit mine de sortir, puis, il revint sur ses pas, et dit à son jeune ami que ça ne servait à rien de rester terré dans sa maison. Sauf à broyer du noir et inquiéter sa petite femme.

— C'est elle qui t'envoie ?

— Pas du tout. Je suis venu uniquement pour la musique.

Fred mentait très mal ; Robert ne le crut pas.

Le samedi soir, l'Ancien attendit l'arrivée de son virtuose pour démarrer la répétition. Les musiciens s'impatientaient. Surtout les hautboïstes, fatigués de tenir le *la* pour accorder tous les instruments de l'orchestre. Au bout d'une demi-heure, tout espoir sembla vain, aussi Fred interrompit-il la cacophonie.

— *Da capo !* En haut de la page ! commanda-t-il sèchement.

Il démarra le programme par *Bolchev et Zingelli*, titres fantaisistes des morceaux composés par deux jeunes gens, Pierre et Marc, et dont les partitions étaient faciles à déchiffrer. Fred se retournait au moindre bruit vers la porte, croyant chaque fois qu'allait apparaître son clarinettiste. Il dut finalement se résoudre à se passer de lui et, furibard, interrompit ses musiciens à la ligne 17.

241

Le cri

— Qu'est-ce que tu me fais, Léon ? La mi sol, sol fa mi bémol. Bémol !

Tous se mirent à rire et l'auteur du couac réagit vivement car il avait une bonne excuse : d'habitude c'était Robert qui faisait le chant, et, lui, il jouait la ligne du dessous qu'il connaissait par cœur.

À quelques rues de là, dans la Cité, Robert répétait le morceau seul à la maison, la partition adossée à un pichet sur la table de la cuisine. Graziella l'écoutait avec ravissement, tout en écossant des haricots secs qu'elle mettrait à tremper pour accompagner le rôti de veau du dimanche.

— Tu pourrais y aller tout de même, lui dit-elle à la note finale. Rien que pour Fred, lui qui se donne tellement de mal pour toi.

— Il perd son temps.

Cette année-là, comme les précédentes, les musiciens de l'Ancien manquèrent la coupe de Forbach. Et, sans surprise, elle fut expatriée à Tubize près de Waterloo.

Graziella se désespérait. Robert avait perdu toute envie, il n'avait plus aucun désir, à peine celui de manger. Rien, ni personne ne semblait capable de lui redonner le goût de vivre. Elle décida de confier ses craintes au docteur Dubois qu'elle tenait en haute estime. La jeune assistante sociale admirait la générosité du médecin qui traitait tous ses patients avec la plus grande humanité, sans distinction de grade dans

Livre 3

l'entreprise, et quelle que soit la nature des blessures ou des maladies qui les amenaient à consulter. De son côté, la doctoresse appréciait la nouvelle recrue du Service social. Elle la savait capable de se dévouer auprès des patients en mal de réconfort. Mais cette fois, Graziella avait beau se démener auprès de son mari, rien n'y faisait.

— Que fait-il de ses journées ?
— À part dormir, pas grand-chose.

Robert n'ouvrait pas la bouche de la soirée. Il ne confiait plus rien à sa femme, ne réagissait pas quand elle tentait de dialoguer ou de lui changer les idées en mettant la radio pour écouter *La famille Duraton*.

Mme Dubois demanda à Graziella s'ils avaient pris leurs congés annuels. Elle expliqua qu'ils y avaient renoncé, à cause de la grève. Le médecin lui conseilla de partir vite avant que Robert ne s'enfonce dans la dépression. Il fallait l'emmener loin de la Lorraine, à la montagne ou à la mer pour le dépayser et l'aider à oublier ses soucis.

— Et s'il refuse ?
— Ne lui laissez pas le choix !

En rentrant chez eux, elle trouva une fois de plus Robert allongé sur le lit.

— Allez oust ! Lève-toi !

Galvanisée par les propos de Mme Dubois, Graziella avait décidé d'agir sur-le-champ.

— On part en vacances demain. Aide-moi à préparer les affaires !

243

Le cri

Elle le mit à contribution pour diverses tâches, et l'obligea à s'occuper des vélos. Pas question de partir avec un matériel défaillant : la route était longue jusqu'à la Bretagne.

7

Le lendemain, aux aurores, un sac sur le dos, l'autre sur le porte-bagages, Graziella devança Robert dans les rues vides, et fit un écart avec sa bicyclette pour éviter un roquet qui traversait la rue à la poursuite d'un chat gris.

Elle actionna le timbre fixé au guidon pour alerter sa belle-mère. Aussitôt Renée apparut, un tricot passé sur sa chemise de nuit à petites fleurs roses.

— Entrez ! le café est chaud.

— On n'a pas le temps.

— Vous êtes si pressés ?

L'heure de l'embauche allait bientôt sonner. Robert ne voulait pas croiser les copains qui ne tarderaient pas à sortir de leurs maisons.

— Il a raison, ajouta Graziella. Ils vont nous arrêter et nous faire rater le train.

Craignant trop que son mari ne se ravise au dernier moment, elle avait inventé ce motif pour filer au plus vite. Comprenant l'astuce, Renée dévala le

Le cri

perron au risque de se tordre une cheville et embrassa
son fils à quatre reprises, deux fois deux bises succes-
sives sur la même joue, selon un rite qui lui était
propre.

— Tu savais qu'on partait ?

— Oui.

Robert maugréa qu'il était toujours le dernier
averti. Sa mère ajouta une cinquième, puis une
sixième bise.

— Ne grogne pas, mon grand, ça va te faire du
bien. Tu as besoin de te changer les idées.

Elle leur recommanda de prendre bien soin d'eux
et les laissa partir. Xavier qui avait mis le nez à la
fenêtre en compagnie de Paul et d'Émilie leur cria :

— T'as du pot, frangin. Tu nous raconteras
comment c'est la mer ?

— Ramenez-moi des coquillages pour en faire
un collier ! lança la frangine.

Graziella avait choisi leur lieu de vacances : ce
serait la côte d'Émeraude, précisément la commune de
Saint-Coulomb, située à mi-distance de Saint-Malo et
de Cancale. Chemin faisant, elle expliqua à Robert
que la commune tenait son nom d'un moine
irlandais, Colomban, qui au VIe siècle avait abordé la
côte après s'être laissé dériver au gré des flots. Il venait
lutter contre le paganisme et les errances des chrétiens du continent, et prêcher les principes celtes qui
permettaient d'approcher Dieu. Graziella tenait cette
leçon d'histoire du docteur Dubois qui était origi-
naire du patelin et n'en était pas peu fière. La côte,

Livre 3

largement découpée par de nombreuses plages de sable fin, surmontées de dunes sauvages, offrait aux vacanciers de condition modeste des lieux sûrs et pittoresques où planter leur tente. Affables et amicaux, les habitants réservaient toujours un accueil chaleureux et discret aux estivants. Leur séjour s'annonçait sous les meilleurs auspices.

La Bretagne, c'est beau, mais c'est loin de la Lorraine. À cette époque, les tortillards faisaient mille détours sur les voies secondaires pour atteindre les gares où s'arrêtaient les express des grandes lignes. Robert et Graziella passèrent la journée assis sur les bancs de bois qui équipaient les wagons de troisième classe. Ils firent des rencontres cocasses et furent témoins de spectacles inattendus. Ainsi, à peine installée dans leur compartiment en gare de Longuyon, une grosse dame blonde, prise d'une fringale, n'attendit pas le redémarrage du train pour déballer ses provisions : du pain, du vin, du saucisson à l'ail et du Münster. L'odeur des victuailles excita les narines. Face à elle, une jeune maman allaitait son enfant.

— Il a bon appétit lui aussi, fit la grosse dame la bouche pleine et postillonnant des miettes de pain.

Elle s'étonna d'apprendre que le beau bébé était une fille.

— Eh ben dites donc ! elle est forte. Combien pesait-elle à la naissance ?

— Trois kilos et quatre cent vingt grammes.

Le cri

— C'est beau pour une fille ! s'exclama l'ogresse en prenant Graziella à témoin.

Elle, elle avait eu un garçon de quatre kilos neuf cents grammes et des brouettes. Le lascar avait une tête aussi grosse qu'un ballon de football.

— J'ai tellement eu de mal à le dépoter que cela m'a dégoûtée d'en faire un autre !

Elle s'esclaffa tant et si bien qu'elle fut prise de hoquet. Robert dut venir à son secours et, pendant qu'elle retenait sa respiration, il lui tapa dans le dos pour la délivrer.

Au premier arrêt, les deux voyageurs avaient cinquante minutes à combler avant l'arrivée de la correspondance. Toujours aussi peu loquace, Robert décida de piquer un roupillon dans la salle d'attente ; un vœu pieux aussitôt contrarié par la voix de militaires en goguette qui gueulaient plus qu'ils ne chantaient.

Tiens ! Tiens ! Voilà la quille
Ce n'est pas pour les bleus
Nom de Dieu.
Tiens ! Tiens ! Voilà la quille
C'est pour les anciens
Nom d'un chien.

C'était l'hymne de la libération que les conscrits avaient tellement espérée. Éméchés ou fins saouls, ils arpentaient le quai, brandissant d'une main une bouteille largement entamée, et de l'autre une grosse

Livre 3

quille en bois peint portant les dates de début et de fin de service, et quelques allusions salaces.

> *La quille viendra*
> *Les bleus resteront*
> *Pour laver les gamelles.*
> *La quille viendra*
> *Les bleus resteront*
> *Pour laver les bidons.*

Ils surgirent dans la salle d'attente et invitèrent les femmes de tous âges à embrasser leur quille. L'appel obscène déplut à Robert, surtout quand le meneur de la bande présenta son trophée devant les lèvres de Graziella. Il empoigna le soldat grivois et le sortit *manu militari.*

— Oh ! doucement, gueula-t-il. On ne va pas te la piquer ta femme.

— Les nôtres sont plus belles, ajouta un collègue. Pas vrai ?

— Préparez-vous, les filles !

— On arrive !

Le répertoire des corps de garde est si riche qu'ils n'eurent aucun mal à trouver une chanson de circonstance :

> *Les Sapeurs du Génie*
> *Où sont-ils donc ? Les voici !*
> *À la table comme au lit*
> *Vivent les Sapeurs du Génie !*

Le cri

La correspondance parut interminable à nos deux aventuriers. Robert ne desserra pas les dents, comme s'il rendait sa femme responsable de la provocation grossière du conscrit. Enfin, la voix du haut-parleur annonça l'arrivée de l'express et énuméra les arrêts précédant la gare de l'Est, terminus de leur première étape. Avant de grimper dans le train, Robert vérifia qu'on embarquait bien leurs bicyclettes qui les suivaient en bagages accompagnés. Puis il chercha un compartiment vide pour ne pas avoir à supporter des voisins importuns. Quand ils furent installés, Graziella tenta de se rapprocher de son mari, elle posa sa tête sur son épaule et voulut lui caresser la main.

— Ne fais pas cette tête, je n'y suis pour rien.

La seule chose qu'elle pouvait se reprocher était d'être plus belle que la moyenne des filles, et d'attirer bien malgré elle les hommages masculins.

— Toi aussi tu chantais à la fin de ton service militaire ? fit-elle, malicieuse.

Elle avait vu la quille chez sa belle-mère et, pour lui prouver qu'elle n'était pas jalouse, elle s'inquiéta de savoir combien de filles l'avaient embrassée. Buté, Robert ne voulut pas répondre. Il s'isola dans le couloir et l'abandonna dans le compartiment vide, veillant toutefois à ce qu'aucun homme ne vienne s'asseoir près d'elle. Perdu dans ses pensées, il ignora tout du paysage qui défilait devant lui et ne vit pas, dans les prairies, les nombreuses vaches qui regardaient passer le train.

8

Gare de l'Est, gare Montparnasse, Le Mans, Laval, Vitré, Rennes, Saint-Malo, les voyageurs achevèrent leur périple dans un car qui les déposa au bourg de Saint-Coulomb. Harassés de fatigue, ils récupérèrent leurs vélos et s'empressèrent d'avaler les deux kilomètres de route caillouteuse qui les séparaient encore du village de La Guimorais et de la côte tant vantée par le docteur Dubois.

— Je n'imaginais pas que c'était si beau ! s'exclama Graziella quand, parvenus au bout de la pointe du Meinga, la mer et la plage s'étendirent à leurs pieds.

Derrière elle, Robert regardait l'horizon sans rien manifester du sentiment qui l'habitait.

— On dirait, reprit-elle sous le coup de l'émotion... Je ne sais pas ce qu'on dirait... Ça ne ressemble à rien de ce qu'on connaît.

Repérant un creux dans le terrain, elle estima qu'il n'était pas utile de s'aventurer plus loin. L'endroit était idéal pour y planter leur tente. Son

Le cri

fond plat et ses dimensions convenaient à l'installation de la canadienne prêtée par la doctoresse. Robert ne fit pas d'objection et entreprit de déballer le matériel. Une fois leur abri de toile monté, malgré la fatigue, Graziella revêtit son bikini. Elle voulait profiter pleinement de chaque minute de ses vacances, et entraîna son mari sur la plage après qu'il eut accepté, non sans ronchonner, d'enfiler son maillot. Piètre nageur, Robert se fit prier pour entrer dans l'eau.

— C'est facile ! regarde !

Graziella avait appris la brasse dans la piscine de Longwy où elle se rendait le dimanche quand Robert effectuait son service militaire en Allemagne. Elle lui expliqua qu'il fallait tout simplement se jeter en avant, écarter les bras et les jambes en même temps, tirer sur les mains et pousser l'eau avec les pieds pour avancer comme le font les grenouilles.

— Allez ! Lance-toi ! Tu ne risques pas de couler. Regarde, j'ai encore pied et je suis plus petite que toi.

Robert pataugea comme un crapaud et but sa première tasse d'eau salée. Sa fierté lui commandait de persévérer dans son apprentissage de la brasse, mais il dut bientôt capituler. Annonçant l'inversion du flot à la basse mer, une vague plus forte que les autres le projeta sur le rivage. Lasse de s'ennuyer à l'étale, la mer décidait de regagner les zones perdues au jusant. Longeant la côte, naviguant cap à l'ouest, un cotre gréé d'une voile rouge remontait au mouillage pour éviter de contrer le courant à marée montante. Il avançait lentement, entraînant dans son sillage un escadron de

252

Livre 3

mouettes et de goélands qui plongeaient en poussant de longs cris chaque fois que les pêcheurs jetaient la tripaille des poissons vidés et nettoyés à bord.

Une fois séchés et rhabillés, les baigneurs se rendirent chez Yvonne, une bonne adresse recommandée par leur guide. Il marchèrent dans les dunes plantées d'oyats avant d'atteindre la ferme des Nielles. Ils découvrirent un ensemble de constructions de granit gris recouvert d'ardoises : maison d'habitation, écurie, étable, grange et dépendances, bordées sur trois côtés par des sapins gigantesques. Serrés les uns contre les autres, ils ressemblaient à des moines en prière, la tête inclinée vers l'Orient, dans la direction contraire aux vents dominants. Brûlés par le sable et le sel, ils présentaient leurs troncs pelés et roussis à la mer. Côté terre, leurs longues branches vertes s'étalaient au soleil du midi.

Milou, le chien de garde, annonça l'arrivée des visiteurs et tira sur sa chaîne pour mendier une caresse. Aussitôt un homme hirsute sortit de l'étable et s'en alla vider sa brouette de litière sur le tas de fumier sans faire cas de la présence des « étrangers » dans la cour. C'est ainsi que les Bretons nommaient familièrement ceux qui n'étaient pas du pays. Graziella l'interpella :

— Bonjour, monsieur ! On vient voir si on peut vous acheter des œufs.

— C'est pas moi qui peux vous donner la réponse.

Le cri

L'homme se frotta le nez pour prendre une contenance, le temps d'observer les nouveaux visages.

— Pour ça, il faut vous adresser à la patronne.

Il abandonna sa brouette et descendit la cour à pas lents, ses sabots raclant le sol.

— Patronne ! cria-t-il en vain.

Yvonne faisait la sourde oreille. Incapable de gérer seul l'organisation de son travail et de son temps, Angelmon avait pris la mauvaise habitude de la déranger pour un oui ou pour un non. Il poussa la porte de la maison.

— Elle est là la patronne ?

— Qu'est-ce que tu viens encore l'enquiquiner la patronne ?

— Y a du monde.

Yvonne n'avait pas d'âge. Avait-elle atteint la quarantaine, frisait-elle la cinquantaine ? Seuls ses intimes pouvaient le dire. Lorsqu'elle franchit le seuil de la porte, Graziella fut reçue par une femme bien en chair sans être grosse, brune de peau, cheveux ramassés dans un chignon au sommet de la tête, yeux malicieux sous un front intelligent et des cils volontaires. Robert avait préféré attendre son épouse en haut de la cour. Elles se saluèrent poliment. Yvonne avait la voix puissante et précise des personnes habituées à commander. Elle roulait les « r » d'une façon toute personnelle, différente du parler malouin, distincte du gallo en usage à l'intérieur des terres, et loin de l'accent de la basse-Bretagne. Son baragouinage singulier affermissait encore sa personnalité visiblement très forte.

254

Livre 3

— Excusez-moi de vous déranger.

— Vous ne me dérangez pas du tout.

Sur la brèche depuis le lever du jour, la fermière prenait un temps de repos bien mérité en préparant son repas du soir.

— Je suis venue voir s'il est possible de vous acheter une demi-douzaine d'œufs ?

— Entrez jusqu'à dedans, vous ne paierez pas plus cher.

Yvonne ne perdait jamais une occasion de bavasser avec les étrangers quand arrivait l'été. L'hiver était si long, si longues les semaines passées en tête à tête avec ce bourricot d'Angelmon qui n'avait pas grande conversation. Elle vit tout de suite que sa visiteuse avait les cheveux mouillés et en fit son thème d'approche.

— C'est-y que vous êtes allée vous baigner ?

— Oui.

— L'eau n'est pas trop froide ?

— Un peu.

— C'est normal, la saison est avancée.

Elle, ça ne lui disait plus rien d'aller faire trempette. C'était bon quand elle était gamine. Et avec la nouvelle mode, elle avoua qu'elle aurait du mal à dénicher un maillot à sa taille.

Graziella peina pour suivre la fermière qui l'entraînait vers le poulailler à grandes enjambées, balançant son panier en fil de fer qui servait indifféremment à essorer la salade ou collecter les œufs. Elle n'était pas sûre de pouvoir satisfaire sa cliente,

Le cri

les poules étaient devenues fainéantes depuis deux semaines, le maudit coq ne les laissait pas tranquilles.

— On dirait que pour lui c'est encore le printemps, plaisanta-t-elle.

Au passage, Graziella présenta son époux.

— Bonjour, monsieur. Alors comme ça vous êtes en vacances de par chez nous ?

Robert laissa sa femme répondre et satisfaire la curiosité de la paysanne. Ils étaient là pour trois semaines et ne logeaient pas chez l'habitant, mais campaient tout au bout de la pointe.

— Oh ! malheureux ! Vous allez vous envoler. L'équinoxe n'est pas loin, le temps change vite ici.

— On s'est mis dans un trou.

— Le trou des Allemands je parie. C'est encore pire. Vous n'avez pas eu de mal à enfoncer vos piquets ?

Graziella admit que ça n'avait pas été simple. Ce n'était pas étonnant, le fameux trou avait été creusé lors de la mise en place du mur de l'Atlantique. Destiné à dissimuler une batterie de canons pointés vers le large, le fond avait été cimenté par des ouvriers locaux réquisitionnés au service du travail obligatoire. Ils avaient bien saboté le boulot en trichant sur la qualité de la dalle, mais pas suffisamment puisqu'elle inondait encore à la première averse. Yvonne n'avait pas de conseils à donner aux campeurs – *aux campineurs*, comme elle disait – mais il était plus prudent pour eux de s'installer derrière la ferme à l'abri des sapins.

— N'entrez pas ! vous allez vous crotter les

256

Livre 3

pieds, recommanda-t-elle en pénétrant dans le
poulailler.

Elle fit le tour des nids garnis de paille mais ne
put récolter la demi-douzaine.

— En voilà cinq ! Pas un de plus !

Passant la tête à la porte, elle surprit Graziella sur
le point d'obtenir un baiser de son mari qu'au premier
coup d'œil la fermière avait trouvé taciturne. Yvonne
retarda le moment de sortir du poulailler et ne réapparut qu'après avoir toussé longuement pour
annoncer son retour.

— Combien on vous doit ?

— Vous me paierez demain, ça nous donnera
l'occasion de se revoir. Et dormez tranquilles, ce ne
sera pas cher.

L'aimable Bretonne proposa à Graziella des fines
herbes du jardin pour agrémenter son omelette, et une
laitue blonde d'automne pour l'accompagner.

— Ce sera le cadeau de la maison.

Bonne commerçante, elle ajouta qu'elle pouvait
tuer un lapin, un poulet ou une pintade, et les leur
livrer rôtis, avec de la purée ou des pommes de terre
rissolées.

Au coucher du soleil, Graziella battit son
omelette et la mit à cuire dans une gamelle sur un
réchaud à alcool. Son regard fut attiré par la majesté
des îles qui se dressaient, noires dans le contre-jour.
Elle ne se lassait pas d'admirer la splendeur du site.
La mer, verte dans la journée, se parait le soir d'éclats
rouges et bleus. À la nuit tombante, les mouettes

Le cri

tournaient autour des rochers, les goélands appelaient une compagne.

— On se croirait devant un tableau de peinture, murmura-t-elle.

La jeune femme appela son homme qui s'était calfeutré sous la tente. C'était bien la peine d'avoir fait un aussi long voyage pour rester enfermé et ne pas jouir du spectacle qu'ils avaient sous les yeux !

— C'est si beau ! répéta-t-elle pour elle-même quand les oiseaux se turent et que le vent d'ouest fit entendre sa mélopée.

Soudain, la mer grossit. Le ciel se chargea d'énormes cumulo-nimbus. Le tonnerre craqua dans le large, et la pluie se mit subitement à tomber. Graziella se précipita sous la tente.

— Robert ! Tu te souviens de ce qu'a dit la fermière ?

Elle se blottit contre lui.

— Dis quelque chose ! J'ai peur.

Déjà vêtue pour la nuit de sa chemise en pilou, Yvonne priait avec ferveur une statuette de la Vierge. Elle l'invoqua pour les *petits campineurs* exposés sur la pointe au fléau de l'ouragan. Elle eut aussi une pensée pour Jean-Baptiste, son époux, son marin, et supplia la Sainte-Mère de le protéger, lui et son équipage toujours dans le gros temps, sur les bancs de Terre-Neuve. Elle chanta pour eux le cantique des matelots de Cancale.

Livre 3

*Astre béni du marin
Conduis ma barque au rivage.
Garde-la de tout naufrage
Blanche étoile du matin.*

Mais la Vierge restait sourde. Les éléments se déchaînaient, une violente bourrasque emporta la guitoune des malheureux vacanciers. Serrés l'un contre l'autre au fond du trou des Allemands, assis les pieds dans l'eau, Robert et Graziella grelottèrent jusqu'à ce que la Madone ait pitié d'eux et qu'enfin la pluie cesse.

Au petit matin, dans la cour de la ferme, les cris d'un porc qu'on égorge troublèrent le calme revenu. Petit Louis, le tueur de cochons, retira son couteau, le sang de la pauvre bête gicla dans une bassine. Yvonne attendit les derniers jets et les derniers soubresauts de la victime pour y tremper la main qu'elle agita nerveusement afin d'éviter que le sang ne coagule et ne devienne impropre à la fabrication du boudin.

— Ah ! mes pauvres gens ! fit-elle en apercevant Robert et Graziella.

Pâles, tremblants, ils poussaient leurs vélos sur lesquels ils avaient entassé leurs affaires trempées.

— Qu'est-ce que je vous avais dit ! Je me suis fait du souci toute la nuit. Vous auriez dû m'écouter, il ne fait pas bon là-haut.

Elle appela Angelmon, caché dans la soue vide, pestant contre ce salaud de P'tit Louis qui venait de

Le cri

tuer son copain Maurice. Tous les ans, le valet baptisait le cochon qu'il élevait, et rationnait sa pitance à l'insu de la patronne pour empêcher la bête de faire du lard et retarder ainsi l'heure du sacrifice.

— Je veux pas voir ! gueula-t-il.

— Sors ! je te dis. C'est fini !

Elle lui ordonna de conduire les *campineurs* au séchoir à linge où ils pourraient étendre leur matériel et leurs vêtements. Ils n'avaient qu'à s'installer dans la grange en attendant que le tout soit sec.

— J'arrive passer le café pour vous réchauffer. Et si ça vous chante de manger le boudin avec nous, vous êtes les bienvenus. Y aura tout le hameau.

Heureuse de ne pas sentir abandonnée, Graziella lui adressa un sourire reconnaissant.

9

En Lorraine non plus on ne les abandonnait pas. Quotidiennement, l'Ancien poursuivait son travail de résistance. Il arrivait à huit heures, l'heure d'embauche des bureaucrates, s'asseyait et patientait jusqu'à midi. Pour éviter l'ankylose, il se levait du banc à intervalles réguliers et faisait les cent pas dans le hall.

— On ne fait pas souvent le ménage ici, constata-t-il un matin, voyant la poussière s'accumuler dans les coins. Si je dois encore attendre longtemps, trouvez-moi un balai, ça m'occupera, dit-il à Violette.

La secrétaire haussa les épaules comme à son habitude. Fred s'amusait à la provoquer chaque fois qu'elle sortait de son bureau pour se rendre chez les coursiers, pour transmettre un ordre du Chef à ses collègues dactylos, ou enfin satisfaire un besoin naturel que réclament fréquemment les vessies des grands buveurs de café. Moqueur, il sifflotait ou chantonnait *Dag et dag et dag veux-tu souffler dans ma trompette ?* pour accompagner le pas pressé de la jeune femme aux allures militaires.

Le cri

Ferrari quant à lui chauffait ses troupes en faisant chaque jour le tour des ateliers. Il commença par rendre compte de son action à ceux du Laminoir. Depuis quelque temps, expliqua-t-il, il essayait de parlementer avec les supérieurs des différents services. Sans succès. La situation ne se dénouait pas, et le plus grave pour Robert était que, dans la région, deux ou trois firmes disposaient à elles seules de l'emploi. L'ouvrier renvoyé de l'une d'entre elles comme agitateur retrouvait rarement du travail ailleurs.

— Tu gardes un espoir tout de même ? questionna le Polak.

— Si on est soutenus par l'ensemble du personnel, peut-être...

Une demi-heure plus tard à l'aciérie, il rendit compte des démarches tentées auprès des juges. Ils lui avaient répondu que leur pouvoir s'arrêtait au seuil de l'entreprise. Assurés de connaître la réponse, ils s'interdisaient de demander à la Direction des explications sur les insuffisances reprochées à Robert. Ferrari proposa aux aciéristes de signer une pétition témoignant des qualités de leur camarade et de sa conscience professionnelle.

— Tire-toi, Ferrari ! Ce n'est pas l'heure de faire du syndicat.

L'ordre émanait d'Huguet, le renégat, le traître, le corrompu.

Il en fallait plus pour intimider le délégué. Au plancher de coulée, il prévint les fondeurs de la publication imminente d'un mot d'ordre de grève. La nouvelle ne suscita pas un grand enthousiasme.

262

Livre 3

— Je sais, c'est un gros effort qui va vous être demandé.

La cause en valait la peine. Se syndiquer et élire des représentants du personnel était un droit gagné de haute lutte. En défendant Robert, c'était aussi cet acquis qu'ils allaient faire respecter.

Le lendemain, sous une banderole portant les mots :

« Comité de soutien au camarade Panaud »,

Razza, Léon et Wisnievski distribuèrent des tracts au portier. Mégaphone en main, Ferrari harangua les collègues en marche vers le boulot. « Monsieur le Directeur de droit divin » leur avait déclaré la guerre. Non seulement il refusait de faire machine arrière, mais il s'était doté d'une police dans laquelle on trouvait certains agents de maîtrise. Des listes noires circulaient.

— Vivons !

— Luttons !

— Combattons les patrons !

Une manifestation spontanée se mit en route vers le château.

— Vivons !

— Luttons !

— Combattons les patrons !

À sa façon, le peuple des métallos se ralliait aux idéaux de Victor Hugo qui écrivait dans *Les Châtiments : Ceux qui vivent sont ceux qui luttent.*

Le cri

Au même instant, l'Ancien entraînait ses musiciens sous les fenêtres de Lesage. Il les mit en rangs et leur demanda d'interpréter un morceau en l'honneur de Violette, la secrétaire.

— Je vous abandonne dès les premières mesures. Surtout, reprenez le thème jusqu'à ce que j'apparaisse à la fenêtre du patron.

Il leva les bras : « Trois, quatre »

Dag et dag et dag veux-tu
Souffler dans ma trompette ?

Dès les premières notes, ahurie, ulcérée, Violette se boucha les oreilles pour ne pas entendre la musique de ces rouges effrontés.

Dag et dag et dag veux-tu
Souffler dans le trou de mon...

Elle n'entendit pas les premiers appels du patron lui commandant d'aller chercher le bonhomme qui campait dans le vestibule.

— Ne vous précipitez pas, ça lui ferait trop plaisir.

Le vieux rebelle attendait, assis à sa place habituelle.

— Bonjour, monsieur, fit Violette d'une voix posée. Elle se voulait aimable pour respecter les consignes du Chef.

— Bonjour, mademoiselle.

— Monsieur Lesage va vous recevoir.

Livre 3

— Tout de même !

Elle invita Fred à la suivre, mais il la devança ; il connaissait le chemin.

Arthur le reçut, drapé dans sa dignité comme l'exigeaient son grade et son autorité. Pour désamorcer la tension palpable qui régnait dans le bureau, Fredo engagea ainsi le dialogue :

— Quand on parle de nous deux, j'entends toujours la même chose, Toi Arthur, t'avais le bout dur et moi j'ai plus de chance, je l'ai toujours raide.

Lesage ne put retenir un sourire. Les deux hommes se connaissaient depuis des lustres et entretenaient une familiarité qu'on voyait rarement entre un cadre et un subordonné.

— Arrête tes conneries ! Ce n'est pas pour me dire cela que tu es venu.

Avant d'entrer dans le vif du sujet, Fred lui reprocha de l'avoir fait poireauter si longtemps. Le personnage important qu'il était devenu n'avait pourtant rien à craindre d'un pauvre retraité qui, par définition, était inoffensif.

— Commence par faire taire tes artistes si tu veux qu'on s'entende sans être obligé de gueuler.

— Mes *musiciens* s'il te plaît !

Il s'approcha de la vitre qui donnait sur la cour. En qualité de chef d'orchestre, il attendit la fin d'une phrase musicale pour interrompre ses interprètes, leur signifiant le pouce levé qu'il les remerciait pour leur précieux concours.

Le cri

Après s'être installé, l'Ancien proposa de reprendre l'histoire à ses débuts : Robert, gamin, était orphelin lorsqu'il était entré à l'usine. Lui-même avait alors décidé de remplacer le père manquant en souvenir de l'amitié qu'il avait pour Marcel.

— Tu te souviens ? À l'école, on s'était promis de ne jamais s'abandonner si l'un de nous trois avait des ennuis.

— Oui, je ne l'ai pas oublié.

Fred avait tenu ses engagements en faisant profiter Robert de son expérience. Il lui avait prodigué tous les conseils qu'un jeune était en droit d'attendre de son paternel.

— Des conseils qui n'étaient pas tous bons ! rétorqua Lesage, non sans plaisir. Heureusement que je passais derrière pour rectifier le tir.

Même si ça n'avait pas servi à grand-chose.

— Tu l'as constaté à tes dépens, ricana l'autre.

— Pas la peine de prendre ce ton-là.

Lui aussi considérait Robert comme son fils. Il lui avait consacré beaucoup de temps afin qu'il acquière le savoir nécessaire à l'obtention du Brevet. Par la suite, il l'avait formé pour qu'il accède rapidement au deuxième échelon, ce qui lui avait permis de gagner un bon salaire. L'Ancien fit remarquer que Robert lui en avait été très reconnaissant. Arthur n'attendait aucun remerciement, voir réussir son protégé lui suffisait.

— Quel gâchis ! Moi qui rêvais de le voir prendre ma place.

Fred rappela qu'il avait encouragé le jeune

266

Livre 3

homme à grimper dans la hiérarchie. Puis il s'était résigné, pensant que chez les métallos aussi, Robert pouvait faire sa place. Pourquoi pas devenir ingénieur ? Lesage confirma qu'il pouvait y parvenir en suivant les cours des Arts et Métiers. L'obstiné en avait la trempe.

— Alors ? Qu'est-ce qu'on fait ?

Le Chef de bureau se leva brusquement pour évacuer sa colère :

— Qu'est-ce qu'on fait ? Qu'est-ce qu'on fait ? T'en as de bonnes toi !

Robert s'était mis tout seul dans le pétrin comme un grand imbécile. Il ne pouvait jamais rien faire comme tout le monde. Finaud, le vieux Fred suggéra prudemment qu'en sa qualité de cadre supérieur il pouvait peut-être épauler le syndicat.

— Impossible !

— Oublie ton poste nom de Dieu ! s'emporta-t-il, à son tour. Pour une fois montre que tu as du courage !

Le retraité lui souffla que ce serait un beau geste à accomplir avant que l'âge ne le force à décrocher. Ce qui, soit dit en passant, n'allait pas tarder à survenir.

— Je t'emmerde, Fredo !

Le patron fut néanmoins sensible à l'argument. Il ne voulait surtout pas être en reste. Il accepta finalement qu'on lui envoie Robert.

— Il ne viendra pas. Il a pris ses congés, fit l'Ancien.

Devant l'air ahuri d'Arthur, il crut bon d'ajouter :

Le cri

— Que voulais-tu qu'il fasse d'autre ? Qu'il les perde ou qu'il en fasse cadeau à ceux qui l'ont viré ?

Il expliqua que Graziella et lui étaient partis sur le conseil du docteur Dubois. Elle craignait qu'à force de tourner en rond dans sa petite bicoque Robert n'attrape des idées noires.

— La honte et le cafard, ça peut emmener loin.

— Ah ! tu m'emmerdes avec tes menaces et tes suppositions à la con !

Fred avait semé le ver dans le fruit. Il décida de s'éclipser pour laisser son vieux copain d'école face à sa conscience.

10

Le vent du large avait réussi à chasser les nuages du ciel breton, et les brumes qui opacifiaient la vue et les pensées de Robert se levaient peu à peu. Percevant un léger mieux, Graziella profita de l'invitation d'Yvonne pour forcer son homme à sortir de son enfermement. Ils vinrent donc partager le boudin avec les paysans de la Guimorais, nom du hameau dont dépendait la ferme des Nielles. Yvonne avait réuni une trentaine de voisins de tous âges sous le hangar, autour de grandes planches posées sur des tréteaux. Suivant la coutume établie entre les villageois, la table mobile se baladait de maison en maison chaque fois que l'on trouvait une occasion de bambocher. C'était le cas le jour de la fête du cochon, les jours des battages, des baptêmes, des communions, des fiançailles, des mariages, des noces d'or et des enterrements.

Bien qu'il fît encore jour à une heure avancée, Angelmon avait reçu l'ordre de placer sur les nappes

Le cri

des bougies plantées dans des bouteilles vides au cas où la soirée s'éterniserait.

— À la santé des *campineurs* ! dit la Patronne en levant son verre de pommeau.

Le cidre mêlé à l'alcool de pommes était servi dans la région en guise d'apéritif. Elle eut le plaisir de le faire découvrir à ses hôtes. Invités de marque, Robert et Graziella entouraient Yvonne qui présidait l'assemblée.

— Et à celle de Jean-Baptiste !

P'tit Louis, Aristide et les autres convives se retournèrent en direction de la mer et, le coude levé, reprirent à l'unisson, puissamment pour se donner l'illusion qu'on les entendrait à l'autre bout de l'Atlantique :

— À la tienne Jean-Baptiste !

La veille, Yvonne avait posté une lettre qu'il trouverait à l'escale de Saint-Pierre-et-Miquelon. Elle lui racontait qu'elle avait décidé de tuer le cochon, ce qui ne le surprendrait pas puisque la bête pesait déjà ses cent livres le 1er mars, jour de son embarquement. On expliqua aux *étrangers* que Jean-Baptiste était le mari de la patronne et qu'il exerçait le métier de *Pelletas*, autrement dit marin à la Grande Pêche. Leur union, qu'ils avaient célébrée sur le tard, avait surpris bon nombre de leurs concitoyens. En général, les fermières se mariaient avec les fermiers qui apportaient de la terre sous leurs sabots, les filles de marin avec les jeunes matelots qui n'avaient rien de collé sous leurs bottes. Mais Yvonne avait préféré un mari sans héritage, exposé aux dangers de la mer. Un

270

Livre 3

flibustier qui saurait la faire rêver, plutôt que la compagnie rassurante d'un gros paysan propriétaire sans autre horizon que celui de la clôture de ses champs.

— C'est pas n'importe qui mon homme, conclut fièrement Yvonne.

Le capitaine Jean-Baptiste Abgrall avait pris le commandement de l'*Angélus*, un bateau récemment mis à l'eau par l'armement Louvet.

— Tout ça ne vous dit rien, mes braves gens, s'écria-t-elle. C'est du chinois pour qui n'est pas du pays.

Curieuse, elle interrogea Robert sur sa profession et fut stupéfaite de l'entendre prononcer le mot de *métallo*.

— Monsieur est métallo, hurla-t-elle à la cantonade.

Les convives s'étonnèrent. Pour pratiquer un tel métier, il fallait sans doute qu'il vienne de loin !

— On habite en Lorraine.

— L'Alsace et la Lorraine, on apprend ça à l'école. Oui, oui, oui, oui, traîna-t-elle, cherchant dans ses souvenirs.

Quand elle eut trouvé, elle se mit à chanter avec ceux de sa génération :

Vous n'aurez pas l'Alsace et la Lorraine
Et, malgré vous, nous resterons français
Vous avez pu germaniser la plaine
Mais notre cœur, vous ne l'aurez jamais.

Le cri

Le chant patriotique souleva des applaudissements.

— Métallo, c'est un métier qu'on ne connaît pas par ici, avoua Yvonne. Pas vrai ?

— Si ! répondirent les bouches pleines de boudin et de patates.

— Sans être indiscret, on aimerait savoir en quoi ça consiste au juste ? Pas vrai ?

— Si ! crièrent les mêmes bouches dans lesquelles on avait fait entrer du pain pour pousser le reste au fond de l'estomac.

Les Bretons insistaient tant que Robert entreprit de les éclairer. Il expliqua d'une façon sommaire le type d'industrie, la matière et les produits, les fonctions et les gestes qui se cachaient derrière l'appellation de « métallo ».

— En fait, je travaille dans une usine sidérurgique, les hauts fourneaux si vous préférez.

Il évoqua ces grandes cathédrales fumantes, que certains avaient peut-être découvertes autrefois sur les images des livres scolaires et du dictionnaire. Il décrivit les marmites gigantesques où l'on chauffe le minerai pour obtenir la fonte qui est ensuite transformée en barres d'acier. Il expliqua enfin qu'au bout de la chaîne des fours, des presses et des laminoirs, ces barres étaient transformées en profilés de différentes formes et en tôles de plusieurs épaisseurs. Autrement dit, on sortait de son usine le matériau brut qui servait à fabriquer des rails, des locomotives, des bateaux, des avions et toutes sortes d'engins.

272

Livre 3

— Nos tracteurs, nos charrues, enchaîna Aristide.

— Mes couteaux, s'étonna le tueur de cochon.

— Les cuillers et les fourchettes aussi ? interrogea la fermière.

Tous semblaient ébahis. Ils félicitèrent Robert d'exercer un si beau métier. Avide d'apprendre des choses nouvelles, Yvonne voulut en savoir plus.

— Mais dites-nous, monsieur, comment on arrive jusque-là ?

— D'abord, chez nous, à la naissance, on a tous le fer dans la peau.

À cela s'ajoutait la présence d'eau, de minerai de fer et de charbon qui avait favorisé l'essor de la métallurgie dans la région dès le début de l'ère industrielle. Environ trois jeunes Lorrains sur quatre entraient à l'école professionnelle où ils apprenaient à forger et à limer pour se familiariser avec le métal. Robert s'interrompit ; un sourire flottait enfin sur ses lèvres. Il ne résista pas à l'envie de raconter un bon souvenir d'apprenti.

Son auditoire, déjà conquis par ses talents de conteur, ne demandait pas mieux que d'en apprendre davantage. Suspendus aux lèvres de l'ouvrier, tous se laissaient captiver par cet univers de métallos qu'ils connaissaient si mal. Pressé par Yvonne de poursuivre son récit, Robert prit à nouveau la parole.

À l'époque, il se rendait chaque jour à l'école d'apprentissage. Dans la salle des travaux manuels, M. Lemoine donnait de la voix pour conseiller ou réprimander les moins habiles. Courbés au-dessus des

273

Le cri

établis où étaient fixés les étaux, les arpètes en blouses bleues faisaient grincer leurs limes sur des pièces d'ajustage en queues d'aronde. Ce matin-là, l'ambitieux professeur avait donné à ses apprentis un exercice de niveau 4 dans la gamme des difficultés. Il jugeait la qualité de l'ouvrage au chant de l'outil dans son contact avec le fer : chaque fois que le travail ne produisait pas les accents qu'il souhaitait entendre, le moniteur s'emportait. La lime avait sa complainte, le marteau son écho, la scie son gémissement.

— Bande de sauvages ! C'est comme ça que je vous ai appris à travailler ?

Brusquement, il arracha la lime plate des mains de l'un de ses élèves et mima la caresse de la demie douce sur l'assemblage dégrossi à la bâtarde. Son mouvement, exécuté dans le vide, montrait comment procéder, calmement, à raison de soixante coups par minute, d'un geste appuyé en avançant, retenu en reculant.

— Et surtout pas comme ça ! recommanda-t-il en précipitant son mime et en forçant le ton.

M. Lemoine voulait entendre de la musique, pas du bruit. Les élèves s'appliquèrent lorsqu'il évolua autour des établis tel un danseur, réglant son pas au rythme de la mélopée des limes douces et demies douces. Il s'arrêta à hauteur de Robert, et lui demanda de lui montrer son travail. Le mousse desserra les mâchoires de l'étau et présenta avec crainte une pièce de son assemblage. Le maître sortit de sa poche le pied à coulisse qui ne le quittait jamais et vérifia les cotes

274

Livre 3

du pourtour et de la mortaise. Puis il s'assura que la partie mâle glissait parfaitement dans la partie femelle.

— Comme papa dans maman ! conclut-il, comme chaque fois que l'assemblage était réussi. C'est quasi parfait. Encore un petit passage de la douce sur cette partie, en caressant, sans forcer. Après il ne te restera plus qu'à la graisser.

Se retournant vers les cancres, il leur présenta la pièce du bon élève.

Il la brandit et refit fonctionner l'assemblage à titre d'exemple. Si seulement toute sa bleusaille pouvait faire preuve d'une telle application ! À nouveau, il fulmina :

— Bande d'incapables ! Panaud fera un bon ouvrier, pas vous ! Je peux même prédire que les trois quarts ne le seront jamais ! Tout juste manœuvres...

La menace de l'échec, la condamnation à stagner au bas de l'échelle, les maigres payes, la vie ratée étaient les thèmes favoris de M. Lemoine. C'était sa manière à lui d'encourager les médiocres à se surpasser. Il croyait dur comme fer à l'efficacité de sa méthode éprouvée sur plus de vingt générations d'ouvriers en herbe. Mais ce qu'il ignorait, c'est que cette théorie de l'émulation lui avait valu, dès ses débuts dans la fonction, le surnom de « mange-merde ».

Emporté par la bonne humeur de la tablée, Robert termina son histoire en évoquant les inconvénients du statut d'élève modèle.

— À la pause, un costaud dénommé Fernand Soler m'a rappelé qu'avant de commencer l'exercice,

Le cri

on s'était tous mis d'accord pour ne pas se presser et rendre nos pièces en même temps. J'ai répliqué que ce n'était pas de ma faute si « Mange-merde » était venu me contrôler le premier.

La répétition du sobriquet déclencha les rires de ceux qui n'avaient pas bien entendu la première fois.

— Soler a prétendu que sans ça, j'aurais appelé le professeur pour lui montrer que j'étais le meilleur. Je lui ai bien dit que c'était faux, mais tous les autres se sont ligués pour me traiter de lèche-cul, de lâche et de vendu. Pris d'un coup de sang, j'ai pas pu retenir mon bras, et j'ai frappé Ferdinand à la pointe du menton.

Les paysans applaudirent, sans attendre de connaître le vainqueur du combat. Pour tous, c'était forcément Robert.

Seul en bout de table, Angelmon ronchonnait en buvant ses verres de cidre à petites lampées. Cinq lampées par verre, cinq à six verres par pichet. Il avait retourné son assiette pour montrer qu'il n'avait pas l'intention de goûter au boudin, fait du sang et des boyaux de son copain Maurice. Il en voulait beaucoup à ce salaud de P'tit Louis qui avait égorgé la pauvre bête.

— À six heures, on l'a réveillé, alors qu'il ne se doutait de rien.

Il parlait du cochon comme il l'aurait fait d'un homme injustement condamné à expier sur l'échafaud une faute qu'il n'avait pas commise. Petit à petit, le cidre aidant, il oublia le défunt Maurice pour prêter

276

Livre 3

l'oreille aux propos du *campineur* qui, à la demande générale, continuait d'expliquer son métier de métallo avec autant de ferveur que de passion.

— C'est beau d'entendre parler un homme fier de ce qu'il fait, commenta-t-il pour lui-même. Moi...

Angelmon n'en dit pas plus. Il regarda ses voisins de table d'un air soupçonneux. Il craignait que ses jérémiades n'arrivent aux oreilles de la patronne ; elle ne manquerait pas de lui faire remarquer qu'il n'avait pas de quoi se plaindre et qu'il n'était déjà que trop heureux. C'est vrai qu'à défaut de paye, Angelmon était bien nourri. Et, après quinze ans passés au service d'Yvonne, il n'avait jamais eu à critiquer sa cuisine.

Plus Robert parlait, plus il s'animait, et plus il semblait retrouver le goût de vivre. Stupéfaite et ravie de cette soudaine métamorphose, Graziella ne le quittait pas des yeux et buvait ses paroles.

— À la fin de l'apprentissage arrive le grand jour, avait-il repris, celui de l'entrée à l'usine comme novice.

Finies les bagarres, il n'était plus question de se tirer dans les pattes. Désormais, il fallait apprendre à devenir des ouvriers solidaires. Robert se revit passer le portier en août 1945.

— Le portier, c'est l'entrée si vous préférez.

Ce qui l'avait d'abord frappé c'était la hauteur des fourneaux. On les voyait à cent lieues à la ronde, mais quand on se trouvait à leur pied, on se sentait tout petit. Les ateliers paraissaient gigantesques eux aussi, entourés de grandes baies vitrées qui laissaient pénétrer la lumière.

277

Le cri

— Levez-vous, monsieur ! Qu'on vous voie en
même temps que vous racontez ! supplia la Patronne.

Le boudin éventré refroidissait dans les assiettes, le
cidre s'éventait dans les verres, les doigts roulaient des
boulettes de pain sur le bois de la table. Tous écoutaient, bouche bée.

— Le plus surprenant est ce qui se passe à
l'intérieur.

Robert décrivit l'aciérie, les fours, les presses, le
laminoir, les convertisseurs qui crachaient des flammes
de cinq ou six mètres. Il détailla le fonctionnement
d'un haut fourneau, de son sommet au plancher de
coulée. Comme il reprenait son souffle, son hôtesse lui
proposa de se désaltérer ; et tandis qu'il goûtait le cidre
de la ferme, Yvonne fit remarquer que, sans doute, il
devait y avoir du danger dans ce genre d'endroit. Le
jeune ouvrier confirma qu'on risquait à tout moment
d'être brûlé. De plus, il ne se passait pas un mois sans
qu'on déplore un accident, pas toujours grave, fort
heureusement. Les métallos finissaient par s'habituer et
accepter la menace permanente.

— Pourtant ça fait froid dans le dos quand on
entend un copain hurler de douleur.

Un frisson secoua les Bretons.

— Et moi qui ne dors pas tranquille parce que le
mien est sur la mer, soupira Yvonne.

Elle considéra longuement Graziella en pensant
aux tourments, aux nuits blanches, à la peur qui devait
l'habiter. Pour détendre l'atmosphère, Robert précisa
qu'il existait aussi des lieux sûrs : le magasin, le cagibi
du graisseur, l'atelier des presses, peu dangereux mais

Livre 3

très bruyant. Quand le marteau tombait, il faisait un boucan de tous les diables, le soir les tympans en résonnaient encore. Chaque presse avait son four rotatif qui chauffait à blanc les tiges d'acier destinées à la forge. C'était une des raisons pour lesquelles on appelait aussi les métallos des forgerons, et leurs grands patrons les Maîtres de forges. Le conteur s'arrêta un moment et prit la précaution de demander s'il ne finissait pas par devenir barbant.

— Bien au contraire, rétorqua Yvonne. Bien au contraire. Pas vrai ?

Un « Si ! » unanime lui répondit. On apprenait des choses avec les étrangers. Voilà pourquoi, selon elle, les habitants de la côte étaient plus évolués que ceux des terres. Ils n'avaient pas la chance d'avoir des visiteurs et de les entendre causer. L'assemblée l'approuva, ainsi qu'Angelmon qui, pour une fois, partageait l'avis de sa maîtresse.

Profitant de la douceur du temps, les jeunes époux s'attardèrent sur la plage. Encore tout émue, Graziella commenta ce que, dans l'action, Robert n'avait sans doute pas perçu. Les paysans s'étaient tous arrêtés de manger pour ne rien perdre de ce qu'il racontait. Dans les silences, on entendait voler les mouches attirées par l'odeur du boudin cuit.

— Je devrais les remercier.

— Les mouches ?

— Tu es bête, sourit-elle, les gens. Ils t'ont rendu le sourire et l'usage de la parole.

Le cri

Son homme était beau à regarder quand il parlait, elle retrouvait enfin le Robert dont elle s'était éprise.

— Au fur et à mesure que je leur expliquais, je me rendais compte à quel point j'aime mon métier... J'ai tout perdu, Graziella... Ça, je ne m'en suis pas vanté.

Elle chercha les mots pour le réconforter, tremblant à l'idée de le voir à nouveau sombrer dans le remords et l'inquiétude.

— Écoute le bruit des vagues, on dirait de la musique.

Robert approuva. Enfin il était sensible à la splendeur des lieux ! Elle se blottit dans ses bras et, dans un souffle amoureux, lui avoua son désir violent de se donner à lui.

11

À l'autre bout de la France, la bataille engagée
par les militants pour la réintégration du camarade
licencié était loin d'être gagnée. La défaite se profilait. Lesage avait pourtant bien essayé de parlementer
avec le Château au cours de la réunion mensuelle des
Chefs de département. Mais Monsieur le Directeur
était parfaitement renseigné par son conseiller chargé
d'étudier et d'alimenter jour après jour la mémoire de
l'usine ; il connaissait tout de Robert et de ses antécé-
dents. Il avait même osé reprocher à son cadre de
l'Administration et des Services de ne pas s'être aperçu
que, de père en fils, les Panaud étaient tous de la
« graine d'anarchistes ». L'Ancien, à qui Arthur rela-
tait l'entrevue, s'étonna de ce commentaire. Lesage
crut bon de lui expliquer que tout était conservé aux
archives de l'entreprise. Elles pouvaient fournir, pour
chaque employé, des renseignements sur trois ou
quatre générations. Y figuraient donc les états de
service de Jules, Célestin et Marcel Panaud, tous
très travailleurs, mais tous fortes têtes. Seul le

281

Le cri

parcours d'Auguste au cours du XIXᵉ siècle n'était pas mentionné, les registres n'ayant retenu que son nom.

— Il ne s'est pas laissé toucher par le fait que son grand-père Célestin soit mort à l'usine ? s'offusqua Fred. Encore aujourd'hui, j'entends son cri...

Lesage soupira. Il s'était permis de rappeler le drame au Directeur, et c'était sûrement grâce à l'évocation du lourd tribut payé par la famille à l'entreprise qu'il ne s'était pas fait envoyer paître. Peut-être restait-il un moyen de convaincre l'autorité suprême... Il avait longuement réfléchi : il fallait prouver que Robert n'était pas seulement une tête brûlée capable de semer à lui seul la révolte dans l'usine. On devait montrer qu'il était encadré. Que le syndicat était décidé à se battre jusqu'au bout parce qu'il comptait sur ce brillant élément pour en faire un de ses cadres. L'idée sembla séduire Fredo.

— Ça va le rassurer, et avec un peu de chance, le faire revenir sur sa décision. Maintenant, c'est à toi de jouer l'Ancien. Si tu n'as pas su éviter l'accident du grand-père, tu vas te racheter en sauvant le petit-fils, conclut Arthur.

Serrant la main de son visiteur, il l'engagea à se rendre sans plus tarder à la Permanence du syndicat.

— Dis à Ferrari de ne pas lésiner. Qu'il emploie les grands moyens. Soyez fermes ! Il faut battre le fer quand il est chaud !

Fier et content de lui, Arthur raccompagna son vieux copain dans la salle des bureaucrates. Ils traversèrent un petit hall jusqu'à une porte dérobée, celle de

Livre 3

l'entrée de service réservée au personnel et aux livraisons. Lesage préférait garder leur entrevue secrète.

— Il va de soi que je ne t'ai rien dit. Tu n'es pas venu me voir.

— Ne te fais pas de mouron. Pas la peine de mettre les points sur les « i ».

Fred était triste de voir combien Arthur tentait de se garantir de tout soupçon de collaboration avec le personnel. Curieux, il voulut savoir pourquoi son ancien compagnon avait momentanément viré de bord.

— Marcel et toi vous vous êtes mis le doigt dans l'œil, expliqua le haut cadre à l'ouvrier. Moi aussi, j'ai toujours été épris de justice même si, contrairement à vous, je ne l'ai pas chanté dans les rues.

Quand Fred lui ordonna de décréter sur-le-champ l'arrêt de travail de l'ensemble des salariés, Ferrari n'en revint pas. Il se demanda qui avait bien pu conseiller cela, et d'où émanait une telle décision. L'autre le pressa d'obéir sans chercher à comprendre. Le délégué syndical se rendit à toutes jambes en direction de l'usine ; Razza, son premier relais, fit en sorte que la nouvelle se répande comme une traînée de poudre. À tous les étages résonna le mot d'ordre :

— Grève générale !

— *Sciopero generale !*

Quand il apercevait des camarades italiens, il les entraînait à sa suite comme au temps des luttes passées dans leur pays. En écho, d'autres voix s'égosillèrent dans plusieurs langues, et le hurlement continu des sirènes

283

Le cri

confirma la mobilisation. D'emblée, une équipe réduite prit la responsabilité d'assurer la coulée en cours. Un à un, les ateliers se vidèrent. Lorsque les machines se turent, on n'entendit plus que le pas pressé des grévistes sur le gravier. Ils s'apprêtaient à rallier l'aire de stockage, là où ils avaient l'habitude de se rassembler.

À l'appel des ouvriers, Paloteau arracha la feuille qu'il avait engagée dans sa machine à écrire, la froissa et la jeta dans la corbeille.

Tous les bureaucrates se mirent en route ; désormais ils connaissaient le chemin des Assemblées générales, pas besoin de le leur indiquer. Fier d'avoir initié ce coup de tonnerre, Lesage se réjouit lorsqu'il vit ses employés défiler le long de la baie vitrée. Une lueur de triomphe passa dans ses yeux.

— Violette ! appela-t-il.

La secrétaire zélée apparut immédiatement sur le seuil de la porte.

— Oui, monsieur ?

— Vous ne suivez pas vos collègues ?

— Oh non, monsieur.

— Filez ! C'est moi qui vous le demande. Allez oust ! Profitez-en, on ferme la boutique !

À quoi bon rester ? Leur présence devenait inutile puisque tout le monde était parti. Désemparée, Violette semblait ne plus savoir à quel saint se vouer. Jésus, Marie, Joseph ! Qui lui aurait dit qu'un jour, elle verrait son patron se réjouir du déclenchement d'une grève ? Machinalement elle fit le signe de la croix et se retira sans faire de bruit.

Livre 3

Le ciel était gris, les nuages bas. Le vent soufflant de la Belgique rabattait les fumées jusqu'au sol. Les silhouettes fantomatiques des ouvriers et des employés convergeaient vers l'aire de stockage où les attendait Ferrari, juché sur un amoncellement de barres d'acier.

— Connaissant l'échec de notre démarche auprès des juges, forte de son bon droit, la Direction s'entête. Montrons-lui que nous sommes tous solidaires de notre camarade Robert Panaud.

Il n'avait bien sûr jamais été question de l'abandonner, affirma-t-il, bien que personne n'ait oublié ses hésitations premières. Il proposa de cesser le travail immédiatement, non pour un coup de semonce, mais pour un arrêt sans limitation de durée.

— Levez-la main si vous êtes de cet avis !

Il ne put dénombrer les volontaires dans le brouillard intense qui les enveloppait.

— Je n'arrive pas à voir tout le monde. Répondez-moi ! Êtes-vous d'accord ?

Un oui, hurlé comme un cri de colère, entérina la proposition du délégué. La voix enrouée, chargée d'une émotion intense, le vieux Fred lança le slogan que tous allaient reprendre jusqu'aux fenêtres des patrons.

— Réembauchez Panaud ! Réembauchez Panaud !

Le défilé se mit en route d'un pas rapide et déterminé. Les ouvriers, criant de plus belle, doublèrent bientôt Fredo. Dans les rangs, l'Ancien, essoufflé, peinait à suivre le cortège. Léon Brulé arriva juste à

Le cri

temps pour le soutenir et l'empêcher de s'écrouler, avant même qu'il ait pu atteindre le portier. Il le fit s'asseoir sur un banc de bois dans le coin des pissotières.

— Qu'est-ce qu'il t'arrive, mon Fredo ?

Fred leva une main tremblante vers sa poitrine. Il la pressa sur son cœur qui battait la chamade.

— Réembauchez Panaud ! Réembauchez Panaud !

Les pas et la voix des manifestants se perdirent peu à peu dans le parc du Château.

12

Dans le ciel breton, le soleil rayonnait enfin. Après la pluie le beau temps et... la fin des vacances. L'heure du départ avait sonné pour les jeunes gens. Angelmon leur offrit son aide pour plier la tente, ranger le matériel et charger les vélos. Le valet de ferme n'avait cessé de rechercher la compagnie du couple depuis la fête du boudin. En effet, à la fin du repas, tous deux avaient su trouver les mots pour le réconforter et l'aider à faire le deuil de Maurice. Il leur en était infiniment reconnaissant.

Yvonne, à qui rien n'échappait, lui en avait fait un soir le reproche.

— Qu'est-ce qu'il te prend de leur coller aux fesses à longueur de jour ? Tu vas les laisser en paix ces pauvres petits *campineurs !* Tu crois que ça les intéresse de t'entendre raconter tes bêtises ? Des si, des quoi, des mais et compagnie ?

Pour assurer leur tranquillité, elle avait préparé chaque matin le casse-croûte de son domestique et l'avait envoyé travailler dans les champs les plus

Le cri

éloignés de la ferme. Dès qu'il était parti, elle n'avait pu elle-même s'empêcher de rôder autour de la tente pour proposer un service ou échanger quelques mots avec Graziella qu'elle estimait tout particulièrement.

Après avoir bourré les sacs à dos, Robert entreprit de regonfler les roues arrière des bicyclettes afin qu'elles supportent la charge des porte-bagages. Graziella était partie faire ses adieux à Yvonne. C'était l'occasion rêvée pour parler entre hommes. Angelmon hésita un instant, puis décida de se confier au métallo.

— Moi, je n'ai jamais eu la chance de voyager, je suis toujours resté ici.

À douze ans, dès qu'il avait été assez fort pour pousser une brouette de paille ou de fumier, il avait dû gagner son pain. Ah ! S'il avait fréquenté l'école jusqu'au certificat, il aurait pu prétendre à devenir ouvrier, comme Robert. Ce dernier lui objecta que la vie à la ferme devait être agréable.

— Que vous croyez mais c'est pas vrai. Au bout du compte et l'un dans l'autre, la Patronne est plutôt gentille avec moi, mais ça change rien à ma triste vie. C'est qu'on peut pas toujours s'accommoder de tout, ajouta-t-il gravement. Même que j'ai déjà songé à en finir.

En effet, un samedi soir en rentrant du bal, le vacher avait tenté de se pendre au bout d'un lien servant à maintenir ses bêtes à la mangeoire. Marie-Thérèse, qu'il aimait beaucoup, l'avait humilié devant les autres gars quand il s'était courbé devant elle pour l'inviter à danser. Ce n'était pourtant qu'une bonne

Livre 3

de ferme elle aussi ! Ce méchant souvenir lui revenait fréquemment en mémoire. L'accordéon jouait un air mélancolique, une chanson qui s'intitulait *Vieux gars* et dont les paroles narraient les malheurs d'un cœur disponible, battant dans le corps d'un homme disgracieux qui faisait fuir les filles. Son portrait tout craché.

— Je me suis loupé, avoua-t-il... La peur, ou le manque de courage... Il en faut pour aller jusqu'au bout.

Il chanta pour évacuer sa douleur, en esquissant quelques pas de danse :

> *En passant par la Lorraine*
> *Avec mes sabots*
> *Rencontré trois capitaines*
> *Avec mes sabots dondaine*
> *Oh ! oh ! oh !*
> *Avec mes sabots.*

Il rêvait d'un voyage à pied jusqu'en Lorraine avec ses sabots bretons. Il dormirait dans les fermes le long de la route et paierait le gîte d'une grange ou d'une écurie en faisant le récit de son aventure. De braves gens touchés par sa personne lui offriraient le couvert. Une fois rendu sur place, il se présenterait à l'usine pour y trouver du travail. Le rêve fut brisé dans l'œuf lorsque Robert lui apprit que l'embauche était réservée aux jeunes apprentis.

— Ils ne voudraient pas de moi alors ? Même comme manœuvre ?

— Même comme manœuvre.

Le cri

— Dommage ! C'était beau ce que vous avez raconté l'autre semaine.

— Ne regrettez rien, je n'ai pas tout dit…, avoua-t-il en baissant la voix.

Puis, devant le regard interrogateur du valet :

— Vous avez raison, Angelmon, on ne peut pas toujours s'accommoder de tout.

Yvonne s'était levée au chant du coq pour faire des galettes de blé noir qu'elle enroula autour de morceaux de saucisse fraîche et grillée sur la braise de la cheminée.

— Ce sont les sandwiches du pays. Vous allez voir comme c'est bon avec un coup de cidre bouché.

Elle aussi regrettait le départ de ses *petits campineurs*, elle refoulait ses larmes pour ne pas avoir l'air trop sentimental. C'est qu'ils étaient attachants, ces jeunes lorrains. Priant le ciel de les revoir l'année suivante, elle leur conseilla de revenir plus tôt dans la saison pour faire connaissance avec son capitaine. Les bateaux rentraient au mois d'août livrer leur première pêche et repartaient au bout d'une semaine pour une deuxième campagne.

— On vous fera goûter des joues de morue à peine désalées à l'eau claire. Ça aussi c'est bon.

Avant de prendre la route, Graziella voulut regarder la mer une dernière fois, du haut de la pointe du Meinga. Remplir sa mémoire de ces images estivales pour les faire surgir au cœur du long hiver qui les attendait en Lorraine.

Livre 3

— Chez nous, l'horizon est bouché de partout, dit-elle.

Pourtant, à bien y réfléchir, elle ne se voyait pas vivre ailleurs.

Robert pensa qu'il leur faudrait peut-être l'envisager. Il n'avait plus qu'une chose en tête : retrouver du travail, quitte à déménager.

Le trajet du retour fut moins coloré que celui de l'aller. Pas de voyageurs insolites ni de rencontres inconvenantes, pas d'ogresse bavarde ni de libérables en goguette. Robert et Graziella durent tout juste supporter les cris d'un bébé rouspéteur de Rennes jusqu'au Mans et entendirent les rosaires récités à haute voix, ainsi que les chants d'un groupe de pèlerins en provenance de Lourdes et montés en gare de l'Est à Paris. Avant chaque arrêt, les combattants de la Vierge entonnaient, en français ou en latin, les cantiques à la gloire de l'Immaculée Conception, pour saluer ceux d'entre eux qui parvenaient à destination.

Regina caeli, laetare, alleluia !
Ô Vierge de Massabielle !...
Ô Marie !
Ô Mère chérie.
Garde au cœur des Français la foi des anciens jours.

Le couple ne soupçonnait pas qu'une tout autre musique les attendait à l'arrivée.

13

Suivis par une grosse délégation d'ouvriers et de bureaucrates, bannière en tête et vêtus de leur tenue d'apparat, les musiciens de l'Harmonie avaient rejoint la gare au pas cadencé. Ils s'interrompirent en franchissant la porte de la salle d'attente, à peine assez vaste pour admettre les basses et l'hélicon qui fermaient la marche. Les nombreux accompagnants se cachèrent derrière le bâtiment où l'on embarquait les marchandises. En bonne mère, Renée appréhendait la réaction de son fils, souvent imprévisible. Razza et Ferrari la rassurèrent de leur mieux. Lorsque retentit enfin le sifflet de la locomotive annonçant l'arrivée du convoi, tous se turent.

Le train libéra la voie, laissant les vacanciers sur le quai, seuls. Seuls, avec leurs affaires et leurs vélos qu'un cheminot avait descendus du wagon de queue. Après avoir fait un bref salut du bout des doigts sur la visière de sa casquette, l'homme s'était éclipsé. Robert fixa les sacs sur les porte-bagages à l'aide de tendeurs élastiques, en songeant aux mornes journées

Livre 3

qui l'attendaient. Le retour au pays était douloureux.
Il se sentait délaissé, abandonné à un sort injuste.
Malgré le sourire compatissant qu'esquissait Graziella,
l'horizon restait sombre. L'ouvrier licencié jeta un
regard plein de détresse à son épouse, et s'apprêtait à
enjamber sa bicyclette quand, soudain, un roulement
de tambour et trois coups de maillet sur la grosse
caisse résonnèrent à l'intérieur de la gare. Les portes à
deux battants s'ouvrirent pour laisser passer les cuivres
et les bois qui, aussitôt libérés, se mirent en formation et firent entendre les accents joyeux d'une
marche de bienvenue. Du même coup le quai s'emplit
de visages amis, souriants, apparus miraculeusement.
Abasourdis, profondément émus, Robert et Graziella
retinrent leurs larmes. Sous les applaudissements et les
bravos, Renée et Luigi sortirent de la foule pour venir
les embrasser.

— Ils ont réussi ! Ils ont réussi ! répétait la
maman, confirmant ainsi la bonne nouvelle que la
présence du comité d'accueil laissait présager.

Précédant les musiciens, les jeunes gens firent
leur entrée dans la ville bras dessus, bras dessous, et
traversèrent la Cité ouvrière en héros. Sur les trot-
toirs, la population les honorait de sa présence, les
femmes saluaient, les maris acclamaient, les enfants
poursuivaient le cortège en riant. Comme ils arrivaient à hauteur de chez Fred, Pierrette leur demanda
la faveur d'une courte visite.

Le cri

Le vieil ami attendait, assis dans un fauteuil à côté de la TSF que sa femme avait posée sur un guéridon près de la fenêtre.

— Vous voilà enfin revenus ! dit-il, la voix couverte.

— C'était comment la Bretagne ? interrogea Lulu, toujours curieuse. C'est beau là-bas à ce qu'il paraît !

— Très beau, confirma Graziella. Malheureusement le séjour était trop court.

Robert restait silencieux. Il faisait mille efforts pour masquer son inquiétude tant il trouvait Fredo pâle et amaigri, tellement changé en si peu de temps. Sur un ton enjoué et plein d'espoir, il proposa d'emmener le vieux couple découvrir la mer le prochain été.

— Oh ! désormais je ne bougerai plus beaucoup, regretta Fredo.

Le malade tenta de plaisanter pour rassurer ses amis. Son palpitant déraillait. Il s'emballait, ce couillon-là, et quand il était fatigué, il ralentissait de trop. Lui aussi vieillissait, et perdait la tête. Mais le médecin avait dit à Lulu que ça allait s'arranger ; il fallait donc essayer d'y croire.

Dehors, l'Harmonie n'avait pas cessé de jouer, tant en l'honneur de Robert que de leur ancien chef d'orchestre. Ils avaient entonné le fameux *Dag et dag et dag veux-tu ?*

— Sortez vite ! Ils ne vont pas vous lâcher tant que vous ne les aurez pas rejoints.

Fred souligna qu'il ne fallait pas oublier de

Livre 3

remercier Lesage. Inutile de taire à Robert plus longtemps que, contre toute attente, c'était Arthur lui-
même qui avait déclenché le mouvement.

L'arrivée à l'usine eut lieu dans la liesse générale.
Les ateliers se vidèrent pour célébrer la victoire de la
solidarité. Lesage accueillit son protégé à bras ouverts.

— Pressons-nous ! J'ai ordre de te conduire chez
Monsieur le Directeur dès ton arrivée.

— Et moi de vous remercier, rétorqua Robert
en dissimulant mal son émotion.

— Qui te l'a demandé ?

— Fred.

— Il est maboul ou quoi ?

Face à la mine grave du jeune homme, il crut
bon d'ajouter :

— Ne te fais pas de bile pour lui, il s'en sortira.
Il a la couenne dure le citoyen.

Robert aurait aimé partager son optimisme, mais
il fit remarquer que les cimetières étaient remplis de
citoyens qui avaient eux aussi la couenne dure avant
de passer de l'autre côté.

Exagérément affable, multipliant amabilités et
attentions délicates, Monsieur le Directeur fit asseoir
son visiteur dans un des grands fauteuils en cuir, habituellement réservés aux fesses de la plus haute importance. Il s'inquiéta, puis se réjouit d'apprendre que
l'ouvrier Panaud avait passé de bonnes vacances,
brèves, mais bonnes. Amateur de grands discours, il
présenta en bonne et due forme des excuses

Le cri

personnelles et sincères pour les décisions fâcheuses prises à l'encontre d'un employé modèle. Soucieux de réparer une erreur aussi flagrante qu'impardonnable, il avait décidé d'élever au grade d'agent de maîtrise celui-là même qu'il avait si injustement puni la veille. Robert le remercia poliment, mais n'hésita pas une seconde : il préférait refuser une promotion qui, de fait, lui interdisait de participer activement aux mouvements de grèves à venir. Car ça, pensa-t-il, c'était inenvisageable.

Panaud réintégra l'équipe du plancher de coulée dès le lendemain. Jamais il ne mit autant de cœur à l'ouvrage que ce matin-là. Léon Brûlé le félicita d'avoir refusé l'offre du Directeur pour continuer la lutte de la cause ouvrière.

— Tu veux que je te dise, Robert : s'il n'y avait que des hommes comme toi sur la Terre, la vie serait plus belle.

Le jeune homme sourit, et haussa les épaules avec modestie.

Quand la sirène sonna la fin de la journée, il retrouva Graziella au portier, comme à l'accoutumée. Son aimée l'accueillit avec une expression étrange. Sans lui laisser le temps de la questionner, incapable de se taire plus longtemps, la jeune femme lui annonça qu'un bonheur ne venait jamais seul : elle avait un petit Breton dans le ventre. L'émotion fut telle que le futur papa ne put articuler un mot. Muet et radieux, il prit le chemin du retour en serrant tendrement la main de son épouse. Lorsqu'ils

Livre 3

atteignirent le canal, il proclama qu'il trouvait l'eau grise, sale, triste, moins belle que la mer d'émeraude.

— Et moins belle que celle des canaux de Venise, renchérit Graziella en chantonnant : *Qui mire son front dans les eaux.*

L'heureux événement qui se profilait leur donnait des ailes. Robert reprit le chant à son tour, avant d'embrasser amoureusement sa belle. Elle insista : elle avait tellement envie de voir Venise, de visiter l'Italie qu'elle ne connaissait pas, de faire connaissance avec des cousins qu'elle n'avait jamais vus.

— On ira, je te le promets.

— Mais quand ?

L'arrivée précipitée de Lulu ne laissa pas à Robert le temps de répondre. Elle avait couru à leur rencontre aussi vite que ses jambes le lui permettaient.

— Faut venir le voir, dit-elle à bout de souffle. Il est grand temps.

Livre 4

1

Lulu entrouvrit délicatement la porte de la chambre et vit que son Fredo s'était assoupi.

— Je le réveille ou je ne le réveille pas ?

Graziella fut d'avis de laisser le malade se reposer un peu. L'épouse confirma que ses nuits étaient longues et difficiles. Mais il serait si déçu à son réveil d'apprendre que Robert, qu'il aimait comme son fils, était passé et qu'il n'avait pu lui parler... Il ne manquerait pas de lui en faire le reproche. Le mal, plus aigu de jour en jour, d'heure en heure, le minait au point de troubler son caractère. Lui, d'habitude si doux et si accommodant, devenait impatient, irascible, parfois injuste au plus fort de la douleur.

— Je ne sais pas quoi faire... Avez-vous le temps d'attendre ?

— Rien ne nous presse ? demanda Graziella à son mari.

La gorge serrée, Robert fit non de la tête. Lulu les remercia vivement. Depuis que Pierrette avait trouvé un loyer à hauteur de ses modestes ressources,

301

Le cri

elle était un peu perdue. Malgré les visites quotidiennes de la veuve et de ses enfants, elle craignait de se trouver seule pour affronter le malheur qui s'annonçait.

Recouvrant son rôle de maîtresse de maison, Lulu proposa aux jeunes de s'asseoir puis leur offrit du café. Elle sortit deux tasses et la bouteille d'eau-de-vie de prunes au cas où Robert se laisserait tenter par une rincette. Attentive au moindre bruit susceptible de venir de la chambre, elle attendit que le café blanchisse dans la casserole, debout contre la barre du fourneau où séchait le torchon à vaisselle.

— Vous allez le trouver changé, chuchota-t-elle, la voix tremblante. Son mal s'étend à une vitesse...

C'était quand même pas normal, la maladie devait couver depuis longtemps. Elle avait bien remarqué que son homme perdait l'appétit, même pour ses plats préférés comme le sauté de mouton. Chaque fois qu'elle lui en faisait la remarque, il rétorquait qu'en vieillissant, le corps avait moins besoin de nourriture. C'était le bon sens : en prenant de l'âge, on n'a plus la même dépense physique à combler que lorsqu'on est jeune. Mais jamais elle ne l'avait entendu se plaindre de quoi que ce soit qui lui aurait mis la puce à l'oreille.

— Pensez bien que je l'aurais envoyé chez le médecin tout de suite.

Elle servit le café en pleurant. Mais Robert et Graziella n'eurent pas le temps de vider leurs tasses. Une voix sourde et fatiguée leur parvint de l'autre pièce. Fred appelait.

302

Livre 4

— Lulu ! Qui est là ?

— Une surprise, lança-t-elle en essuyant ses larmes avec son tablier.

Elle invita leurs jeunes amis à se rendre tout de suite à son chevet et renonça à les accompagner pour que son pauvre Fredo ne voie pas ses yeux rougis.

Le visage du malade s'éclaira dès qu'il vit entrer ses visiteurs.

— C'est rigolo, je crois bien que je viens de rêver de vous.

— C'est que tu nous sentais pas loin.

Robert tenta de masquer sa tristesse quand il réalisa combien Fred peinait à s'exprimer. Presque hors d'haleine, il dit qu'il aimait bien rêver. C'était la preuve qu'il dormait, et pendant ce temps-là il ne souffrait pas. Malheureusement la douleur ne lui laissait pas beaucoup de répit.

— Si on parlait de choses plus gaies ? Quoi de neuf dehors ?

Robert avait une grande nouvelle, mais il préféra laisser à Graziella la joie de l'annoncer. À la façon dont le jeune homme avait présenté la chose, Fred devina avant même que la future maman ne révèle l'heureux événement. Il était content pour le couple, et pour le petit, assuré d'avoir de bons parents. Son seul regret était de partir avant qu'il ne naisse. Graziella voulut le contredire, mais le malade savait à quoi s'en tenir. Il connaissait la vérité. Son tour était venu, l'heure du départ allait sonner.

— C'est dans l'ordre des choses, dit-il. Il faut

303

Le cri

bien qu'il y en ait qui partent pour que d'autres arrivent.

Soucieux, une fois encore, de ne pas ternir le bonheur des jeunes gens, il admit qu'il racontait des bêtises.

— Des conneries, comme d'habitude, je ne peux pas m'en empêcher. Heureusement que Lulu n'est pas là pour m'entendre, elle m'engueulerait.

En admettant qu'il bénéficie d'un sursis plus long que son état ne le laissait prévoir, il s'inquiéta de savoir si le bébé serait baptisé. La question était complètement inattendue.

— C'est que si je suis toujours là, et si c'est dans vos intentions, faudra pas compter sur moi pour être le parrain.

Il y avait bien longtemps que l'ancien métallo n'avait pas mis les pieds dans une église, et il venait de décider qu'il n'y entrerait plus jamais. Les curés voulaient faire croire à trop de mensonges du haut de leurs chaires, s'imaginant, par trop d'orgueil, dominer le monde.

Certes Fred reconnut l'existence des prêtres qui quelques années plus tôt, dans la Résistance et les camps de prisonniers, avaient touché de près la condition des ouvriers. Conscients du fossé qui les séparait de leur église, à la Libération ils voulurent partager leur vie pour mieux leur enseigner la parole du Christ. Ils participaient à leurs luttes, menaient leur combat pour plus de justice sociale. Mais déjà le Vatican considérait le mouvement des prêtres ouvriers trop

Livre 4

dangereux pour être poursuivi. Les curés restaient les curés pensait Fredo.

— Je ne les ai jamais beaucoup aimés insista-t-il, et maintenant que je souffre c'est pire qu'avant.

Il se souvenait d'avoir entendu l'un d'eux prêcher à l'enterrement de sa belle-mère que la souffrance était un don de Dieu qui permettait d'obtenir la rédemption des fautes et d'abréger le séjour des âmes en Purgatoire. D'ailleurs, au sujet de ses propres obsèques, proches ou lointaines s'empressa-t-il de préciser, il avait une mission à confier à son jeune ami. Robert était prêt à l'entendre, mais l'Ancien allégua qu'ils auraient bien le temps d'en parler plus tard. Ses hésitations convainquirent Graziella que sa présence empêchait les confidences du malade. Sous prétexte de retourner tenir compagnie à Lulu, elle se retira dans la cuisine.

— Elle est intelligente ta femme... Et gentille avec ça.

Après s'être assuré que la porte communicante était bien fermée, il pria Robert de s'asseoir près de lui sur le lit et de tendre l'oreille. Il parlait à voix basse pour ne pas être entendu par son épouse.

— Promets-moi de faire ce que je vais te demander.

— C'est quoi ?

— Promets d'abord, je te dirai après.

Détenant les dernières volontés de son vieil ami, Robert éprouva le besoin de partager le secret du moribond avec Graziella. Sur le trottoir, il arrêta sa

305

Le cri

femme pour lui parler et se libérer ainsi du poids qui l'oppressait depuis qu'il avait quitté la chambre. Il avait eu tant de peine à écouter Fred qui était si lucide, si déterminé à en finir au plus vite. Entre deux rictus de souffrance, il lui avait confié dans un sourire, le regard implorant : « Puisque ça doit arriver, autant en être débarrassé tout de suite », comme s'il s'agissait d'une banale corvée de la vie quotidienne. Seule la présence de Lulu le retenait de faire une bêtise. « Elle ne mérite pas ça », avait-il ajouté, acceptant de souffrir encore un peu de temps pour ne pas l'abandonner sur un geste égoïste et lâche.

— Il sait qu'il est trop tard pour combattre, conclut le jeune homme.

La preuve : évoquant son enterrement, Fred avait souhaité, le temps pressant, que Robert revienne le soir même avec sa clarinette. Il voulait choisir les morceaux qu'il aimerait entendre durant la cérémonie.

— Entendre ?

— C'est ce qu'il a dit.

Robert prit le bras de sa femme et l'entraîna rapidement vers leur maison, continuant à parler pour soulager sa peine.

Graziella prépara son dîner sans entrain. Ils se hâtèrent d'avaler les ailes et le blanc de poulet froid, restes de la veille. Muette durant tout le repas pour respecter le silence de son mari, mais intimement persuadée que Robert ne lui avait pas tout raconté, Graziella attendit que le repas soit terminé pour le questionner.

Livre 4

— Il ne t'a pas seulement parlé de musique ?
— Non.
— Tu ne veux pas me dire ?
Robert s'anima brusquement :
— Si. L'idée d'aller voir le bon Dieu l'emmerde. Il prévoit que ça va mal se passer, il a tant de choses à lui reprocher.

Robert expliqua que lui aussi en voulait au bon Dieu. Il se demandait quel plaisir Il prenait depuis son trône quand Il faisait payer comptant les rares bonheurs qui se présentaient aux plus humbles de Ses créatures. Pauvres pécheurs, marqués en naissant de la tache originelle, avait-il appris au catéchisme, contraints de se plier à la loi divine leur vie entière et de faire pénitence pour sauver leur âme ! Robert parlait sans discontinuer. Il était si heureux à l'idée d'être papa, il aurait tant voulu ce soir-là partager simplement cet immense bonheur avec sa femme qui lui donnait la plus belle preuve de son amour.

— Satané Dieu ! jura-t-il.
— Ne blasphème pas, Robert !

Croyante et héritière des superstitions de sa mère calabraise, Graziella craignait les retours de bâton descendus du Ciel. Elle caressa doucement le visage de son homme, impuissante face à l'intensité de sa douleur.

À la nuit tombée, la jeune femme accompagna son mari chez Fred. Il pénétra seul dans la chambre, tandis qu'elle demeurait dans la cuisine avec Pierrette qui venait aux nouvelles matin et soir depuis que l'état

307

Le cri

du malade avait empiré. Debout de part et d'autre de Lulu, les deux femmes écoutèrent les morceaux que la clarinette proposait au mourant. Dans l'autre pièce, le vieux chef de l'Harmonie écoutait attentivement.

— Celui-ci est triste, dit-il d'une voix presque éteinte en entendant *Hommage*. Triste et solennel, je n'en mérite pas autant. En plus il va faire pleurer tout le monde. Trouve-m'en un plus gai, qui ne soit pas trop militaire, ça vous obligerait à me suivre au pas cadencé.

Robert fit d'autres tentatives, aussitôt arrêtées par la main tremblante du moribond. Rien ne semblait lui convenir. Le clarinettiste eut alors l'idée de jouer la première partition qu'il avait déchiffrée sous la conduite de son vieux chef. Une mélodie entraînante intitulée *Tous métallos*, écrite à la gloire des hommes du feu.

— Ah ! celui-là n'est pas mal... Vas-y... jusqu'au bout.

Robert mit tout son cœur pour interpréter l'air choisi sans jamais quitter Fred des yeux. Il le vit s'éteindre doucement, un faible sourire aux lèvres. Dans la cuisine, Lulu se crispa quand la clarinette se tut au beau milieu d'une phrase musicale.

Le temps sembla suspendre son cours avant que les femmes ne voient s'ouvrir la porte de la chambre. Robert apparut, le visage baissé pour dissimuler ses larmes.

— C'est fini, dit-il dans un souffle.

Livre 4

Lulu prit une longue inspiration, puis elle entra se recueillir devant son compagnon.

— Mon pauvre bonhomme.

Se signant à trois reprises, elle ânonna, en son nom, l'offrande du défunt.

— *Jésus, Marie, Joseph, il vous donne son âme, son cœur, son esprit et sa vie. Faites qu'il arrive au ciel en paix dans votre sainte compagnie.*

— *Amen,* firent Pierrette et Graziella en se signant à leur tour.

Robert était resté dans la cuisine en proie à son chagrin. Il revint dans la chambre à l'appel discret de Lulu. Elle voulait savoir s'il avait vu partir son Fred.

— Oui... Oui et non, ça a été si vite.

— Pourquoi n'es-tu pas venue me chercher ? J'aurais tellement voulu être là pour lui dire au revoir.

Son mensonge ne trompa personne quand, libérée du poids de la peur, elle devint soudainement bavarde et raconta qu'en quarante-sept ans de mariage elle voyait le visage de Fred détendu pour la première fois. Son homme s'était fait du mouron toute sa vie, pas seulement pour les proches, mais aussi pour les autres, tous les autres, les lointains, les inconnus. Il craignait tant que les gens soient malheureux à quelque endroit de la Terre.

— Il aurait tout donné pour aider les miséreux. Ses sous, sa chemise, sa santé à ceux qui en manquaient. C'était pas un cœur qui battait dans sa poitrine, c'était... immense.

Le Seigneur avait ordonné qu'il quittât ce monde ; Lulu espérait qu'Il se souviendrait, à l'heure

Le cri

du jugement, combien son défunt mari avait été charitable. Elle récita le *De profundis clamavi ad te Domine, Domine exaudi vocem meam.*

— *Du fond de l'abîme, je crie vers toi, Seigneur. Seigneur, écoute mon appel. Que tes oreilles soient attentives au cri de ma supplication.*

Des cris, pensa Robert, Fredo en avait poussé toute sa vie, mais jamais il ne les destinait aux sourds qui peuplaient le Ciel.

Pierrette attira discrètement le jeune homme vers la porte de la cuisine. Elle voulait savoir si Fred lui avait confié quelque chose avant de les quitter.

— Il m'a répété trois fois qu'il ne voulait pas passer par l'église. Par trois fois, il m'a fait jurer que je ferais respecter sa volonté. Il craignait que Lulu ne finisse par flancher et qu'au dernier moment, elle ne cède au prêtre.

— C'est bien possible, fit Pierrette.

Ils avaient échangé leurs mots à voix basse, mais Lulu avait l'ouïe fine malgré son âge.

— On ne va quand même pas l'enterrer comme un chien ! lança-t-elle avec désarroi.

2

Trois jours plus tard, voisins, voisines et amis du défunt, tous vêtus de noir, suivirent à bicyclette le fourgon mortuaire sur les berges du canal. Robert avait pris place près du chauffeur ; Lulu, Pierrette et Graziella occupaient la banquette arrière réservée aux membres de la famille, près du cercueil. La veuve avait cédé, Fred n'entrerait pas à l'église. Pour obtenir le pardon de son péché d'orgueil, elle supplia tout au long du chemin le Dieu de bonté et de miséricorde d'avoir pitié de son homme. Elle l'assura qu'au fond de son âme Fredo était croyant et bon chrétien. S'il refusait les rites sacrés de la Sainte Église, c'était dans le dessein d'appeler Dieu au secours des vivants et de montrer du doigt les trop grandes injustices régnant dans cette vallée de larmes.

— *Accordez-lui les délices du repos et la splendeur de l'éternelle lumière. Par Jésus-Christ notre Seigneur, qui vit et règne dans l'unité du Saint Esprit, pour les siècles des siècles. Amen.*

Un léger vent frisait l'eau du canal dans laquelle

Le cri

miroitaient les arbres jaunissants, annonçant l'arrivée de l'automne.

Le convoi funèbre fit une première halte devant le portier de l'usine. Robert descendit parlementer avec le surveillant afin d'obtenir le droit de pénétrer à l'intérieur. Il se heurta à un refus. Le gardien exigeait un laissez-passer signé de la main du Directeur ou de l'un de ses adjoints.

— Puisque je te dis que c'est Fred, bon Dieu ! s'emporta Robert. Tu l'as vu passer mille fois la barrière. On est là pour respecter ses dernières volontés.

— Il n'avait qu'à les envoyer à la Direction pour avis favorable.

— T'es encore plus con que je ne l'imaginais.

Blessé dans son amour-propre, Ernest C. arracha le téléphone des mains de Robert qui s'en était saisi sans lui avoir demandé la permission.

— Tu veux appeler qui ?

— Le Directeur.

— Négatif ! Il faut passer par la voie hiérarchique.

Fou de rage, Robert sortit de l'aubette, fit couper le moteur du fourgon et demanda à tout le monde de patienter.

— On n'a pas de veine, on est tombé sur le plus bête, et Dieu sait pourtant que les autres ne sont pas malins. Ce couillon ameute toute la boutique.

— Si c'est pas possible, on n'a qu'à s'en aller, proposa Lulu qui n'attendait que ça.

Livre 4

— Pas question ! s'entêta Robert. Il faut qu'il nous ouvre.

Pendant ce temps, Ernest avait alerté Monsieur le Chef de bureau et lui avait décrit la situation embarrassante à laquelle il se trouvait confronté. En vertu de la stricte application du règlement, il ne pouvait prendre l'initiative de satisfaire cette demande inhabituelle. Trois minutes plus tard, il s'avançait, casquette à la main, pour accueillir la Citroën traction-avant de son grand Patron. Lesage descendit et, sans chercher plus d'explication auprès du gardien, s'en fut à grands pas présenter ses condoléances à la veuve.

— Merci, Arthur, fit timidement Lulu qui le savait réconcilié avec son mari.

Puis il entraîna Robert à l'arrière du fourgon.

— Qu'est-ce que tu as encore inventé ?

Robert expliqua qu'il était là pour exécuter une volonté de Fred. L'ancien métallo avait passé les trois quarts de sa vie dans l'usine, il la considérait comme sa vraie maison au point d'avoir rêvé mourir sur le plancher de coulée. Il sollicitait seulement la faveur de passer en coup de vent dire adieu à son fourneau.

— C'est sa dernière requête, enfin pas tout à fait, ajouta le jeune homme.

— Quelle autre ?

— J'ai ordre de ne la présenter qu'à Monsieur le Directeur.

— Patiente cinq minutes, j'informe le Château.

313

Le cri

Arthur reprit le volant, profondément ému par la supplique de son ami d'enfance.

Très étonné, Monsieur le Directeur voulut s'assurer qu'accorder le permis de libre circulation à l'étrange convoi ne présentait aucun risque. Il craignait que les ouvriers ne quittent leur ouvrage pour suivre le cortège.

— Ce ne serait pas nouveau de les voir défiler derrière un cercueil. C'était quand la dernière fois ?

— Il y a trois mois, monsieur.

— Rappelez-moi ce qu'ils enterraient ?

— Le bâtiment des vieilles presses, le jour où vous avez décidé de le fermer.

— C'est cela, oui, oui, oui, oui... Donc, à votre avis, Lesage, nous pouvons accéder à leur demande.

Rusé, Arthur lui laissa entendre qu'il y avait là une occasion rêvée de s'attirer les grâces du personnel au moindre coût.

Convaincu, le Directeur regretta en son for intérieur de ne pas avoir eu lui-même cette lumineuse idée, et s'empressa de joindre Panaud au téléphone de la guérite.

— Mon Dieu ! Tant de démarches et tous ces gens qu'on dérange, murmura Lulu en voyant Robert repartir chez le gardien.

Pierrette lui proposa de prendre l'air et de dégourdir ses jambes qui fourmillaient fréquemment lorsqu'elle restait trop longtemps assise.

Soutenue par ses deux compagnes, la veuve sortit

Livre 4

de l'auto et s'en alla remercier les amis qui avaient suivi le convoi et faisaient preuve d'une grande patience, debout près de leurs bicyclettes.

Robert négociait en termes choisis pour montrer qu'un ouvrier pouvait avoir de l'élégance et posséder du vocabulaire. C'était encore une leçon apprise de la bouche du vieux professeur qu'il tenta d'imiter puisqu'il parlait en son nom.

— Je ne sais pas si son courrier vous est parvenu, monsieur le Directeur, mais Fred était offensé de n'avoir jamais obtenu de réponses aux nombreuses demandes de rendez-vous qu'il vous a faites par écrit depuis qu'il est parti à la retraite. Avant de mourir, et considérant qu'il n'est jamais trop tard pour bien faire, il m'a chargé de l'accompagner aujourd'hui à l'usine pour vous présenter une requête qui lui tenait à cœur.

Le Directeur se dit que la conversation prenait un tour amusant, la situation devenait cocasse ; il obstrua le combiné et s'inquiéta de savoir s'il avait affaire à des gens normaux.

— Tout ce qu'il y a de plus normaux, monsieur, confirma Lesage.

— Ah ! s'étonna-t-il.

Il fit signe à Arthur de prendre l'écouteur. Puis, retirant la main qu'il avait posée sur le micro du téléphone, il pria Robert de poursuivre et d'en arriver au fait.

— J'y viens, monsieur le Directeur.

Le souhait de Fred était de voir installer au

Le cri

portier un tableau indiquant le nombre de jours sans accidents, corrigé chaque fois qu'il s'en produirait un nouveau. Ayant vu tant de blessés et de morts durant les cinquante années qu'il avait passées au feu, il estimait que c'était un devoir de rappeler tous les jours aux cadres et aux ouvriers que métallo était un métier à hauts risques. Une nouvelle fois le Directeur réclama une courte pause.

— Combien avons-nous eu d'accidents mortels cette année ?

— Deux.

— Un de moins que l'année dernière. Nous progressons, Lesage, nous progressons.

— Un seul, c'est encore trop, monsieur.

La remarque ternit la satisfaction que le Directeur avait affichée à l'annonce du chiffre. Il reprit l'écoute pour connaître les derniers désirs du défunt. L'Ancien souhaitait voir ériger, près du monument aux victimes des deux guerres, une stèle sur laquelle seraient gravés les noms des ouvriers tombés au champ d'honneur du travail. Lesage confia qu'il l'avait lui-même envisagé.

— Et pour conclure, vous demandez l'autorisation de défiler dans l'usine.

Robert lui fit remarquer que sa formulation n'était pas la bonne.

— Vous avez raison, Panaud, défiler n'est pas le mot juste. Disons *processionner*, même si le terme ne figure pas dans le dictionnaire.

316

Livre 4

Fier d'avoir su intercéder auprès de la plus Haute Autorité, Robert comprit néanmoins qu'on ne pouvait autoriser les personnes étrangères à l'usine d'y pénétrer pour des raisons de sécurité. Il offrit un siège à Lulu pour lui éviter une trop longue station debout. Lorsque l'ordre lui fut confirmé par la voix de son Chef, Ernest C. ouvrit ses portes au corbillard. Seul Robert avait pris place près du chauffeur.

Le fourgon avança lentement dans les rues enfumées de l'usine. Les ouvriers qui l'aperçurent les premiers firent signe aux copains ; tous sortirent des ateliers pour dire un dernier adieu à l'Ancien. Ceux qui l'avaient côtoyé au boulot l'applaudirent pour le remercier d'avoir été de tous les combats et pour toutes les victoires qui avaient amélioré leur existence.

La cérémonie devait avoir lieu au milieu de la matinée pour correspondre à une heure de coulée. Lesage, sorti du Château, attendait au pied du haut fourneau. Il se joignit à Robert et à quelques membres de l'Harmonie. C'est à pied qu'ils grimpèrent la rampe, comme on monte la nef d'une église, derrière quatre ouvriers qui avaient sorti le cercueil de la camionnette et le portaient dans l'avant-chœur.

— Les gars !

Léon Brûlé commanda aux compagnons présents sur le plancher de poser leurs outils, de relever leurs lunettes de protection et de se découvrir.

— Trois, quatre, fit-il aux trompettes, cornets, basses et trombones choisis pour interpréter *Tous Métallos*.

Les flammes dansaient dans les pavillons des

317

Le cri

cuivres et sur le sapin verni de la bière. La fumée montait comme un nuage d'encens et emplissait la voûte de la cathédrale de fer. Robert pleura, Lesage aussi, mais dans son cœur.

À la fin de cette messe singulière, le fourgon récupéra la veuve et le groupe des suiveurs au portier, puis s'engagea sur la route du cimetière situé à l'opposé de la ville. Les musiciens qui lui avaient fait escorte interrompirent un à un leur partition, sans attendre de finir le morceau ni même de conclure harmonieusement une phrase musicale. Il est vrai qu'il leur manquait la baguette d'un chef. Les instruments calés sous le bras, ils retournèrent au boulot quand le mort disparut à l'autre bout du pont qui enjambait le canal. Seul Arthur resta planté de longues minutes devant sa traction-avant, la tête encombrée de souvenirs et de questions. Une lueur subite étincela dans ses yeux bleus. Sans plus attendre, il se précipita au volant et démarra en trombe livrer son rapport au château.

— Alors ? s'enquit le Directeur.
— Tout s'est très bien déroulé. Le mort a été docile, et ses accompagnateurs aussi.
— Parfait.
— Il ne manquait que vous pour donner un caractère officiel à la cérémonie.
— Vous plaisantez, Lesage.
— Pas vraiment, monsieur.

Son supérieur semblait stupéfait. C'était bien la première fois qu'Arthur se montrait arrogant. De

Livre 4

plus, il avait gardé ses gants et son chapeau sur la tête. Depuis qu'il était entré, il avait une attitude hostile, totalement contraire au respect des usages. Avant de s'effacer en le toisant d'un air hautain, il informa le Grand Patron de son désir de partir à la retraite dans les plus brefs délais.

— Comment cela ? Quelle retraite ?

Depuis trente-cinq ans, le cadre modèle conduisait la marche du secteur administratif en obtenant les meilleurs résultats. Son départ était inenvisageable, il porterait d'énormes préjudices à l'entreprise.

— Quelle mouche vous pique, Lesage ?

— J'ai atteint l'âge où les forces déclinent. Depuis peu ma charge m'effraie, monsieur le Directeur.

Un homme de sa trempe n'avait pas le droit de fuir les responsabilités.

— Lorsqu'on est cadre ou patron, seules la perte des facultés mentales ou la mort nous autorisent à prendre du repos !

— Je ne suis plus de cet avis, monsieur, répondit froidement Arthur.

Il prit congé avant même d'en avoir reçu l'ordre et négligea de refermer la porte derrière lui pour montrer à son employeur qu'il se conduisait déjà en homme libre.

Il n'était pas midi quand il revint à son bureau. Il s'assit quelques secondes, promena son regard sur ce lieu où il avait exercé le pouvoir, imposé les tâches à ses subalternes. Il leur avait souvent mené la vie dure,

319

Le cri

les avait parfois sanctionnés. À cet instant, il le regretta amèrement. Récupérant son stylo à plume d'or, la photo de sa fille et son cahier rouge, il se leva au moment où sa secrétaire entrait.

— Au revoir, Violette.

Elle semblait complètement déroutée. Il y avait dans ce départ précipité quelque chose d'anormal.

— Je fais quoi, monsieur, pour les circulaires ?

— Jetez-les à la poubelle !

Ses collègues bureaucrates s'étonnèrent autant qu'elle quand Arthur réclama le silence, la main posée amicalement sur l'épaule de Paloteau. Il proposa à ceux qui souhaitaient accepter son invitation de prévoir une rentrée tardive à la maison.

— Je paie le coup !

Il lui fallait l'après-midi pour faire des achats et préparer lui-même son pot d'adieu. À midi quinze, il avait déserté l'usine, soulagé d'avoir osé tourner la page et de s'être décidé à prendre un peu de bon temps avant d'aller rejoindre Fredo. Pour lui rendre un dernier hommage, il fit un détour par le cimetière, et sur sa tombe fraîchement recouverte, il le remercia de lui avoir ouvert les yeux en chantant à mi-voix :

Dag et Dag et Dag veux-tu ?
Souffler dans ma trompette.
Dag et Dag et Dag veux-tu ?
Souffler dans le trou de mon cul !

3

Comme il l'avait prédit, Fred avait quitté ce monde quand Pierre naquit à l'Hôtel-Dieu le mercredi 31 mai 1954 à quatre heures trente-cinq du matin. Tous ceux qui l'avaient précédé dans la dynastie Panaud avaient vu le jour dans leur maison, souvent avec l'aide d'une sage-femme ou d'une aïeule.

Robert avait patienté toute la nuit en compagnie de M. Nobilet qui, toujours en soins pour ses brûlures, continuait de hanter les couloirs de l'hôpital, jour et nuit, un drap jeté sur l'épaule. Ce fut lui, Socrate, qui secoua Robert assoupi aux premiers vagissements du nouveau-né.

Quand il fut autorisé à pénétrer dans la chambre, l'heureux père admira longuement le petit prodige qu'il avait conçu.

— Quand je pense qu'il deviendra un homme. Un grand homme, ajouta-t-il, lui prédisant un destin exceptionnel.

Graziella n'était pas pressée de voir son bébé grandir. Elle voulait savourer chaque période de son

Le cri

enfance avec ses yeux et son cœur de mère, surprendre son premier sourire, entendre ses premiers mots, accompagner ses premiers pas. Le voir changer de jour en jour, le protéger, assister à ses découvertes, partager ses émerveillements, guider ses choix. Penché sur le berceau, le père obstiné continuait de brûler les étapes.

— Je ne sais pas ce que tu feras plus tard. Si tu marches bien à l'école, on se débrouillera pour te payer des études. Aussi longtemps que tu pourras suivre, mon Pierrot.

La maman se rebella. Il n'était pas question que l'on surnommât son garçon « Pierrot ». Pierre était un si beau prénom, pourquoi le déformer ? À nouveau, Robert fit la sourde oreille :

— Tu seras ingénieur, Pierrot, avocat ou médecin. Le premier des Panaud à ne pas pointer à l'usine.

Graziella accueillit les contradictions de son mari avec une satisfaction mêlée d'ironie. Robert oubliait de rester fidèle à ses origines ouvrières maintenant qu'il s'agissait d'envisager l'avenir de son fils. Elle se garda bien de dire sa pensée, se contentant de lui faire remarquer que ça n'était pas aux parents de choisir le métier des enfants.

— Évidemment, on le laissera libre de faire ce qu'il veut, approuva le père, attendri.

Robert attendit que sonnât l'Angélus pour quitter l'hôpital. Il courut prévenir les grands-parents. D'abord les Italiens, plus proches sur son chemin. Par

Livre 4

le jeu des rotations hebdomadaires, inscrit sur la liste de l'équipe du matin, Luigi était déjà en route pour l'usine. Monica, une houe en main, décroûtait la terre dans les haricots nains de Farcy qui commençaient à marquer le rang. Elle les avait semés le 23 du mois, après le passage des Saints de glace, ou des Saints au sang de navet, selon les diverses appellations des manuels de jardiniers. Chaque printemps, Monica restait fidèle aux deux dictons : « Gare, s'il gèle à la Sainte Estelle » et « Plantés à la Saint-Didier, les haricots rempliront le panier ».

Surpris de trouver la maison vide, Robert eut tout à coup l'idée d'ouvrir la porte donnant sur le jardin. Le gendre n'en revint pas de trouver sa belle-mère si tôt à l'ouvrage.

— Monica ! Monica !

Découvrant le large sourire de son gendre, elle comprit qu'il apportait une bonne nouvelle.

— Vous êtes grand-mère d'un petit garçon.

— Oh !... Quel bonheur !

Joignant les mains et levant les yeux, elle remercia le Ciel qui l'avait entendue et la comblait de ses bienfaits.

— *Dio grazie ! Dio grazie !*

Puis, prenant garde à ne pas écraser les jeunes pousses, elle fondit sur Robert pour le couvrir de baisers. Elle demanda avec inquiétude comment allait sa fille. Le jeune homme la rassura.

— Parfaitement bien.

— Elle n'a pas trop souffert ?

— Elle vous racontera mieux que moi.

Le cri

Déjà Robert avait rejoint la sente qui menait à la rue en contournant les autres jardins. Monica voulut connaître le poids du nouveau-né. Le papa n'en avait aucune idée.

— A-t-il des cheveux ?

— Oui et même de la barbe, cria-t-il du plus loin que sa belle-mère puisse l'entendre.

— *Disgraciato !* fit Monica, un sourire aux lèvres.

Elle abandonna son outil et courut partager son bonheur avec une voisine de l'Italie du Nord, déjà trois fois grand-mère.

Sa vie durant, Renée ne changea rien à ses habitudes, le dernier mercredi du mois était jour de grande lessive. Elle descendit quatre à quatre l'escalier les bras chargés de draps quand, par la fenêtre ouverte pour aérer la chambre, elle reconnut le pas pressé de son fils dans la rue.

— C'est un gars ! dit-il en poussant la porte.

— Merci mon Dieu ! Mais de quel bord il est ?

— Du nôtre, je crois bien.

— Oh ! tant mieux !

Lâchant les draps qui tombèrent à ses pieds, elle voulut étreindre son grand qui s'échappa avant qu'elle n'ait pu l'attraper. La pauvre mère en avait l'habitude.

— Raconte-moi tout de même ! supplia-t-elle.

— Pas le temps ! Pas le temps !

Robert passa en coup de vent chez lui pour endosser un bleu et repartit vers l'usine sans prendre le temps d'avaler un petit déjeuner. Léon Brûlé et ses matelots, croisés au bas de la rampe, furent les

Livre 4

premiers informés. Le père s'était souvenu du poids de son garçon, et racontait à qui voulait l'entendre qu'un gros costaud de quatre kilos et des poussières était arrivé au soleil levant. Selon la croyance populaire, c'était là un excellent présage. Le solide gaillard ferait un bon métallo, commenta Léon. Tous rirent aux éclats lorsque Robert déclara le plus sérieusement du monde que son fils nourrissait d'autres ambitions.

— Comment tu le sais ?

— Il me l'a dit, lança Robert avec un clin d'œil, avant de contourner les tuyères en courant, sans se soucier du danger et des sanctions liées au non-respect des consignes élémentaires de sécurité. Dans la minute, la voûte du plancher de coulée vibra des cris de Luigi. Apprenant à son tour la bonne nouvelle, il répéta les bras levés.

— Un mâle ! C'est un mâle !

Son gendre était décidément un homme extraordinaire, il réussissait tout ce qu'il entreprenait.

Pour lui porter chance, le papa arrosa la venue du dernier des Panaud, en petit comité dans le bureau syndical. Il se promit d'élargir la fête à ses collègues du fourneau quand la maman serait sur pied. Luigi donnait du « Pierrot » en veux-tu en voilà. Robert le mit en garde, Graziella refusait qu'on emploie devant elle le diminutif d'un « si beau prénom ».

— C'est affectueux, « Pierrot », souligna Ferrari.

— Elle trouve peut-être que ça fait prolo.

Robert cloua le bec à Paloteau qui avait osé faire cette hypothèse ; sa femme n'était pas du genre à renier ses origines. Pour mettre un terme à l'incident

325

Le cri

et ramener la bonne humeur, chacun chercha des raisons plus acceptables.

— Elle a peut-être peur qu'on l'appelle « Pierrot les bretelles ».

— Ou « Pierrot la belle lune ».

— Oui, quelque chose comme ça.

Ils levèrent leurs verres à la santé de Pierre Ier. Selon Robert, aucun autre Panaud ne portait ce prénom.

À la fin de la journée, il retarda le moment de retourner à l'hôpital pour aider Ferrari et Paloteau à distribuer de nouveaux tracts au portier. Depuis peu, les délégués avaient pris l'habitude de bloquer la sortie à trois, pour être certains de ne manquer personne. Ils se relayèrent aussi pour livrer verbalement les informations récentes qui confirmaient la volonté de l'ensemble du patronat de la Sidérurgie de poursuivre sa campagne de productivité.

— Partout en France, on augmente les cadences, constata Ferrari, et on déclasse ceux qui ne s'adaptent pas au rythme des machines nouvelles.

Cette remarque avait été faite, mot pour mot, par l'arrière-grand-père Jules lorsqu'il présidait les réunions d'ouvriers contestataires le samedi soir dans les cafés. Le matériel se modernisait, les « mécaniques » devenaient plus performantes, cependant sur le fond, rien ne bougeait, rien n'avançait. À la suite de Ferrari, Paloteau annonça que les salaires n'avaient pas été revalorisés depuis trois ans et qu'ils variaient toujours selon les différentes régions où on pratiquait

Livre 4

les métiers de la Métallurgie. À qualification égale, rappela Robert, un ouvrier lorrain gagnait 16 % de moins qu'un Parisien.

— Nous réclamons la même paye pour tous ! clama-t-il distinctement.

Il rapporta un tract à l'hôpital et, pendant que Graziella en prenait connaissance, il insista sur le fait que les veinards de Parisiens venaient de décrocher une convention collective.

— Chut ! Pas besoin de m'expliquer, je sais lire.

Pierre dormait du sommeil profond des nourrissons repus. Le papa baissa la voix pour préciser ce qu'on n'avait pas pu écrire sur la feuille par manque de place : ladite convention assurait une prime de vacances d'un demi-mois de salaire, le paiement de trois jours fériés dans l'année et une indemnité de licenciement de cinquante heures tous les dix ans. Machinalement il avait repris son ton de harangueur pour clore son discours et provoqua les pleurs du bébé.

— J'en étais sûre, soupira la jeune mère.

Robert se confondit en excuses.

— Qu'est-ce que je fais maintenant, il reste plus d'une heure avant l'autre tétée !

— Je vais lui parler de son avenir.

Robert était si heureux qu'il en perdait la raison. Admettant qu'il était peut-être un peu trop tôt pour le faire, il affirma cependant qu'il transmettrait à son rejeton tout ce que la vie lui avait appris.

327

Le cri

— Pour t'éviter certaines désillusions que j'ai connues, susurra-t-il au-dessus du berceau.

Apaisé, Pierre s'était rendormi, un épi rebelle dressé sur sa petite tête.

Pour être agréable à la très catholique grand-mère italienne, Robert accepta que l'on baptise son fils, se disant que Graziella et lui avaient quelques années devant eux pour décider de lui donner ou non une éducation religieuse. Pendant la cérémonie, il ne put s'empêcher de penser à Fredo quand il vit l'officiant souffler sur le front du futur chrétien pour effacer la tache originelle :

— *Sors de lui esprit impur, retourne dans les flammes de ton enfer, et cède la place à l'Esprit Saint consolateur.*

Ces paroles lui parurent dater d'un temps revolu, où la masse des chrétiens vivait la religion avec la foi du charbonnier, et ne prenait pas garde aux méfaits de l'*opium.*

4

Tous les parents du monde se plaignent que leurs enfants deviennent grands avant qu'ils aient pu profiter de leur petite enfance. Graziella et Robert Panaud subirent la règle commune. Cependant, mince victoire sur le temps qui passe, ils gardèrent en mémoire chaque instant des premières années de leur rejeton. Ils les évoquaient souvent le soir avant de dormir, riant ou se chamaillant parce que l'un ou l'autre avait l'art de se donner le beau rôle dans les anecdotes qu'ils racontaient. Et, presque invariablement, la mère concluait ces souvenirs en adressant à son mari le même reproche :

— Oh oui ! Par ta faute, je m'étais encore inquiétée.

Ainsi, un soir d'hiver, le jeune papa enthousiaste sortit les pincettes qu'il avait mises à rougir dans le foyer de la cuisinière à charbon, et les passa sous le nez de son fiston assis dans sa chaise de bébé. Alors que Robert s'amusait de voir son gamin écarter les narines, Graziella, horrifiée, avait poussé un cri déchirant :

Le cri

— Tu es fou ! Qu'est-ce qui te prend ?

— Je l'habitue à l'odeur.

— Range-moi ça, c'est trop dangereux !

Haussant les épaules, il avait éloigné les pincettes dont le fer virait au bleu foncé, et les avait plongées dans l'eau pour montrer au bambin la vapeur qui s'élevait au-dessus de la bassine posée sur l'évier. L'atavisme reprenait ses droits ; il avait oublié qu'il souhaitait pour son héritier des fonctions plus brillantes que celles occupées par ses ancêtres.

Pierre eut une enfance heureuse, d'autant plus heureuse que sa mère avait quitté son travail pour mieux l'éduquer. « Pour un temps », avait-elle dit sans plus de précision. Son engagement dura plus qu'elle ne l'avait imaginé. Chaque fois qu'elle envisageait de réintégrer l'usine, elle écoutait le cœur serré une petite voix qui l'implorait de remettre son projet au mois suivant. Elle continuait à faire preuve d'ingéniosité pour réussir à vivre décemment avec le seul salaire du chef de famille. Le plus important était que Pierre ne manque de rien, les parents pouvaient se priver pour le bonheur de leur enfant. Les années défilèrent. Toujours, Graziella se disait que sa présence à la maison était indispensable. N'avait-elle pas entendu les voisines italiennes affirmer qu'un fils ne pouvait se passer de la vigilance maternelle avant des lunes ? Un garçon ne devenait un homme accompli qu'après avoir fait son service militaire.

Si Graziella couvait son petit, Robert s'obstinait

Livre 4

à le rendre, selon ses convictions, « conscient et responsable ».

— Tu te souviens en 58, la manif contre la guerre d'Algérie ?

— Si je m'en souviens...

Une fois de plus, la mère avait tremblé. Ils avaient rejoint la gare depuis la Cité en marchant sur la voie ferrée. En tête de la manifestation, Robert lançait des mots d'ordre dans un porte-voix, aussitôt repris par Pierrot juché sur ses épaules et l'ensemble des manifestants qui suivaient.

— *Non à l'action militaire d'Algérie !*

En 1936, au même âge, une casquette vissée sur la tête, Robert avait crié d'autres slogans, chanté avec plaisir *l'Internationale* sur les épaules du père.

— Encore papa !

— *Non à l'envoi du contingent en Algérie !*

Encadrés par la gendarmerie, de jeunes appelés attendaient sur le quai.

— *Soldats, retournez chez vous !*

À l'arrivée du train, les contestataires s'étaient assis sur les rails. Graziella avait invoqué le bon Dieu pour que la locomotive s'arrête à temps. Un groupe de C.R.S. escortait le train jusqu'à son terminus à Marseille. La première escouade était descendue du wagon de tête, s'était mise en position et avait jeté des bombes lacrymogènes.

Toussant et suffoquant, les yeux rouges et pleins de larmes, mais furieux de ne pas rester avec son père et quelques audacieux qui s'entêtaient à retarder le

Le cri

départ du convoi, l'apprenti manifestant avait dû battre en retraite dans les bras de sa mère.

— Moi aussi je veux rester !

Graziella demeurait ferme.

— Si ! je veux rester ! répétait-il en se débattant, aussi têtu que l'avait été le gamin Robert réclamant de passer la nuit avec les grévistes du Front populaire.

De retour chez eux, Graziella s'était empressée de savonner son fils de la tête aux pieds, l'avait frotté vigoureusement, changé, et lui avait fait manger une tartine beurrée trempée dans du chocolat chaud. Dans la maison de la Cité ouvrière qu'on avait octroyée au couple à la naissance du petit, habituellement, Pierre prenait son quatre heures en racontant ce qui lui passait par la tête au nègre hilare peint sur la boîte : « *Y' a bon Banania* ». Ce jour-là il lui narra dans le détail sa première mission de combattant pour la liberté des peuples à disposer d'eux-mêmes, reprenant les slogans, imitant le sifflet strident de la locomotive et le fracas des tirs des fusils lance patates.

— *Ouvriers français, ouvriers algériens, main dans la main !* scandait sa petite voix.

Le soir, Graziella avait reproché à son mari de ne pas avoir été raisonnable. Leur garçon n'irait plus aux manifs.

— Si, j'irai ! cria Pierre depuis sa chambre.

— Tu n'as pas eu peur ? demanda le père.

— Non, j'ai pas eu peur !

Il n'y avait donc aucune raison de l'en priver. Les années suivantes, Pierre honora de sa présence toutes

Livre 4

les manifestations qui n'avaient pas lieu les jours d'école.

Arriva Mai 1968. Pierre avait quatorze ans et un passé de militant derrière lui. Partout dans le pays se tenaient des rassemblements où les ouvriers exprimaient leur inquiétude face au chômage et à la baisse du niveau de vie. Partout aussi, on organisait des rencontres entre les travailleurs et les étudiants qui avaient ouvert la voie à la contestation. Au cours du mois de toutes les rébellions, un élève de l'École des Mines descendit de Paris pour rencontrer Ferrari, Robert et Paloteau. Les délégués syndicaux avaient organisé un meeting avec les employés sur l'aire de stockage de l'usine, lieu de tous les débats. Le jeune homme frêle se présenta aux hommes du feu, debout sur les « blooms » d'acier.

— Je m'appelle Antoine Le Razavet. Je suis mandaté par les camarades de mon École pour vous annoncer les raisons qui nous font adhérer au mouvement de la contestation nationale.

Il se lança dans un discours que les vieux briscards, habitués aux mots simples et directs, jugèrent trop alambiqué. Mais, surpris par la sincérité de l'orateur, ils l'écoutèrent dans un silence quasi religieux.

— Nous ne voulons pas d'un enseignement dispensé dans le but de fabriquer une main-d'œuvre spécialisée, sans culture et sans moyens d'y accéder.

Les étudiants des Facultés et des grandes Écoles refusaient une formation qui visait à maintenir un

Le cri

ordre qu'il fallait à tout prix renverser pour assurer à l'ensemble des citoyens plus de justice et de bien-être.

— Non à une société dirigée par une classe qui se sert de la masse des ouvriers et des étudiants comme d'un marché à exploiter pour en tirer le maximum de profit !

Pressentant que l'Antoine avait besoin de reprendre son souffle, Pierre applaudit à tout rompre, suivi par la majorité des rangs de métallos. Plus méfiants, certains anciens hésitaient.

— Tu tiendras le même discours quand tu seras ingénieur ? lança Léon à l'orateur.

— Sans aucun doute, répondit placidement le jeune homme.

— Eh ben ! c'est pas sûr.

Oubliant le respect dû aux cheveux blancs, Pierre hua le détracteur. Perché sur les barres d'acier près de l'étudiant et de Ferrari, Robert réclama le silence, arguant que tout le monde avait le droit de s'exprimer. La réponse du fils jaillit de sa bouche aussi nette, cinglante et rapide que le fouet du dresseur de fauves :

— Et chacun a le droit de manifester son désaccord quand il entend une connerie !

Profitant de son avantage, il leva le poing et hurla de sa voix qui n'avait pas encore mué : « Vive l'Union des travailleurs et des étudiants ! »

L'intervention de Pierre fut à l'origine de la manifestation qui suivit immédiatement le rassemblement. Il défila près de son père en scandant le

334

Livre 4

célèbre : « *Ce n'est qu'un début, continuons le combat !* »
né quelques jours plus tôt à la Sorbonne. Ils furent
arrêtés au centre de la ville par une pluie de lacrymogènes. Assis devant sa télévision à l'heure des informations régionales, Lesage sourit en découvrant Robert
qui tendait un mouchoir à son fils parmi les manifestants. Depuis quelque temps, il combattait une longue
et pénible maladie qui limitait considérablement ses
activités. Il ne savait pas encore que juin lui serait
fatal.

5

En mai 1972, le mois anniversaire de sa naissance et de ses quatre-vingt-cinq printemps, à son tour, Lulu tira sa révérence. Elle avait survécu de dix-huit ans à son mari sans jamais manquer à sa prière du soir. À la nuit tombée, elle avait chanté le *Miserere mei Deus* en lieu et place de son Fredo qui, selon les Saintes Écritures, *n'avait plus de lèvres autour des dents* pour louer le *Tout-Puissant* et implorer sa miséricorde. Elle avait au cours de sa vie, assisté à tant de funérailles qu'elle connaissait par cœur les oraisons funèbres en latin. Sans même ouvrir son missel, elle pouvait les réciter et ne se souciait pas de connaître leur contenu.

Seule, n'ayant plus à s'occuper de son homme qu'elle avait bichonné comme l'enfant qui lui manquait tant, elle avait consacré ses années de veuvage à rendre service au voisinage. Autrefois fine couturière, elle ne refusait jamais de rapiécer une culotte, de coudre un bouton ou de repriser une chaussette quand une ménagère venait la solliciter.

Livre 4

Elle apprit le maniement de l'aiguille à Graziella, veilla au bon état du linge de Pierrette, entretint les vêtements de ses fils qu'elle aimait comme ses propres petits-enfants. Les deux garçons étaient devenus de grands et beaux jeunes gens. Jeannot faisait carrière dans l'armée, Julien apprenait le métier de boulanger. Elle était fière d'eux, soulagée aussi de les savoir loin des dangers de l'usine et du triste destin de leur père.

Lors de la cérémonie funèbre, les amis qui lui tenaient lieu de famille occupèrent à l'église les chaises du premier rang : Robert, sa femme et son fils à la gauche du cercueil, Pierrette et ses enfants de l'autre côté.

— Pauvre Lulu, soupira Graziella en sortant du cimetière, elle sera partie sans avoir vu Pierre obtenir son bachot.

La grand-mère de tout le monde se donnait, au cours de son existence, des dates butoir d'espérance de vie. Quand l'échéance était arrivée, elle en fixait une autre. C'est ainsi qu'elle s'était promis de vivre jusqu'à ce que Pierrette devienne patronne du café où elle travaillait, et surtout de tenir le coup pour être là le jour où elle se remarierait. Le café, Adrienne l'avait cédé pour une bouchée de pain quand elle décida de lâcher son affaire. Pour le reste, fidèle à sa mémoire et voulant continuer à porter le même nom que ses enfants, Pierrette ne trouva ni ne chercha à remplacer Joseph.

Le cri

Le jour de l'enterrement, en signe de deuil, Pierrette n'ouvrit pas son commerce de la journée. Mais elle invita Graziella et Robert au rituel déjeuner que partagent les proches à l'issue des funérailles. Ils parlèrent longuement de Fred et de Lulu qui avaient tant compté pour eux. À l'heure du café, ils tinrent des propos plus riants, et évoquèrent l'avenir de leur progéniture.

Arriva juin, le mois des examens pour les enfants et celui de l'inquiétude pour les parents. Tôt, le matin du Bac, Pierre prit son petit déjeuner en jetant un dernier coup d'œil à ses cours de morale. À l'autre bout de table, le couvant des yeux, Graziella repassait le col de la chemise de son grand. De son côté, Robert s'était imposé le silence pour ne pas déranger son fiston dans ses ultimes révisions. Le temps lui paraissait long, d'habitude il se rasait en écoutant les informations à la radio. Les joues couvertes de mousse à raser, il sortit précipitamment du cabinet de toilette pour demander quelle matière était au programme de la matinée.

— Il te l'a déjà dit, s'énerva Graziella.

— Je ne m'en souviens plus.

— La philo, lança le bachelier, les yeux rivés sur ses cours.

— Ça va aller ?

— Tout va dépendre du sujet.

Le père se voulut rassurant et déclara que selon son petit doigt, Pierre n'avait pas de souci à se faire. Et puis, quand bien même il ne réussirait pas du

338

Livre 4

premier coup, personne n'en ferait un drame à la maison.

— Hein maman ? fit-il, cherchant l'approbation de sa femme.

— Presse-toi de libérer la place ! Si tu lambines, Pierre va être en retard.

Robert disparut, mais ne put s'empêcher de continuer à jacasser après avoir rasé ses deux joues et avant d'attaquer le menton. Il lui paraissait important, au matin d'un si grand jour, d'encourager son fils, de le remercier d'avoir comblé ses vœux.

— Le jour où tu es né, je t'ai dit : « Si tu marches bien à l'école... »

Il s'interrompit devant le regard désapprobateur de sa femme.

Robert sortit à temps de la maison pour héler Armand, le chauffeur du car, qui accepta de ralentir et ouvrit la porte à hauteur du retardataire. À l'intérieur, la plupart des passagers profitaient du trajet pour achever leur nuit. Mohamed serra la main de son pote tout en bâillant à s'en décrocher la mâchoire.

— Vivement ce soir ! lui dit-il en guise de bonjour.

Il s'étonna de ne pas entendre Robert répondre comme tous les jours : « Qu'on se couche ! » Ce matin-là, le père du candidat se disait en son for intérieur : « Vivement ce soir que je sache comment Pierre a passé sa journée. »

Le cri

Depuis l'ouragan de 1968, Ferrari avait été éjecté du bureau syndical par la jeune génération des votants. Ayant retrouvé son poste au Laminoir, il faisait désormais partie du troupeau des ouvriers sans grade que l'autobus déversait au portier. L'oreille critique, il écoutait attentivement les discours d'André, le nouveau Délégué. Ce matin-là, il fut question de la prochaine mise en place du système de mensualisation des paies qui, s'il représentait une avancée pour les salariés, n'en profitait pas moins au patronat. Jusqu'alors, les ouvriers étaient rémunérés à la semaine. Désormais, non seulement la Direction n'aurait plus à éditer qu'un seul bulletin au lieu de quatre, mais surtout, elle disposerait de l'argent de ses employés pendant trois semaines supplémentaires.

— Il peut le faire fructifier et gagner des intérêts sur un capital qui nous appartient.

— On dirait qu'il vient de découvrir ça tout seul !

Ferrari s'esclaffa pour attirer l'attention des camarades. Il renchérit :

— On y avait pensé bien avant toi.

— Je ne dis pas le contraire, répliqua André, mais tu n'avais pas eu à le faire remarquer avec l'ancien mode de paie. C'était moins flagrant sur une semaine que sur un mois.

— C'est la guerre des générations, Momo ! lança Robert en riant.

Ferrari avait tout sacrifié au syndicat, offert sa vie pour se mettre au service de la communauté ouvrière, donné sans compter son temps au combat pour la

340

Livre 4

défense des droits des travailleurs. Il ne réclamait pas de merci, ni signes de reconnaissance, mais rien ne le faisait plus enrager que de voir les anciens le chambrer.

— Je t'ai demandé quelque chose à toi !

Il n'admettait pas que l'on plaisante avec son passé.

Au vestiaire, Robert et Mohamed étaient voisins de casiers. Le vestiaire était un progrès, le résultat de l'acharnement du syndicat et du Comité d'entreprise qui travaillaient sans relâche pour améliorer le bien-être du métallo. Actuellement, ils discutaient un projet d'installation de douches en différents points du site. On pouvait, notamment, cloisonner la morgue en cabines individuelles. Elle n'avait plus aucune utilité puisque l'hôpital se chargeait désormais des victimes d'accidents mortels, dont le nombre était heureusement en diminution constante.

Les deux amis se trouvaient dans un des rares lieux paisibles de l'usine, on y échangeait sans se casser la voix. Commentant les propos entendus au portier, Mohamed assura regretter sincèrement que le patron ne puisse pas profiter des sous des émigrés pour les faire fructifier. Eux seuls n'étaient pas concernés par la mensualisation des salaires. Sans doute n'étaient-ils pas des travailleurs comme les autres ? Mais Robert écoutait d'une oreille distraite, tout en pensant à son lardon et à la génération montante qu'il trouvait plus évoluée que l'ancienne.

341

Le cri

— Les jeunes ont bien fait de nous virer du bureau, Ferrari en tête. Ils sont plus malins que nous. T'as entendu André comme il parlait ? Il m'a rappelé Pierre.

Pierre, Pierre, Pierre, toujours Pierre. À la pause de midi, il l'imagina rendant sa copie de philo, satisfait ou déçu. L'après-midi serait plus facile, il attaquerait les mathématiques, une matière où il était costaud.

— Tu dois en avoir marre que je te parle sans arrêt de mon fils.

Mohamed hocha la tête. En fait, c'était même le contraire, chaque fois qu'il était question de Pierre dans leurs conversations, l'ouvrier pensait aux siens. Ils étaient si loin, il les voyait si peu. Des nouvelles ? il n'en avait guère. Ne sachant pas écrire, ses femmes devaient faire appel à l'écrivain public qui réclamait beaucoup d'argent. Et à propos de finances, Mohamed fit remarquer que, s'il faisait tout ce que prétendait son paternel, ça n'était pas demain que Pierre allait gagner sa vie. Robert ne démentit pas, et déclara que sa femme et lui étaient prêts à faire le nécessaire pour le soutenir. L'étudiant aurait droit à une bourse de l'État, et Graziella pourrait garder des enfants.

— Elle n'a jamais travaillé ?

— Si. Elle a arrêté quand son fils est né pour se consacrer à son éducation.

Pierre n'en serait pas là aujourd'hui si sa mère n'avait pas pris soin de lui. Le père était lui aussi disposé à se serrer encore la ceinture pour ne pas

342

Livre 4

interrompre une si belle ascension. Afin de contribuer à l'effort familial, il allait demander à faire des heures supplémentaires comme manœuvre à la traction, un soir sur deux. Heureusement, Robert avait un seul et unique enfant contrairement à Mohamed qui ne pouvait envisager d'études pour sa ribambelle de gamins. Neuf au total, six avec sa première épouse et trois avec la jeune.

— Voilà ce que c'est que d'avoir deux femmes, maudit couillon ! lança Robert, goguenard.

— T'as raison, si j'en avais trois ou quatre, c'est une armée que j'aurais à nourrir...

Leur amitié était suffisamment solide pour qu'ils s'autorisent à rire de tout, sans arrière-pensée, y compris de leur différence ethnique.

Le soir, le père inquiet courut à la descente du car où il apprit que la journée s'était bien passée. Il félicita son fils, avant que Graziella ne lui conseille d'attendre les résultats pour se réjouir. Ils seraient proclamés une semaine plus tard par le Directeur des examens, puis affichés à la porte du lycée.

— On ira voir, hein maman ! fit Robert à son épouse.

— Pas la peine, je vous dirai, rétorqua leur fils.

— Oui, mais comme ça on saura plus vite.

— Laisse-le y aller avec ses amis. On ne va pas le suivre comme un bébé, renchérit Graziella.

Le père ôta sa casquette, vida sa musette, lava sa gamelle, son gobelet et ses couverts dans l'évier. Puis il vint s'asseoir près de sa femme qui frottait au

343

Le cri

« Miror » une douille d'obus tombé au cours de la dernière guerre et qui lui servait de vase.

— De quoi t'as peur ? chuchota-t-il. Qu'on lui fasse honte ?

Graziella haussa les épaules.

— Qu'est-ce que tu peux dire comme bêtises !

— Y en a qui se « déconnaissent » quand ils sortent de leur milieu.

C'était la grande peur du père métallo. Jaurès avait dit que l'important, ça n'était pas que les fils d'ouvriers deviennent ingénieurs, mais que ceux qui y parvenaient n'oublient jamais leurs origines.

Une semaine plus tard, Robert et Mohamed rôdèrent aux abords du lycée. Ils attendirent qu'il n'y ait plus personne devant les listes pour s'approcher de la grille.

— L, M, N, O, P... Panaud ! Panaud Pierre ! Regarde, Momo, son nom est écrit là.

Sa fierté, son émotion, son bonheur étaient tels que Robert ne put retenir ses larmes.

Après que les parents eurent dignement fêté l'événement autour d'un bon repas, le soir, à l'heure du coucher, Graziella prit un air grave. Elle annonça à son homme qu'elle avait un secret à lui révéler. Elle hésita un moment, puis avoua que, quand elle avait décidé d'abandonner son travail, elle l'avait fait à regret.

— J'aimais bien m'occuper du social.

Elle s'était dit : « Tu n'as pas le choix, ma fille, ce

Livre 4

sont toujours les mères qui doivent se sacrifier pour leurs enfants. »

— Si elles sont toutes comme moi, grandement payées en retour, elles doivent être bien heureuses.

Robert enlaça sa femme et la serra contre lui, ému par son aveu. Le cœur léger, ils s'endormirent avec le sentiment d'être récompensés pour toutes ces années d'efforts et de concessions.

6

L'été et la période des congés à peine finis, des bruits alarmants circulèrent sur l'avenir de la Sidérurgie. La crise menaçait l'ensemble du secteur. Pour avoir une chance de survie, l'usine devait accroître sa production et se doter d'une aciérie moderne. Consciente de la gravité de la situation, la Direction mit le projet à l'étude et jugea que les investissements à engager étaient trop importants pour prendre une décision avant la fin de l'année.

— Qu'est-ce que vous lui avez répondu ? demanda perfidement Ferrari à son jeune successeur lorsqu'il annonça la nouvelle.

— Qu'on ne lui accorde pas un délai aussi long.

— Et il croit que c'est suffisant pour la faire changer d'avis !

Malheureux André ! À chaque occasion, le vieux briscard venait le contredire, réfuter ses discours ou contester ses analyses. Les cadres qui traversaient l'esplanade dans le flot des ouvriers s'en amusèrent. Leurs sourires inconvenants déplurent à Robert.

346

Livre 4

— Regarde-les, Mohamed ! Ça les fait rigoler.

Sacoche en cuir à la main, ils passèrent devant la pancarte de Fredo sans regarder ce qu'on y avait écrit. Pourtant les caractères étaient assez gros pour ne pas passer inaperçus.

8 octobre 1972
12ᵉ jour sans accident

La majorité des ouvriers reconnaissaient que leurs chefs n'étaient pas tous de mauvais bougres. De même, suffisamment intelligents pour savoir qu'ils naviguaient dans le même bateau et traversaient les mêmes tempêtes, bon nombre d'ingénieurs se sentaient proches de leurs subalternes. S'ils ne s'attardaient pas devant le tableau, peut-être était-ce parce qu'ils regrettaient de ne pas leur assurer plus de sécurité ? Robert les suivit des yeux jusqu'à ce qu'ils disparaissent et se prit à rêver :

— Le jour où Pierre franchira le portier, il entrera comme eux, une cravate au col de sa chemise blanche et un chapeau gris sur la tête.

— Et ce sera lui notre sauveur, plaisanta Mohamed.

— Pourquoi pas ?

Pierre était parti le matin même pour la Métropole régionale. Il s'était inscrit en classe de Mathématiques supérieures afin de présenter plus tard les concours des Grandes Écoles. Le grand-père et la grand-mère Razza, qui n'avaient qu'un petit-fils,

Le cri

lui avaient offert un scooter *Vespa* – une marque italienne – pour faciliter ses allers et retours lors des vacances. À l'heure du départ, émue, Graziella s'était réfugiée dans la maison.

— Envoie-nous de tes nouvelles de temps en temps, ça fera plaisir à ta mère, fit Robert en cachant son trouble.

— Seulement à maman ?

— Non, à moi aussi.

Les bagages fixés sur le tan-sad, le jeune homme mit le moteur en marche et enfourcha sa machine. Machinalement, le père ôta sa casquette pour saluer son fils comme s'il considérait qu'à compter de ce matin-là, ils n'étaient plus tout à fait du même monde.

— S'il te plaît, Pierrot, patiente une minute... Y a un moment que je veux te dire quelque chose qui me tracasse...

— Rassure-toi, papa, je n'oublierai jamais d'où je viens.

Graziella avait parlé. Il sourit.

— Vas-y vite ou tu vas louper ton car.

Robert obligea Pierre à accepter un billet de 20 francs qu'il avait préparé dans sa poche, puis fila à grands pas vers l'arrêt de l'autobus, sans se retourner.

Pierre prit vite la mesure de sa vie d'étudiant : nouveaux visages, succession rapide des cours, repas engloutis à la va-vite au restaurant de l'école, soirées studieuses et solitaires dans une petite chambre. Dans la maison de la Cité ouvrière, les parents eurent plus

Livre 4

de mal à s'habituer à son absence. Sans nouvelles de leur fils, ils vécurent les trois premiers jours comme un véritable chemin de croix. Le quatrième, ils lurent et relurent la lettre tellement attendue.

Mes chers parents,
Juste un mot pour vous dire que tout va bien...

Après avoir fait le récit de son installation et donné ses premières impressions de jeune homme livré à lui-même, il annonçait que les nouvelles de la crise faisaient l'objet de toutes les conversations dans l'enceinte de l'école. Elles étaient commentées aux heures de pause par les futurs ingénieurs qui, bien entendu, ne manquaient pas de poser la question de leur avenir. La veille, chacun avait pu voir dans le journal qu'un certain nombre d'entreprises envisageaient la fermeture de plusieurs hauts fourneaux.

L'article ne précise pas lesquels, j'espère que papa et ses copains ne sont pas concernés...

Il avait lu également que certains patrons obligeaient leur personnel à épuiser les repos compensatoires et les congés de l'année en cours. Il était même question de ne pas attendre l'été pour prendre les vacances du prochain exercice.

— Ils peuvent toujours compter là-dessus. Les gens qui ont des gosses à l'école ne vont pas partir sans eux, commenta Robert.

Le lendemain, il emporta la lettre de Pierre pour en faire la lecture à Mohamed et à tous ceux qui

Le cri

souhaitaient l'écouter. Il était si fier de montrer que le jeune étudiant s'inquiétait pour eux. Pour sûr, il pouvait dormir sur ses deux oreilles, son fils ne le trahirait jamais.

Le 1ᵉʳ décembre, malgré la crise qui se profilait, le Château décida de fêter saint Éloi, patron des orfèvres et des forgerons. À midi trente, les sirènes sonnèrent l'arrêt du travail dans tous les ateliers. Selon le rite, la messe fut donnée sur l'aire de stockage, théâtre habituel de la contestation. La cérémonie débuta, célébrée par M. l'Abbé Desmond, curé de la paroisse. L'autel, adossé contre une pile de barres d'acier, était supporté par les fourches et les palettes de deux chariots élévateurs. L'homélie fut brève, l'officiant ne voulant pas fatiguer l'auditoire qui devait ensuite écouter la longue allocution de M. le Directeur. Il rappela simplement qu'il était le représentant du Christ, le Dieu d'amour, qui s'était penché et se penchait toujours sur la misère des Hommes.

— Ce Christ, accueillez-le dans votre usine, dans cet endroit où vous peinez, où vous souffrez pour gagner votre pain quotidien. Comme vous il fut pauvre, comme vous il fut ouvrier.

Dès *l'Ite Missa Est*, et avant de partager avec son personnel un repas autour de tables dressées entre les amas de ferrailles, M. le Directeur accueillit face à lui les métallos ayant atteint l'âge des récompenses. Une secrétaire se tenait à sa gauche, portant un coussin couvert de médailles du travail, bénies par M. le Curé.

350

Livre 4

— Mes chers amis. Je suis particulièrement heureux de me trouver aujourd'hui parmi vous tous qui avez accepté de vous réunir autour de votre Directeur : ouvriers, employés, ingénieurs et cadres, pour fêter la Saint-Éloi et honorer vos anciens. Mais comment parler de fête quand notre usine se trouve confrontée avec toute la Sidérurgie à une crise sans précédent ?

La situation devenait en effet chaque jour plus difficile, la concurrence plus âpre, les marchés moins nombreux.

— D'autres que nous luttent et progressent. D'autres reculent. D'autres aussi ferment leurs portes.

Brandissant une feuille noircie de chiffres, le Patron annonça les résultats de l'année. Ils étaient mauvais. L'entreprise n'avait tourné qu'à 60 % de ses possibilités ; le prix de vente de l'acier venait encore de diminuer, pour atteindre 940 francs à la tonne, son chiffre le plus bas.

— Si nous voulons assurer notre avenir, unissons nos forces pour améliorer la qualité de nos produits et abaisser leur prix de revient. Travaillons toujours davantage en tentant d'économiser le temps, l'énergie et la matière. Plus que jamais, restons solidaires.

Seuls les cadres applaudirent. Robert se promit d'écrire sans tarder une lettre à son fils pour lui rendre compte de la journée et des propos qui venaient d'être tenus.

7

Travailleur infatigable, Pierre passa aisément le cap des classes préparatoires, puis, ayant réussi trois concours sur quatre, il choisit de devenir ingénieur. Il voulait que son nom apparaisse au sommet de la hiérarchie d'une entreprise métallurgique. Ce serait là une façon de remercier son père et sa mère et, avant eux, quatre générations de Panaud qui lui avaient préparé le chemin. Chaque semaine, y compris en période de révisions et d'examens, il écrivit à ses parents. Chaque dimanche, Robert répondit en lui taisant ses craintes de le voir embrasser une carrière dans une branche de plus en plus menacée. Le chômage gonflait et la population se désespérait d'assister, impuissante, à la fermeture des usines de la région. Les métallos refusaient d'entendre les dirigeants qui prédisaient l'avènement d'entreprises modernes. Ils promettaient que la construction d'usines à la pointe du progrès technique marquerait le passage au troisième millénaire, et serait un

Livre 4

formidable démenti aux défaitistes qui annonçaient la fin prochaine du « Pays du fer ».

Quand elle ne rajoutait pas un mot de sa main avant de cacheter l'enveloppe, Graziella dictait un message à son mari. Un soir, la curiosité l'emportant, elle lança :

— Aux prochaines vacances, dis-lui de venir avec son amoureuse. Je suis pressée de la connaître.

La famille au complet se retrouva chez Robert et Graziella le dimanche de Pâques 1976. Les parents, grands-parents, la tante Émilie et son mari, les oncles Paul, Xavier, leurs épouses et leurs bambins, purent constater que Pierre ne les avait pas trompés. Amélie était une belle jeune fille, grande, blonde, timide et douce, assurément intelligente. Il l'avait rencontrée lors d'une soirée anniversaire chez un ami. Éros traînait dans les parages, ce fut le coup de foudre.

Le grand-père italien lançait des regards de feu à la promise qui rougissait en souriant aux uns et aux autres, soucieuse de faire bonne impression.

— Quel beau sourire vous avez, mademoiselle !

— Merci.

Toujours jalouse malgré son âge, Monica fit remarquer à son vieux bonhomme qu'une jolie fille comme Amélie n'avait que faire des compliments d'un grand-père aux cheveux blancs.

— Tu ne vois pas que tu la gênes ?

— Ma ! C'est vrai ou pas qu'elle est belle !

Le cri

La tablée enthousiaste confirma sans réserve.

— À la santé de notre future belle-fille ! cria joyeusement Robert après avoir fait sauter trois bouchons de champagne.

— Bienvenue dans notre famille ! ajouta Graziella.

En bonne maîtresse de maison, elle s'excusa de ne pas avoir mis les petits plats dans les grands et promit de se racheter le jour des fiançailles en présence des parents d'Amélie. Puis, elle fit circuler quatre assiettes sur lesquelles elle avait artistiquement disposé des pyramides de biscuits à la cuiller. Pierre prit une bouteille et resservit son grand-père qui n'avait déjà plus qu'un fond de champagne dans son verre. Il lui confia à l'oreille qu'il avait vanté ses talents de ténor à sa dulcinée. C'était le moment de le prouver.

— Et surtout, ne me fais pas mentir.

Luigi ne se fit pas prier :

— Choisis ce que tu veux.

— L'air du toast ! répondit Pierre sans hésiter.

La grand-mère italienne manifesta bruyamment son désaccord :

— Ah non ! non. Celui-là je l'ai trop entendu.

Graziella savait combien son père serait heureux et fier d'interpréter *la Traviatta* pour satisfaire l'orgueil de son petit-fils, lui qui l'avait tant de fois chantée à la grande honte de la famille. Aussi se joignit-elle à Pierre pour l'encourager. Luigi quitta son siège, s'éclaircit la voix, se mit en scène en bout de table face à la nouvelle venue dans le cercle des

354

Livre 4

intimes, et leva la main pour arrêter les derniers chuchotements. Il fredonna bouche fermée l'introduction de l'orchestre, puis fit entendre sa voix, toujours puissante malgré les années.

Libia ne'lieti calici
Che la belleza infiora
E la fuggevol ora...

Mais à peine avait-il entonné l'air vedette de son répertoire qu'il s'arrêta brutalement.

— C'est incroyable, il y a si longtemps que je ne l'ai pas chanté, j'ai oublié les paroles.

Il se tourna vers sa femme, lui lança un regard noir et pointa vers elle un index accusateur :

— C'est de ta faute, tu m'as troublé.

Monica, d'habitude plutôt soupe au lait, voulut cette fois éviter la dispute. Elle se garda de répliquer et lui souffla la suite.

— *S'ine brii a voluta.*

— Ça va, ça va, ça va...

Remis sur les rails, le grand-père poursuivit :

S'ine brii a voluta
Libian ne'dolci fremiti
Che suscita l'amore...

Il y mit tout son cœur, et donna l'impression d'un artiste venu faire ses adieux au public. C'est du moins l'idée qui traversa la tête de sa fille dont les joues se couvrirent de larmes.

355

Le cri

Peu de temps s'écoula avant qu'un mauvais mal n'attaque les cordes vocales du chanteur et n'éteigne sa voix. Quand ses poumons furent atteints, les médecins le privèrent du plaisir de fumer ses cigarettes et de boire son *Valpolicella*. En accusant l'alcool et le tabac, ils évitèrent d'avoir à se prononcer sur une maladie professionnelle, possiblement contractée par quarante années de fréquentation du plancher de coulée. Luigi souffrait trop pour résister longtemps. Il fut enterré dans sa terre d'accueil, sa veuve souhaitant demeurer près de sa fille.

— La pauvre, elle va savoir à son tour ce que c'est que d'être seule, dit Renée le jour de l'enterrement.

En effet : n'étant plus contrariée par un mari fantasque, sa vie devint aussi fade qu'une soupe sans sel. La mélancolie et l'ennui eurent raison de la santé de Monica, elle mourut de chagrin, un an presque jour pour jour après son époux. Personne ne s'en étonna dans la cité. Quand le couple des Ritals se criait dessus, les voisins avaient pris l'habitude de dire qu'ils échangeaient des « je t'aime ».

Pierre n'avait plus, dès lors, qu'une seule grand-mère à laquelle il était particulièrement attaché. Pour le réconforter, Renée se plaisait à dire qu'elle était solide comme le roc. Et pour cause : elle avait guéri d'une maladie dont elle avait cru mourir à la cinquantaine, et se voyait très bien finir centenaire. Hélas, son vœu fut contrarié par le réveil d'une métastase endormie. À son tour, elle lâcha prise en fêtant son quatre-vingt troizième anniversaire.

8

Quatre années s'étaient écoulées avant que la Direction ne reparle de la création d'une nouvelle aciérie et de la modernisation de tous les ateliers afin de maintenir une activité, même minimum, dans l'entreprise. Avançant que le moment n'était toujours pas favorable pour engager un tel investissement, elle déclara ne pouvoir l'envisager qu'à une seule condition : il fallait que l'ensemble du personnel collabore, sans réserve.

— Elle nous demande, rapporta André au cours d'une Assemblée générale, la promesse d'un accord de paix sociale pour assurer notre avenir et celui de nos familles.

— Et ses propres intérêts, avant tout ! ne manqua pas de souligner Ferrari.

— On le sait ! Pas la peine de le répéter, fit l'autre.

Par expérience, Ferrari savait qu'il valait mieux dire les choses deux fois plutôt qu'une :

— Ses propres intérêts, avant tout ! martela-t-il.

Le cri

Pour autant, les ouvriers étaient conscients que, sans cet accord, ils assisteraient, à brève échéance, à la fermeture de la boutique.

— Que ceux qui sont pour lèvent la main !

Le vieux syndicaliste s'engagea en maugréant :

— Nom de Dieu de nom de Dieu !

Il proféra ses jurons le bras à demi levé pour marquer son manque d'enthousiasme. Il s'était plié à la volonté de tous les votants en pensant aux jeunes, raconterait-il par la suite. Les « oui » l'emportèrent à l'unanimité moins une voix. Les regards se tournèrent vers celui qui avait exprimé son désaccord.

— Panaud ! Explique-nous ta position !

— Le vote est passé, et vite fait, lança-t-il. Tu ne nous as pas laissé beaucoup de temps pour réfléchir. À quoi ça peut encore vous servir de savoir ce que je pense ?

— À respecter la règle.

— Si tu veux.

Robert partageait l'opinion générale, les ouvriers ne pouvaient pas refuser le marché proposé par le Patron. S'il avait voté contre, c'est qu'il refusait d'être victime d'un odieux chantage.

— Quelles que soient l'importance et la durée d'une crise, la Direction en sort toujours grandie, pas nous.

Il affirma qu'en l'occurrence, les salariés paieraient très cher les bouleversements à venir. Le patronat pouvait désormais décréter toutes sortes de mesures antisociales puisqu'il avait en poche le blanc-seing du bas de l'échelle.

358

Livre 4

Le soir, dans le car qui les ramenait à leur domicile, Robert tenta d'ouvrir les yeux de Mohamed. Il connaissait la politique que suivrait la Direction.

— C'est clair comme mes urines, plaisanta-t-il, désabusé.

L'avenir de l'entreprise allait se jouer sur sa capacité de relever les défis de la compétition, de la qualité, de la productivité, de l'efficacité et de la rentabilité. Pour y arriver, elle aurait besoin d'ingénieurs, d'ouvriers qualifiés et même hautement qualifiés, beaucoup plus que de manœuvres.

— Au fur et à mesure que les nouvelles machines vont arriver, les vieilles seront mises à la casse et, dans le même temps, ils nous feront passer des tests pour voir si on est capables d'y être attelés.

— Tu n'exagères pas un peu ?

— Je suis prêt à le parier.

La suite lui donna raison.

Le premier de ces tests consistait à établir un bilan de la santé du personnel. Par petits groupes de douze éléments, les métallos furent convoqués à l'infirmerie pour y être pesés, mesurés, radiographiés, inspectés sur toutes les coutures, subir une cuti et donner leur sang en vue d'analyses multiples. Robert et Mohamed étaient parmi les premiers convoqués.

— Accrochez vos vêtements sur les patères, commanda une infirmière. Vous pouvez garder votre slip.

« Encore heureux », pensa Mohamed.

— Et nos chaussettes aussi ?

359

Le cri

— Non, nous vérifions également l'état des pieds.

Les anciens, plus nombreux que les jeunes, exhibèrent leurs torses décharnés, leurs corps amaigris, usés par le travail et les années. Puis ils s'alignèrent en rang d'oignons.

— On passe le conseil de révision chez toi, Momo ?

— C'est quoi ?

— Une visite en présence d'un médecin militaire, pour vérifier si on est apte à faire son service, expliqua Robert. On s'y croirait, sauf qu'à vingt ans, on nous fait mettre à poil.

L'infirmière remonta la file et badigeonna le haut de leurs avant-bras avec un tampon imbibé de teinture d'iode. Au second passage, elle incisa la peau désinfectée d'un trait de plume d'acier et colla le pansement réactif pour la cuti.

Une fois la carcasse examinée, Robert et ses collègues furent conviés individuellement devant le psychologue chargé d'explorer les cerveaux.

— Bonjour, monsieur. Je vais vous soumettre au test de Rorschach.

— De qui ?

— Hermann Rorschach, un psychiatre suisse.

Le thérapeute présenta une première tache d'encre et demanda à l'ouvrier Panaud ce qu'elle lui inspirait. Robert prit tout son temps, détailla le centre et les contours du dessin et, avec le plus grand sérieux, conclut :

360

Livre 4

— On dirait une paire de seins.

— Bien.

L'orienteur étala le deuxième carton sur la table.

— Et là ?

La réponse arriva plus rapide :

— Une paire de fesses.

— Bien... Très bien.

Retournant l'image, le psychologue n'eut pas à interroger le candidat pour recueillir ses impressions. Il déclara tout de go que la tache retrouvait la forme des nichons. La dame, à qui l'on avait coupé la tête afin qu'on ne la reconnaisse pas, devait être grosse. Ses nichons étaient plus gonflés que les précédents.

À l'heure de la soupe, Robert en riait encore.

— Comment le médecin a-t-il pu juger tes qualités si tu t'es moqué de lui, regretta Graziella.

— Me juger ! rugit-il.

Le mot était insupportable à tous les ouvriers. Palpés, triés, classés comme du bétail après tant d'années de bons et loyaux services, ils se sentaient humiliés, rabaissés plus bas que terre.

Le lendemain, la journée aurait pu leur rappeler l'heureux temps de l'enfance et de l'école. Sur les feuilles qu'on leur distribua, ils commencèrent par remplir des cases vides qui attendaient les noms, prénoms, dates de naissance et services auxquels ils appartenaient. Mohamed glissa discrètement sa feuille vers Robert, et prétexta :

— Tu écris mieux que moi.

Le cri

— Ton nom de famille ?
— Zitouni.
— Né le ?
— Mets le jour et le mois que tu veux en… 1950.
— Tu triches ?
— Vaut mieux dire qu'on est jeune.
— S'ils vérifient ?
— Avec moi ça va être difficile.

À la fin du questionnaire, on leur accorda six minutes pour effectuer quatre opérations : une addition, une soustraction, une multiplication et une division. Pour ceux qui pouvaient s'en souvenir, il y avait aussi une racine carrée et une racine cubique. Robert s'insurgea, peu d'entre eux étaient capables de les calculer, et ceux qui n'étaient pas allés jusqu'au certificat d'études ne savaient pas même ce que c'était.

— Ça ne les empêchés pas de tenir leur place depuis vingt ou trente ans et de bien faire leur boulot ! lança-t-il dans la classe silencieuse.

— Ne perdez pas votre temps en paroles inutiles.

Cette fois, Robert n'attendit pas que son copain lui confie sa feuille et la remplit à sa place, dans le dos de l'examinateur. Il inscrivit même les bons résultats des racines carrées et cubiques. L'usage des mathématiques n'avait-il pas été trouvé par les Arabes, à moins que ce ne fût par les Chinois ?

— Sûrement les Arabes, confirma Mohamed.

Restait la dictée pour clore la matinée. Elle s'intitulait : *Le Printemps*.

Livre 4

— Quand les arbres reverdissent et se parent...
et se parent de boutons en fleurs...

Le candidat Zitouni se leva brusquement et
quitta les lieux.

Robert le retrouva dans la salle de repos où il
mangeait son casse-croûte. Il s'assit face à lui et vida
sa musette. Sachant que les sondés disposaient de peu
de temps pour se restaurer, Graziella avait préparé un
sandwich au pâté de campagne, sans oublier les échalotes que son homme préférait aux cornichons.
Mohamed attendit de fermer son couteau pour expliquer sa fuite :

— Je vais t'avouer la vérité, Robert, je ne suis
jamais allé à l'école.

Il y avait longtemps que son ami l'avait deviné.
L'ouvrier immigré ramassa ses affaires et se dirigea
vers le coin toilettes pour cacher ses larmes. Le pauvre
Mohamed venait de passer une bien mauvaise
journée, la pire de sa vie. Qu'allait-il devenir avec ses
deux femmes et ses neuf gosses si, après ces bons dieux
de tests, la Direction décidait de ne pas le recaser ?

Au coucher, repensant aux événements de la
journée, Robert fit part de ses inquiétudes à Graziella.

— Tu l'aimes bien Mohamed.

— C'est mon meilleur pote.

Il y avait des ouvriers de toutes origines à
l'usine : des Français, des Belges, des Luxembourgeois, des Italiens, des Polonais, des Tchèques, des

363

Le cri

Espagnols, des Portugais, des Marocains, des Algériens, des Tunisiens.

— Quand on travaille en équipe, on ne se soucie pas de savoir d'où l'on vient, ni à quelle race on appartient pour devenir copains. On est tous métallos, point final.

Il éteignit la lampe de chevet et se rapprocha de sa femme, cherchant sa chaleur après la cruelle froideur de cette maudite journée. Il lutta pour trouver le sommeil, ne sachant pas ce qui l'attendait le lendemain.

Une tête inconnue, un nouveau cadre jeune et dynamique, reçut Robert dans une régie moderne. L'installation permettait désormais d'orienter et de commander le travail des machines de la nouvelle aciérie.

— Approchez ! N'ayez pas peur, je vous sens tout intimidé.

— Pas le moins du monde, rétorqua l'ouvrier.

— Monsieur ?

— Panaud.

Bravache, Robert avança dans la pièce en sifflotant en hommage à Fred le *Dag et dag et dag veux-tu ?*, hymne de la rébellion interne. Exagérant la lenteur de ses pas, il longea la rangée d'ordinateurs, d'oscillomètres et autres appareils encastrés dans le mur du fond. L'homme commença son questionnaire :

— À votre avis, c'est quoi ces écrans ?

— La Télé.

Livre 4

— Soyez sérieux, à quoi peuvent-ils servir ?

— À regarder les matchs de foot.

— Je vous en prie, vos collègues attendent.

— Voyez-les tout de suite, ne perdez pas votre temps avec moi.

Il recoiffa son casque dont le port avait été rendu obligatoire lors des déplacements dans l'usine pour respecter les nouvelles règles de sécurité.

— Encore un qu'on n'a jamais vu et qui nous prend pour des nases ! cria-t-il à ceux qui attendaient leur tour sur la passerelle d'accès à l'étage de l'aciérie.

Ce blanc-bec s'imaginait peut-être que les vieux ouvriers ignoraient l'existence des régies de commandes électroniques, et les risques de suppression d'emplois qu'elles entraînaient.

— Flatte-le, conseilla-t-il en passant devant Mohamed, il n'attend que ça.

9

Après avoir tiré les enseignements de chaque épreuve, le Conseil d'orientation composé des principaux cadres de l'usine et des responsables des différents tests rendit ses conclusions au cas par cas. Chaque salarié apprit au portier qu'il allait recevoir par lettre recommandée un rapport le concernant. Il pourrait ensuite, s'il le désirait, solliciter un rendez-vous avec son chef de service pour obtenir des éclaircissements et discuter des orientations qui lui étaient proposées. La Direction misait sur l'ampleur de la crise et sur la menace de fermeture de l'usine pour faire accepter dans le calme son projet de restructuration. Afin de mettre toutes les chances de son côté, elle avait pris deux décisions : d'une part, elle compenserait les départs par des primes substantielles, et d'autre part, elle ne diminuerait pas significativement les salaires de ceux qui seraient déclassés. Restait le cas « Panaud », le plus épineux, le plus compliqué à résoudre. Après réflexion, les membres de la

Livre 4

Commission furent d'avis de ne rien décider sans l'aval du Château.

C'était la seconde fois que Robert grimpait l'escalier monumental du luxueux manoir, mais ce jour-là, les circonstances étaient bien différentes. Debout devant la table des conférences, M. le Directeur parcourut le dossier de l'ouvrier rebelle.

— Les conclusions du Conseil d'orientation m'inquiètent, monsieur Panaud. Voilà ce que je lis : « Sujet révolté. Refus de collaborer systématique. Provocations incessantes. Réponses volontairement inadaptées. Attitude arrogante. Propos insolents. »

Il jeta les feuillets au milieu des nombreuses chemises qui encombraient la table, rejoignit son bureau et se laissa tomber lourdement sur son fauteuil de cuir à large dossier. Nerveux, il le fit tourner de droite à gauche, et de gauche à droite, provoquant un grincement récurrent qui devint vite insupportable. Après avoir invité son visiteur à s'approcher pour lui faire face, il expliqua pourquoi il avait tenu à le voir en particulier.

— Vous savez combien je vous estime, Panaud. Je vous tiens pour un homme intelligent et courageux.

— Merci, monsieur.

— Alors j'aimerais comprendre !

Sans se démonter, Robert dénonça les conclusions du rapporteur, il ne s'était montré ni arrogant, ni insolent.

— Dans ce cas, expliquez-moi pourquoi vous avez saboté vos tests !

Le cri

— Je suis contre les humiliations et les paniques qu'ils engendrent, monsieur le Directeur !

— Quelles humiliations ? Quelles paniques ? Nous cherchons simplement à déterminer vos capacités pour mieux vous orienter dans le nouvel organigramme.

Robert comprit instantanément pourquoi son hôte avait accepté l'entretien et s'en ouvrit sans appréhension. Le Directeur lui accordait une demi-heure de son précieux temps, moins pour régler son cas que pour écouter celui qui passait toujours pour un meneur. Il voulait connaître la température de sa Maison autrement que par les discours de ses cadres, et cherchait un moyen de convaincre le révolutionnaire du bien-fondé de ses méthodes. Donnant, donnant, il assurerait son poste à l'ouvrier à condition qu'il répandît ses propos dans les ateliers.

— Vous n'êtes peut-être pas au courant, monsieur, mais ça gamberge dans votre usine.

Tout le monde avait peur de rester sur le carreau. À commencer par les malades et les handicapés qui seraient injustement virés parce qu'ils avaient perdu un œil, une main, un pied ou parce qu'ils avaient fait cadeau de leurs poumons à l'entreprise. Robert évoqua aussi les grandes gueules dont il faisait partie. Les « irrécupérables », inscrits en rouge sur les cahiers de punition et dont les noms circulaient dans les bruits de mise à pied. L'occasion était trop belle pour s'en séparer ou, au mieux, les déclasser.

— Lorsque vous avez proposé de signer un accord de paix sociale, j'ai compris qu'on allait se faire

368

Livre 4

rouler dans la farine. J'ai prévenu les copains mais ils ne m'ont pas écouté et, croyez-moi, ils sont nombreux à le regretter aujourd'hui.

Le Directeur s'agita de nouveau, faisant crisser son fauteuil. Il appela sa secrétaire par l'interphone, lui confirma son intention de faire une visite éclair à la mairie et la pria d'alerter son chauffeur.

— Qu'il soit présent dans deux minutes... Poursuivez, Panaud !

— J'arrête là, monsieur. Vous êtes pressé et il y a tant à dire, qu'en deux minutes, je n'aurai pas le temps d'aller jusqu'au bout. Pour faire vite, attendez-vous à vivre des lendemains difficiles, monsieur le Directeur.

L'entretien prit fin sur cette menace.

10

Robert n'eut pas à attendre de lettre recommandée. Un représentant du service des Relations humaines lui indiqua sans ménagement sa nouvelle affectation : graisseur, avec le salaire d'un O.S. du bas de l'échelle. Mohamed était d'avis que son copain n'aurait jamais dû accepter.

— Qu'ils me donnent ce poste à moi, ce serait normal. Pas à toi.

Soupçonnant la Direction de lui avoir proposé l'inacceptable en escomptant un refus de sa part, Robert avait admis son déclassement pour la priver du plaisir de se débarrasser de lui sans avoir à prononcer la sanction suprême.

Tandis qu'il traversait l'atelier d'entretien pour prendre ses nouvelles fonctions, un soudeur lui souhaita de ne pas rester des mois à moisir dans le cagibi du graisseur. L'endroit était humide, on y risquait les crises de rhumatismes.

— Mon grand-père et Fred n'en ont jamais eu,

Livre 4

que je sache, répliqua Robert. Et pourtant ils y ont passé du temps.

Il haussa le ton pour être entendu du contre-maître qui le pressait d'entrer à sa suite dans le réduit où étaient entreposés les bidons d'huile, de graisse et divers matériel mis au rebut.

— Je suis fier de prendre leur relève en attendant le jour où on sera tous virés pour de bon !

L'atelier du graisseur était le seul endroit de l'usine qui n'avait pas changé, même table en fer, même chaise, rayonnages identiques, depuis combien d'années ? Robert y reconnut le chariot de Fred, hérité du grand-père Tintin. Le vent de la modernisation n'avait pas soufflé dans ce lieu sombre que l'on appe-lait par dérision le trou à rats, depuis qu'il n'était plus habité par un ouvrier attaché au poste. Les machines récentes, moins gourmandes en huile et en graisse, avaient conduit la Direction à supprimer purement et simplement la fonction de graisseur. Les spécialistes de la maintenance venaient se servir eux-mêmes en cas de besoin, et rendaient compte de leurs prélèvements à un magasinier chargé de veiller à l'approvisionne-ment du stock. Le métier avait donc été réinventé dans le seul but de maintenir Robert dans une geôle, pour qu'il y purge sa peine d'insoumis.

— Comment je dois occuper mes journées ? demanda-t-il au contremaître.

On lui apprit qu'il devrait assurer la propreté de l'atelier voisin, en débarrassant les copeaux de fer sous

Le cri

les perceuses et les aléseuses, en balayant, en nettoyant les carreaux. Il pouvait aussi ne rien faire du tout.

— Personne ne te le reprochera si tu te tiens tranquille.

Robert attendit que le chef d'équipe fût sorti pour s'asseoir derrière la table et prendre la posture dans laquelle il avait trouvé Fred la première fois qu'il avait poussé la porte de son domaine. Il se remémora l'accueil que lui avait réservé l'Ancien. C'était si proche, et si loin à la fois.

— *Je suis là, de quoi t'as peur ?*

— *De rien.*

— *Eh ben entre !*

Robert serra les dents pour ne pas pleurer.

— *Je parie que les autres ont cherché à savoir comment tu t'appelles ?*

— *Oui.*

— *Moi je ne t'ai demandé que ton prénom. Ton nom c'était pas la peine, tu ressembles à ton père comme deux gouttes d'eau.*

À ce moment, le jeune Robert s'était senti flatté. Flatté, et rassuré. Depuis qu'il était entré à l'usine, hormis les quelques plaisanteries sur le souvenir de sa maigreur, M. Lesage et les ouvriers n'avaient parlé qu'en bien du regretté Marcel. Feu son paternel facilitait à l'orphelin son entrée dans l'univers du boulot. C'était mieux que les traditionnelles engueulades et les coups de pied au cul donnés aux arpètes pour les endurcir et leur apprendre à marcher droit.

— *Tu ressembles aussi à ton grand-père que j'ai connu ici, dans mon cagibi qui était le sien. Même que je*

372

Livre 4

l'aidais à pousser sa brouette. Il a fini graisseur comme moi. C'est un boulot qu'on donne aux innocents, ou aux vieux qui n'ont plus la force de faire autre chose.

Alors Fred s'était tu. Robert resta songeur. Il n'était pas question de faire le jeu de la Direction. Il lui vint tout à coup une lumineuse idée.

Les gars de l'entretien le virent surgir de son antre. Rageur, il tirait le lourd chariot chargé de bidons et de pompes dont les roues en fer cahotaient sur les pierres damées du sol de l'atelier. Le convoi faisait à lui seul plus de fracas que l'ensemble des perceuses, fraiseuses, meuleuses et autres machines qui fonctionnaient toutes en même temps.

— Te voilà déjà en action ? s'étonna un forgeron qui chauffait et battait au marteau l'extrémité de pics pour leur redonner une forme convenable. Où tu vas promener ta charrette ?

— Chez le Directeur. Son boulot est de dégraisser le personnel, moi le mien c'est de graisser le matériel, répondit Robert gardant son sérieux malgré les rires des collègues.

Évitant les nids-de-poule et les rails de la voie ferrée du réseau intérieur, il slaloma lentement dans les allées de l'usine au grand étonnement de ceux qui le croisaient. Certains n'avaient jamais vu un homme attelé à la carriole brinquebalante du graisseur, l'un des derniers vestiges du siècle passé. Avant de franchir le portier et de prendre la direction du Château, Robert fit une halte devant le monument élevé à la

Le cri

mémoire des *Morts au Champ d'honneur du travail.* Il
ôta son casque pour se recueillir et profita d'être seul à
seul avec les victimes pour vider son sac.

— Une fois de plus on est manipulé, dit-il, les
yeux rivés sur le nom du grand-père Célestin. Ravalés
jusqu'à terre comme si on ne comptait pour rien.
Déjà trois copains ont flanché, ils pensent que ça ne
vaut plus la peine de se battre. Eh ben si, ça vaut le
coup ! Pas vrai, Pépé ?

Le Directeur accepta de recevoir l'ouvrier récalci-
trant quand il se fit annoncer par la secrétaire.

— Il ne lui aura pas fallu beaucoup de temps
pour comprendre, sourit-il dans sa barbe. Faites-le
entrer, Marguerite !

Robert se présenta poliment, à la façon d'un bon
ouvrier, soumis et dévoué, la tête inclinée, le casque
sous le bras, sa pompe à graisse et un chiffon sec dans
la main droite.

— Je vous présente mes respects, monsieur le
Directeur.

— Alors Panaud ! Auriez-vous des regrets ?

— Pas le moins du monde, monsieur,
répondit-il sans arrogance. Je viens juste vous
demander d'avoir l'obligeance de vous lever deux
secondes de votre fauteuil.

— Et pourquoi donc ?

— C'est désagréable pour vous et vos visiteurs
de l'entendre grincer chaque fois que vous le faites
tourner.

Sans compter que le mécanisme allait se gripper

Livre 4

et finir par bloquer l'ensemble. Il était préférable d'intervenir avant que cela n'arrive. Séduit et convaincu par le bon sens du graisseur, le Directeur quitta son siège et le livra aux mains de Panaud le fier, l'orgueilleux, l'atypique, l'imprévisible. Il observa attentivement le travail du spécialiste, admira la précision de son geste auquel il reconnut intérieurement une forme d'élégance et de noblesse. Après avoir enduit la colonne d'une fine couche de graisse, Robert vérifia l'efficacité de son intervention. Miracle, le fauteuil tourna sans plus gémir.

— C'est plus reposant, vous ne trouvez pas, monsieur ?

— Si. Merci d'y avoir pensé, Panaud.

— De rien, monsieur le Directeur.

Sa mission accomplie, ayant affirmé sa résistance tout en douceur, Robert sortit sans voir le Directeur s'amuser comme un enfant à exécuter des tours complets sur son siège, les jambes décollées du sol pour ne pas freiner le mouvement.

Il poursuivit sa journée, tirant son attelage de-ci, de-là, au gré de sa fantaisie, cherchant à tuer le temps. Traversant la Salle des Mélanges, il débarqua la plus grosse des pompes à hauteur d'un wagonnet et, s'allongeant sur les rails, entreprit de graisser les essieux.

— Qu'est-ce qui vous a commandé de faire ça, l'Ancien ? s'étonna un jeune ouvrier.

— Personne.

— Alors, pourquoi vous vous emmerdez ?

375

Le cri

C'était justement le contraire que cherchait à éviter celui qui, par sa nouvelle fonction, venait d'hériter du surnom de l'Ancien. Il remit en place le blanc-bec, l'invitant à réfléchir avant de parler.

— Tu n'es jamais entré dans une gare ?

L'autre acquiesça.

— Et tu n'as rien vu ?

— Vu quoi ?

L'Ancien conseilla au novice de se pointer en avance la prochaine fois qu'il partirait en voyage, et de faire un tour du côté des entrepôts. En ouvrant grand ses mirettes, il verrait à quoi s'occupent les cheminots et noterait qu'ils passent beaucoup de temps à graisser le matériel.

— Ils ont raison, leurs trains déraillent moins souvent que nos wagonnets. Ça te va comme explication ?

Mouché, le morveux fila son chemin.

À la fin de la journée, Robert se rendit au café. Pierrette s'étonna de le voir franchir la porte seul. C'était si rare, d'habitude il venait une fois par quinzaine accompagné de Graziella pour lui rendre une visite amicale.

— Que me vaut l'honneur ?

— Je viens chercher ce que tu vends, un coup à boire.

Il s'installa à une table et commanda la boisson préférée du beau-père, un porto soviétique.

— Un grand !... deux grands ! s'il te plaît.

Il crut bon d'ajouter :

376

Livre 4

— C'est pour me donner l'illusion de ne pas boire seul.

Soucieuse, Pierrette accéda au désir de son client, tout en se promettant de refuser s'il réclamait une deuxième tournée. Robert saisit le verre le plus proche et le cogna contre l'autre.

— À la tienne, Luigi ! Paix à ton âme ! J'espère qu'il y a des cafés et des copains là où tu es.

Il resta un long moment silencieux, évitant le regard des autres consommateurs. Dans la salle, on faisait des messes basses tandis que, les yeux dans le vide, il ruminait des pensées sombres. Émue par tant de solitude et avertie par des clients de ce qui lui était arrivé, Pierrette vint s'asseoir face à lui. Elle avança la main pour toucher la sienne et murmura des paroles qu'on ne peut dire qu'à ceux qu'on aime.

— Un jeunot vient de me vouvoyer, Pierrette. Ça m'a fait tout drôle. Fred m'avait appris que de se dire « vous » entre ouvriers, c'était trop méprisant. Tout se perd, même les usages.

— Ce n'est pas grave, répondit-elle doucement.

— Si, fit-il d'une voix d'outre-tombe.

— Mais non, il s'en créera d'autres avec les nouvelles générations.

Robert sortit deux pièces de sa poche qu'elle repoussa en le suppliant de lui laisser le plaisir de l'inviter. Puis, comme il insistait :

— Allez ! Allez ! Accorde-moi ce bonheur ! Oublie ce qui s'est passé aujourd'hui. Crois-moi, il y aura des jours meilleurs.

Le cri

— C'est dur, Pierrette, d'être mis au rancart à pas cinquante ans. Le choc est rude.

Il vida son verre et ne toucha pas au second. Il savait que ça ne lui servirait à rien d'en boire deux, trois, quatre ou cinq comme feu son beau-père. La réalité était obstinée, elle réapparaissait dès le réveil les lendemains de cuite.

11

Plus le temps passait, moins Robert admettait sa condition de laissé-pour-compte. Très vite, il ne supporta plus d'être reclus dans son cagibi, d'avoir encore des forces à revendre et de se sentir inutile, de se tourner les pouces quand les autres travaillaient, et pire encore, d'avoir la sensation de voler le maigre salaire qu'on lui avait consenti.

— J'ai peur de devenir fou, confia-t-il un soir à sa femme. Ou enragé, si tu préfères. Je ne sais pas ce qui me retient de cogner sur tout ce qui porte une cravate, un veston et des souliers vernis. Par moments, j'ai des envies de meurtre.

Tout comme Pierrette, et sans plus de conviction, Graziella voulut lui donner des raisons d'espérer. Elle tenta de le persuader que, même dans les moments difficiles, il ne fallait jamais se décourager. Une fois qu'on a touché le fond, les choses ne peuvent aller que mieux ; leur histoire était là pour le prouver.

— Viens répéter ça demain dans la boutique, tu verras ce que certains te répondront.

Le cri

Ce qui retenait Robert de ne pas commettre le pire, c'était son fils. Mais quand la colère devenait trop forte et la souffrance insupportable, il fermait le poing, serrait les dents, sortait de son trou à rats en bousculant le matériel et renversant les bidons. Il arpentait les passerelles et les ateliers. Chaque croisement, chaque passage devenait une tribune pour diffuser son cri.

— On a voulu nous faire croire que notre intérêt était le même que celui de l'entreprise. Menteurs !

Dans ces moments, sa hargne était telle qu'il semblait incontrôlable.

— Ils ont voulu nous faire croire qu'en adhérant à cette idée on allait assurer notre bonheur et celui de nos familles. Menteurs ! Menteurs ! Menteurs !

Les pétochards fuyaient, apeurés par son audace et son exaltation. Épargnés par la restructuration de l'entreprise, ils tenaient avant tout à sauver leur emploi. Nullement découragé, Robert poursuivait sa harangue :

— Nous n'avons plus de patrons, ce ne sont que des financiers. Ils ne parlent que d'argent, et pas de travail. Encore moins de travail soigné.

Il avançait en galopant dans les ateliers afin de toucher l'auditoire le plus vaste.

— Ils ne pensent qu'à faire des profits toujours plus juteux, toujours plus rapides. Et tout ça sur notre dos ! L'argent ! L'argent ! Le pognon ! Le fric !

Au laminoir, il supplia les collègues aciéristes de ne plus accepter d'être traités comme des esclaves.

380

Livre 4

— Imposons des cadences qui ne sont pas celles de la Direction mais les nôtres ! Sauvons nos santés physiques et morales, nos seules richesses, l'unique bien que nous ayons à défendre !

Sa révolte fut soudain couverte par une détonation, aussitôt suivie par le cri des sirènes.

L'accident avait été provoqué par l'explosion d'une tuyère à l'arrière du plancher de coulée. Quatre ouvriers avaient été atteints par les flammes et soulevés par le souffle qui les avait projetés contre les membrures de l'escalier menant au gueulard. Robert arriva sur les lieux précédé d'un nombre imposant de collègues, hébétés devant les restes fumants des victimes.

— Ils n'ont même pas eu le temps de crier.

— Tais-toi, Mohamed ! supplia Robert.

Témoin du drame, Mohamed l'avait échappé belle ; il tremblait de tous ses membres et ne pouvait s'empêcher de parler.

— La fonte les a soudés à la ferraille…

— Ta gueule !

Robert lui plaqua la main sur la bouche pour ne plus l'entendre. Il pressa si fort que Mohamed aurait étouffé si d'autres collègues ne s'étaient précipités pour séparer les deux amis que la terreur avait rendus fous.

— Vite ! Allez chercher les lances à eau qu'on dégage les corps ! ordonna un contremaître.

Le cri

Le lendemain, un premier hommage leur fut rendu en présence des familles – un père, une mère, trois veuves et sept orphelins –, des ouvriers et des cadres de l'usine. On aligna les cercueils des victimes devant la stèle à la mémoire de ceux qui, depuis plus d'un siècle, avaient perdu la vie en exerçant leur métier. L'Harmonie interpréta *Hommage*, une marche funèbre dont les accents rappelaient à la fois le *Requiem* et le *Dies irae* qui seraient chantés aux funérailles. À la fin du morceau, quatre métallos en habits du dimanche déposèrent des gerbes sur les cercueils. Puis, passant de l'un à l'autre, Mohamed eut le triste honneur de prononcer le nom de chaque défunt : René Lateurtre, Vladimir Barasvky, Jean-François Coulomb et Enzo Papa. Tentant de contrôler le tremblement de sa voix, il conclut en citant la phrase de Fred :

— Morts au champ d'honneur du travail.

À l'issue de la cérémonie, on chargea les cercueils dans des corbillards suivis par les proches jusqu'à l'église. Graziella proposa de passer chez Pierrette ; elle n'avait pas envie, dit-elle, de rentrer si vite à la maison.

— Qu'est-ce qui te prend ? s'étonna Robert.

— Patiente encore cinq minutes.

— C'est quoi ces mystères ?

Il dut attendre d'être entré au café, d'avoir salué Pierrette et de s'être installé à la table du fond pour avoir la réponse. Le facteur était passé dans leur rue

382

Livre 4

juste avant le départ de Graziella pour l'usine. Il lui avait donné une lettre qu'elle remit à son mari.

— Je n'ai pas osé te la donner avant, mais j'ai pensé que tu serais heureux de lire la bonne nouvelle sans tarder.

Robert lut et relut les quelques mots qu'elle contenait, puis il regarda sa femme.

— Ça y est, le voilà ingénieur.

— Mon rêve... Notre rêve, fit la mère, comblée.

12

Chaque matin au portier les nouvelles se succédaient, toujours plus alarmistes. L'espoir n'était plus de mise, chacun s'accrochait à ce qu'il pouvait. En général, seule la famille aidait à calmer les angoisses. Robert décida de fêter la réussite de son fils.

— As-tu mis une bouteille au frais, maman ? C'est le moment de la sortir.

Graziella sauta sur l'occasion pour mettre en garde sa belle-fille. Jamais, ô grand jamais, il ne faudrait autoriser Pierre à l'appeler « maman » quand ils auraient des enfants. Chaque fois, elle avait l'impression de prendre dix ans.

Les parents trinquèrent en formulant des vœux de bonheur pour leur fils et leur future belle-fille.

— À vos amours ! Qu'elles durent toujours !

— Et à la vie qui est si belle quand elle le veut bien.

Robert tempéra toutefois l'enthousiasme de sa femme. Il craignait que son engagement à l'usine ne nuise au jeune ingénieur en quête d'un emploi.

Livre 4

— Tu n'as jamais entendu parler du procès des frères Agasse ?

Durant ses études secondaires, Pierre avait appris que deux frères, faux-monnayeurs, étaient montés sur l'échafaud pendant la Révolution afin de permettre le vote d'une loi blanchissant parents et enfants des auteurs de délits. Ainsi s'effaçait la honte des innocents, qui pouvaient obtenir des postes auparavant inaccessibles aux familles des repris de justice.

— C'est comme ça que tu vois ton père ? fit Robert.

— Mais non, tu devines bien qu'il dit cela pour rire, s'empressa de répondre Graziella. Pas vrai, Pierre ?

— Si, bien sûr.

Pour couper court à la conversation, et parce que dans la famille une fête ne pouvait être belle sans qu'on verse quelques larmes, Graziella eut une pensée pour les grands-parents qui étaient partis trop vite. Ils auraient été si fiers de voir leur petit-fils devenir ingénieur diplômé.

Quelques jours plus tard, Robert errait autour du Château. Il se tapit derrière un massif de rhododendrons quand il vit Pierre surgir de l'entrée d'honneur et courir vers Amélie qui l'attendait au bout de la grande allée bordée de marronniers. Le père respira : son rejeton était embauché.

— S'il me croise, j'espère qu'il ne va pas avoir honte de me voir faire le manœuvre.

Le cri

— Ce que tu peux être bête et insultant, lui reprocha Graziella. Tu connais ton fils tout de même !

Elle s'étonna que son mari ne soit pas allé le féliciter à la sortie de son entretien avec la Direction.

— Il était tellement pressé d'embrasser sa fiancée.

— Fiancée !... Ils n'ont pas encore officialisé.

Robert sourit enfin, la naïveté de sa femme le désarmait. Qu'avaient-ils besoin d'officialiser, ils vivaient ensemble depuis deux ans.

— De notre temps ! insista la mère.

— Ne me dis pas que tu as perdu la mémoire.

Le père attendit son fils au portier le matin de sa prise de fonction. Comme il l'avait prédit, Pierre arriva cravaté, vêtu d'une veste gris clair et d'un pantalon foncé. Mohamed et Robert le regardèrent s'avancer au milieu des blousons et des blue-jeans défraîchis. Il alla à sa rencontre, serrant dans sa main droite un petit paquet.

— J'ai pensé que cela te ferait plaisir, dit-il simplement en lui remettant son cadeau de bienvenue.

Puis il retourna prendre la place qui était la sienne parmi la meute des ouvriers.

Une secrétaire proche de la cinquantaine accueillit le nouveau patron avec tout le respect dû à son grade.

— Voici votre bureau, monsieur. S'il vous manque quoi que ce soit, n'hésitez pas à me le demander.

Livre 4

— Merci, madame.

La secrétaire rectifia : elle se prénommait Jacqueline.

— Dans ce cas, moi c'est Pierre.

— Je n'oserai jamais, monsieur.

— Il le faut, Jacqueline, ou je continuerai de vous appeler madame.

— Je n'ai pas eu l'habitude avec vos prédécesseurs, s'excusa-t-elle timidement.

— Vous verrez, ça vous viendra naturellement.

En ces temps difficiles, les comportements, les règles, les esprits, tout changeait. Quand Pierre fut seul, il ouvrit le paquet et sortit le cadeau de son père. Au poids, il avait deviné ce dont il s'agissait. Comme il posait le lingot de l'aïeul sur le bureau, il entendit les cris d'un groupe d'ouvriers qui appelaient à la grève.

13

De désespoirs en désillusions, les grèves se succédèrent pour répondre aux menaces de licenciements massifs. Partout, dans le pays du fer, retentirent des cris de colère et des lamentations. Pour y répondre, les syndicats furent conviés par le patronat et les pouvoirs publics qui proposèrent, d'un commun accord, un plan de dégagement des effectifs. André put ainsi annoncer un matin de juillet 1979 que la détermination des chômeurs et des personnels des usines de Sidérurgie avait fait reculer la Direction et le Gouvernement. Une convention sociale venait d'être signée par les deux instances. Elle permettait la mise à la retraite anticipée des travailleurs âgés de cinquante ans, dans des conditions acceptables. Des huées accueillirent la prétendue bonne nouvelle.

— C'est bon pour toi, se réjouit Mohamed.

Robert démentit, il lui manquait quelques mois pour bénéficier de la mesure.

— Peut-être que ton fils peut arranger ça ?

— Tu rigoles, j'ai pas envie de partir.

Livre 4

En décembre, à la Saint-Éloi, Pierre fut chargé de présenter au personnel les excuses du Directeur retenu à Paris avec ses proches collaborateurs. Ils redoublaient d'efforts pour dénicher de nouveaux marchés et assurer la survie de l'entreprise. Le jeune Panaud regretta beaucoup de ne pouvoir remettre aux anciens la médaille du travail qui devait récompenser leurs années de bons et loyaux services. S'avançant vers les récipiendaires, le cadre eut l'honneur de distribuer des médailles à tous ceux qui donnaient à la nouvelle génération un exemple de confiance et de courage. Il fit l'accolade à chacun et embrassa son père quand il épingla la breloque au revers de son veston.

— Ce coup-ci, ça y est, je grimpe dans la charrette, soupira Robert.

— Tu as bien mérité de te reposer.

— Garde ta formule pour ceux qui seront heureux de l'entendre, répondit froidement le père.

L'heure était venue de quitter la boutique. Robert leva une dernière fois les yeux sur l'emblème de l'usine, un écusson forgé au sommet de l'arc en fer qui reliait les deux montants du portier. Sans doute revécut-il le souvenir de ce matin de 1945 où il avait passé le porche pour la première fois. Puis, il grimpa dans le car après avoir remisé sa médaille dans la poche de sa veste. Comme d'habitude, il s'installa près de son ami.

— C'est notre dernier voyage, mon vieux Momo.

— Demain, personne ne s'assoira à ta place.

Le cri

— Arrête tes conneries !

— Je te jure ! Ou alors je resterai debout, promit Mohamed, les yeux humides.

Aux manifestations succédèrent les émeutes et la mobilisation de toute une région. Hélas, rien n'y fit. On vit peu à peu les usines disparaître. Un à un, les hauts fourneaux furent dynamités. Les populations impuissantes les regardèrent trembler sur leurs assises avant qu'elles ne s'écroulent dans des nuages de fumées et de poussière. Venus de leur lointaine Asie, les Chinois embarquèrent les machines et prirent parmi les amas de ferrailles tout ce qui était récupérable. Aujourd'hui, ils désossaient le fourneau n° 6. Sur le plancher, Robert et Pierre venaient d'assister à la dernière coulée.

Ayant décroché la totalité des gravures et des photographies exposées dans la salle de repos, père et fils étaient arrivés au bout de l'histoire de leur famille et de celle du pays. Les derniers clichés qu'ils rangèrent témoignaient de la violence des dernières révoltes. Les images disaient la lutte vaine des métallos dont les cris de détresse ne furent jamais perçus par ceux qui avaient le pouvoir de les sauver.

— Attends ! dit le père. Tu oublies celle de la fanfare où j'ai l'air d'un couillon.

— Je pensais que tu la gardais.

— Non, elle appartient à l'Histoire elle aussi.

Avant de quitter les lieux, Robert demanda quelques instants à son fils. Dans la pièce aux murs

Livre 4

nus, ils s'assirent face à face au milieu des tables où étaient entreposées les cantines en fer bourrées de photographies et documents.

— On se croirait dans une morgue, dit le père.

— Tu exagères.

Il fallut du temps à Robert pour poser à son fils la question qui le taraudait.

— Depuis combien de temps tu savais qu'on allait mourir ?

Pierre hésita avant d'avouer que ça ne datait pas d'hier.

— C'est-à-dire, des mois ou des années ?

— Quelle importance ?

— Pour moi ça en a une.

Le jeune ingénieur l'avait appris peu de temps après son entrée en fonction, pas loin de huit ans auparavant.

— Et tu m'as menti pendant tout ce temps-là.

— Je ne voulais pas que tu t'inquiètes.

— Non ! Tu jouais le jeu de la Direction, fulmina l'ouvrier.

Pierre avait dû cacher la vérité, même à son père. Son poste de cadre l'exigeait. Il avait appliqué les consignes, et surtout celle de se taire pour gagner du temps, pour éviter que les ouvriers ne se révoltent plus violemment encore.

— Depuis que tu es né, à quoi ça m'a servi de te transmettre mes idées ?

Aujourd'hui encore, malgré les bouleversements apportés par les années et le progrès, il les savait bonnes et n'en démordait pas.

Le cri

— Et puis merde ! jura-t-il en se levant. J'ai souvent eu l'impression de parler pour rien.

— Tu te trompes, papa.

— Prouve-le ! cria le vieil ouvrier.

Regrettant d'avoir gueulé, il s'excusa et ne put retenir une larme qu'il s'empressa d'essuyer. Son monde s'écroulait, c'était dur de l'accepter. Il endossa son manteau et questionna son fils sur son avenir. On proposait à l'ingénieur de s'occuper de l'aménagement du site laissé vacant autour du haut fourneau nº 7. Pierre et certains de ses collègues avaient sauvé de la destruction ce dernier témoin du passé, avec l'appui des autorités locales.

— Ça t'intéresse vraiment ?

Pierre approuva.

— Ce n'est pas ton métier, reprit le père.

— À notre époque, ils seront rares ceux qui exerceront la même profession toute leur vie.

— Encore faudra-t-il avoir la chance de pouvoir en changer.

La porte à doubles battants résonna dans leur dos.

Épilogue

Dominée par la silhouette élancée de la structure restante qui culmine à près de 90 mètres du sol, la terrasse des Hauts Fourneaux constitue le symbole du renouveau. C'est dans ce cadre exceptionnel, intimement lié à l'Histoire, qu'il a été choisi de développer un programme ambitieux, axé prioritairement sur la création d'équipements culturels, de développement de l'enseignement supérieur et de la recherche, au milieu d'une vaste zone de bureaux, de commerces et d'habitations...

Ainsi débute la présentation de l'aménagement de l'ancien site métallurgique de Belval au Luxembourg. Dans notre récit, ces mots auraient pu être écrits par Pierre. Celui-ci assume ses nouvelles fonctions de bâtisseur ; il lui arrive, tôt le matin, d'apercevoir son père rôdant aux abords de son immense chantier. Suivant les recommandations de son médecin traitant, le vieil homme aux cheveux blancs s'astreint par tous les temps à faire une demi-heure de marche quotidienne. Il emprunte toujours le même

Le cri

itinéraire : il contourne la zone en construction et se rend là où se situait le portier de son usine. Alors il s'arrête, pour écouter la voix du délégué venu de Paris prononcer l'éloge funèbre de son grand-père Tintin : « La parole de l'ouvrier sur son chantier ou à l'usine est souvent un cri. Le cri pour se faire entendre, le cri d'une souffrance, d'une mutilation ou d'une blessure... » Parfois, il lui semble que les cris sortent de terre, et que rien, pas même le bruit des engins et des grues qui s'élèvent dans le ciel sans fumée ne parviendra, jamais, à les étouffer.

Fin

Merci pour leurs conseils
à Bruno, Gérald, Enzo et Pierrot,
à Karina et Marie-Anne.

Table

LIVRE 1	9
LIVRE 2	115
LIVRE 3	207
LIVRE 4	299

Photocomposition Facompo
14100 Lisieux

Impression réalisée sur CAMERON par
BRODARD ET TAUPIN
La Flèche
en avril 2006

Imprimé en France
Dépôt légal : avril 2006
N° d'édition : 73374/01 – N° d'impression : 35439